Der Ruf des Drachen

Buch 1
Aloha Shifters: Juwelen des Herzens

von Anna Lowe

Inhaltsverzeichnis

Kapitel 1

Tessa lief zwei unsichere Schritte auf das kunstvoll verzierte Tor der privaten Einfahrt zu und blieb stehen. Sollte sie es wirklich tun?

Du kannst ihnen vertrauen, hatte Ella gesagt. Ella, die Nachbarin, die genau im richtigen Moment aufgetaucht war und ihr das Leben gerettet hatte.

Tessa biss sich auf die Lippe. Der Stoff an der Schulter ihres Oberteils war zerrissen und ihr Hals schmerzte von dem Angriff. Ihre Hände zitterten noch immer und ihre Gedanken wurden von Visionen eines furchterregenden Ungeheuers heimgesucht. Wie konnte sie nach dem, was vor weniger als vierundzwanzig Stunden vorgefallen war, irgendjemandem vertrauen?

Du musst ihnen vertrauen. Niemand sonst kann dich vor diesem Monster schützen.

Grillen zirpten im üppigen Gebüsch und eine Fledermaus flog wie ein schwarzer Fleck in der dunklen Nacht vorbei. Palmen wiegten sich in der tropischen Brise, die Ellas Worte widerhallen ließ. *Niemand sonst. Es gibt niemanden sonst.*

Tessa erschauderte trotz der Milde der Nacht und war nicht gewillt, ihren eigenen Sinnen zu trauen. Sicher, das Meer rauschte auf beruhigende Weise über das Ufer. Und ja, das sich auf den Wellen reflektierende Mondlicht über dem Pazifik sollte beruhigend wirken, genau wie der süße Duft des Hibiskus. Aber selbst das Inselparadies Maui könnte versuchen, sie zu täuschen. Albträume könnten den tiefsten Frieden zunichtemachen – wahr gewordene Albträume, die sie nicht aus ihrer Erinnerung verdrängen konnte, egal, wie sehr sie es auch versuchte. Selbst jetzt konnte sie noch immer die glühenden Augen der Kreatur vor sich sehen, die sie angegriffen hatte.

Mein. Du wirst mein sein, donnerte seine Stimme in ihren Gedanken.

Sie atmete tief ein und warf einen Blick über ihre Schulter. Sie wünschte sich jetzt, dass sie das Taxi nicht fortgeschickt hätte. Die letzten vierundzwanzig Stunden waren chaotisch gewesen. Sie hatte kaum geschlafen und die Angst schoss durch ihre Adern wie ein Gift. Wie sollte sie überhaupt beurteilen, wem sie vertrauen konnte?

Sie sah zu den Sternen auf und schluckte. Sie war allein in der Nacht in einer abgelegenen Ecke Mauis und weit jenseits der üblichen Pfade. Im Begriff an die Tür eines völlig Fremden zu klopfen, um nach Hilfe zu fragen.

Ein sehr reicher Fremder dachte sie, als sie das Tor näher inspizierte. In der Mitte befand sich ein aufwendiges Motiv, aber sie konnte es nicht richtig erkennen. Etwas mit Wirbeln. Mit Zähnen. Moment – war das etwa ein Schwanz? Scheiße, war das ein Drache?

Sie schüttelte den Gedanken ab und befahl sich nachzudenken. Ein Tor, das so riesig war, musste ein unglaubliches Anwesen schützen – ein am Meer gelegenes Anwesen in Maui, das den Taxifahrer pfeifen ließ, als sie ihm am Flughafen die Adresse genannt hatte.

„Koa Point Estate", hatte er gesagt. „Sie haben die richtigen Freunde, Miss."

Tessa kaute auf ihrer Lippe. Dies waren keine Freunde. Sie waren völlig Fremde. Und überhaupt, der Mann, der sie in Phoenix angegriffen hatte, war auch reich gewesen. Reich zu sein bedeutete nicht, vertrauenswürdig zu sein – oder auch nur menschlich.

Sie zitterte bei der Erinnerung an die Fingernägel ihres Angreifers, die sich in Krallen verwandelt und nach ihr gegriffen hatten.

Mein. Du wirst mein sein.

Tessa schüttelte den Kopf und drehte sich wieder zur Straße um. Wer wusste schon, welche Geheimnisse hinter diesem Tor verborgen lagen? Es würde sicherer sein, nach Lahaina zurückzukehren und sich ein Hotel für die Nacht zu suchen. Nach einer guten Nachtruhe könnte sie...

Ein kraftvoller Motor brummte die Einfahrt hinauf und sie wurde von Scheinwerferstrahlen geblendet. Tessa erstarrte, als sich ein Jaguar Oldtimer näherte und anhielt. Einen Moment lang geschah nichts. Tessa zog es in Erwägung, wegzulaufen, aber ihre Beine blieben wie angewurzelt an Ort und Stelle stehen.

Die Fahrertür öffnete sich und ein großer Mann stieg aus. Tessa blinzelte gegen das Licht und versuchte, sein Gesicht zu erahnen. Er stand nur regungslos dort und beobachtete sie eine volle Minute lang.

„Hast du dich schon entschieden?", donnerte seine tiefe Stimme und ließ sie zusammenzucken.

Tessa klammerte ihre Tasche an ihre Brust. „Wer bist du?"

Er trat vor und ein winziges Grinsen verzog seine Mundwinkel. „Wer bist du?"

Tessa versuchte, eine Antwort zu formulieren, aber ihre Lippen zitterten genau wie der Rest ihres Körpers. War dieser Mann ein potenzieller Verbündeter oder ein tödlicher Gegner?

Sein dunkles Haar und die leuchtend blauen Augen standen im starken Kontrast zu seinem weißen Oberhemd, dessen oberste Knöpfe geöffnet waren. Scharfe, kantige Gesichtszüge warfen ihre eigenen Schatten über sein Gesicht. Groß und imposant, schien er sich in der Nacht vollkommen wohlzufühlen.

Vampir, schrie ihr Unterbewusstsein sie an. *Er muss ein Vampir sein.*

Eine Sekunde später verwarf Tessa diesen Gedanken jedoch wieder. Ein Vampir würde ihr doch sicherlich ein gruseliges Gefühl vermitteln. Trotz seiner fein geschnittenen Kleidung strahlte dieser Mann etwas Ungezähmtes, Animalisches aus, so wie ein Löwe oder ein Wolf. Wie ein Raubtier, das dem Feind ein Glied nach dem anderen zu entreißen vermochte, um die zu beschützen, die er liebte.

Ein kleiner Schauer lief ihr den Rücken hinunter.

Tessa versuchte, das Gefühl abzuschütteln und ihre Gedanken zu ordnen. Sie bezweifelte, dass er ein Vampir war. Ella hatte sie zu einer Gruppe von Gestaltwandlern geschickt, nicht wahr?

„Ich bin Tessa. Tessa Byrne."

Sie hatte nicht vorgehabt, ihren vollen Namen preiszugeben, aber verdammt. Dieser Mann strahlte etwas streng Gebieterisches aus. Das – und die Tatsche, dass er selbst in der Dunkelheit der Nacht so unglaublich gut aussehend war – hatte einen Kurzschluss in ihrem Gehirn ausgelöst.

„Also, Tessa", murmelte er wie ein Mann, der einen neuen Brandy genoss. „Hast du dich schon entschieden?"

„Wozu entschieden?", fragte sie und trat noch einen Schritt zurück.

„Ob du kommst oder gehst."

Ich komme, sagte etwas in ihrem Gehirn. Der Teil, der nicht umhin kam, die Umrisse der Muskeln unter dem dünnen Stoff seines Oberhemdes zu bemerken.

Ich gehe, schrie der angsterfüllte Teil ihrer Seele. *Geh, schnell.*

Aber sie bewegte sich nicht. Sie konnte es nicht. Oder vielleicht *wollte* sie es nicht, denn so könnte sie ihn aus den Augen verlieren – und allein sein, wenn alle ihre Instinkte schrien, hierzubleiben.

„Ich... ich bin mir nicht sicher." Gott, wie sehr sie es hasste, unentschlossen zu sein. Sie war ihr ganzes Leben lang selbstbewusst, fähig und stark gewesen. Aber seit sie von etwas nicht-ganz-Menschlichem angegriffen worden war, wusste sie nicht mehr, wo sie stand.

Eine ganze Minute lang stand er dort und musterte sie, bevor er erneut sprach. Eine Minute, in der sein Blick über ihren Körper streifte und seine Nasenlöcher bebten. Ähnlich wie es bei ihrem Angreifer gewesen war und gleichzeitig doch ganz anders. Aus irgendeinem rätselhaften Grund beruhigte sie dieser Fremde, während sie ihrem Angreifer misstrauisch gegenüber gestanden hatte. Und das bereits lange bevor er sein wahres Gesicht gezeigt hatte.

Als der Mann ihr in die Augen sah, klopfte ihr Herz heftig und sie spürte einen Schmerz unter ihren Rippen. Ein unerklärliches Gefühl der Sehnsucht durchströmte sie. So, als hätte ihr ganzes Leben lang etwas furchtbar Wichtiges gefehlt und als hätte sie es erst jetzt erkannt.

„Was machst du hier?", fragte er.

Sie fing sich wieder und fragte sich dasselbe. Eine sanfte Meeresbrise strich über ihre Wangen und erinnerte sie daran, wo *hier* war. Maui. Eine klitzekleine Insel inmitten des Pazifiks. Würde sie hier sicher sein?

„Ella hat mich geschickt. Sie meinte, ich solle am Koa Point um Hilfe bitten. Sie sagte, ich solle erklären, was passiert ist."

„Und was könnte das sein?"

„Ich wurde von Damien Morgan angegriffen. Gestern Abend in Phoenix."

Die Worte sprudelten hervor. Als der Mann nicht reagierte, geriet Tessa in Panik. Hatte sie etwas Falsches gesagt?

Aber dann fiel ihr auf, dass er ganz steif geworden war. Sein Blick war nun nicht länger auf sie gerichtet, sondern er suchte mit den Augen die Dunkelheit hinter ihr ab.

„Komm mit", sagte er knapp und tippte auf ein Tastenfeld neben dem Tor.

Angst schnürte ihr die Kehle zu und sie eilte in Richtung Auto. So eindringlich, so überzeugend war seine Stimme gewesen.

„Steige ein", befahl er und deutete auf den Beifahrersitz.

Seine Arme waren so lang und wohl geformt, dass sie zweimal hinschauen musste, bevor sie ihm gehorchte. Der Mann war gebaut wie ein olympischer Schwimmer – so wie die großen Kerle, die den Schmetterlingsstil schwammen – mit unglaublich breiten Schultern und ausgeprägten Muskeln an beiden Armen. Selbst als er neben ihr ins Auto stieg, war er nichts als reine, geballte Kraft.

Er drückt auf eine Fernbedienung, murmelte etwas in einen Lautsprecher, das Tessa nicht verstehen konnte und fuhr dann hinein.

Tessa klammerte sich an ihren Ledersitz und fragte sich, ob es sicherer gewesen wäre, wegzulaufen. Aber jetzt war es zu spät.

Die Einfahrt war voller Kurven und Wendungen, wodurch der Blick nach vorn verdeckt war. Der Mond spähte zwischen den Palmen hervor und ließ sie kurze Blicke auf die abwechslungsreiche Landschaft werfen: perfekt manikürte Rasenflächen zwischen dicken Bambusstämmen und riesigen, blattreichen

Büschen, die flüsternd dahin schwankten. Nach einer geschwungenen Kurve endete die Einfahrt in einer langen gewölbten Garage. Sie wirkte fast wie ein Stall und Tessa fragte sich, wie viele vollblütige Maschinen wohl darin schlummerten. Der Mann parkte ein und stieg in einer einzigen fließenden Bewegung aus dem Auto.

„Folge mir."

Er führte sie einen gepflasterten Weg zwischen üppigen Bougainvilleen und Palmen entlang. Er lief so dicht hinter ihr, dass es sie eigentlich hätte nervös machen sollen. Aber anstatt sich bedrängt zu fühlen, fühlte sie sich beruhigt. So, als würde er ihren Rücken schützen und dafür sorgen, dass sie in Sicherheit war.

Aber als sie an eine von tropischen Fackeln beleuchtete Lichtung kamen, blieb Tessa plötzlich stehen. Sie hatte ein schickes Anwesen erwartet, in dem es vielleicht sogar ein oder zwei uniformierte Diener gäbe, aber was sie sah, war eine zu den Seiten offene Hütte mit einem strohbedeckten Dach, in der es von Wachen wimmelte. Nun, die vier Männer dort sahen zumindest wie Wächter aus. Sie waren groß – wirklich groß, ganz zu schweigen von ihrer Aufmerksamkeit und ihrem Fokus, als sie sich näherte. Sie hatten ihre Arme an den Seiten leicht angehoben, bereit, sofort zu reagieren. So als wäre dies ein Kriegsgebiet und nicht Hawaii.

Dann erinnerte sie sich an das, was Ella gesagt hatte. *Sie sind eine Spezialeinheit. Nun, zumindest waren sie das einst. Männer mit rauen Vorgeschichten und schwierigen Kindheiten. Aber lass dir von ihnen keine Angst einjagen. Innen drin sind sie so zahm wie kleine Welpen.*

Tessa sträubte sich, denn *Rottweiler* wäre eine treffendere Beschreibung für die Männer, die sie jetzt vor sich sah.

Der größte der vier trat vor und scheuchte sie mit einem harschen: „Komm rein" ins Gebäude.

Als sie zögerte, nickte ihr der Mann zu, der sie am Tor empfangen hatte. *Mach dir keine Sorgen. Ich werde dich beschützen,* schien diese Geste zu sagen.

Sie hätte bei dem Gedanken vielleicht spöttisch geschnaubt, aber dann sah sie, wie er die anderen Männer mit einem eindeutigen, *Berührt sie und sterbt*-Blick anfunkelte. Also trat sie ein und fragte sich, warum sie ihm bereits vertraute. Warum sie irgendeinem von ihnen vertraute.

„Setz dich", sagte der große Mann. „Rede. Erkläre."

Er war definitiv vom Militär, entschied sie, auch wenn es die Umgebung nicht war. Das offene Gebäude ähnelte eher einigen Luxusapartments, mit einem großen offenen Grundriss, nur ohne Wände. Es gab einen Wohnbereich mit vier Sofas, die quadratisch angeordnet waren. Ein breiter Esstisch umgeben von schweren Stühlen stand an einer Seite. Auf der linken Seite des Gebäudes befand sich eine Designerküche mit einer Kücheninsel und einem Gestell, an dem Kupfertöpfe hingen – die Art von Küche, die sie sich gern näher angesehen hätte, wäre sie nicht so extrem nervös gewesen. Ein riesiger Grill nahm eine Ecke ein und ein übergroßer Kühlschrank aus Edelstahl stand neben einer tiefen Spüle. Da es keine Wände gab, sondern nur die Pfosten, die das breite Dach trugen, wehte die Meeresbrise durch den Raum hindurch.

Es war ein wunderschöner Ort. Einfach und doch elegant auf eine typisch männliche Weise – wie das Erdgeschoss einer sehr schicken Bruderschaft im tropischen Stil.

Tessa folgte der Geste des Mannes und ließ sich auf einer tiefen Couch nieder – so tief, dass sie einem Angriff niemals entkommen würde, aber das war ihr jetzt egal. Ein Teil in ihr seufzte, als wäre sie nach Hause gekommen, als sie in die weichen Kissen sank. Was dumm war, wirklich dumm für eine Frau auf der Flucht.

„Hol ihr etwas zu trinken", knurrte der Mann vom Tor einem anderen zu.

Einer von ihnen gehorchte, wodurch nunmehr noch vier große, bullige Männer um sie herum gedrängt zurückblieben. Es ließ sie erzittern. Ihr Blick huschte von einem zum anderen und sie fragte sich, wem sie vertrauen konnte.

Gestaltwandler, hatte Ella ihr gesagt. *Menschen, aber nicht ganz menschlich.*

Tessa hätte die Frau ausgelacht, wenn sie nicht selbst den beängstigenden Beweis dafür gehabt hätte, dass solche Dinge möglich waren – wie der Anblick von Damien Morgan, als er sich in einen Drachen verwandelt hatte.

„In Ordnung, Leute", sagte ein Mann mit samtig braunem Haar in einem entschieden entspannteren Tonfall. „Lasst ihr ein wenig Freiraum." Er grinste. „Mach dir keine Sorgen. Wir beißen nicht."

Boone, der Werwolf, hallte Ellas Stimme in ihrem Kopf wider. *Er ist der aufgeschlossenste von allen.*

Tessa spitzte die Lippen. *Aufgeschlossenheit* war ein relativer Begriff, denn sie konnte sich vorstellen, dass Boone seinen Feind genauso leicht anknurren könnte, wie er mit dem Schwanz wedeln würde. Sie war selbst überrascht, weil sie sich ihn tatsächlich in seiner Wolfsform vorstellen konnte. Die Art und Weise, wie sein zerzaustes Haar über seine Augen fiel, machte es ihr leicht, es sich bildlich auszumalen. Nicht, dass sie jemals zuvor einen Werwolf gesehen hätte. Bei Gott, sie hatte bis zum vorherigen Tag noch nie einen Gestaltwandler gesehen. Sie hatte auch nicht an sie geglaubt. Aber jetzt...

Sie sah sich um. Jeder der fünf Männer, die sich um sie scharten, hätten in einem Kalender mit hawaiianischen Adonissen oder muskelbepackten Marinesoldaten erscheinen können. Doch nun, da sich ihr die Welt der Gestaltwandler offenbart hatte, konnte sie auch ihre zweite Seite sehen. Neugierig streckte sie den Hals, um den dunkelhaarigen Mann vom Tor zu sehen. Aber er stand hinter ihr – um sie vor den anderen zu beschützen oder um ihr mögliche Fluchtwege abzuschneiden?

„Willst du uns nicht vorstellen, Kai?", fragte Boone mit einem wölfischen Grinsen.

Kai. Sein Name war Kai. Tessas Herz schlug schneller, als wäre sie über ein großes Geheimnis und nicht nur über einen Namen gestolpert.

Kai. Kai. Kai. Sie wiederholte den lyrischen Klang innerlich, während sie verzweifelt versuchte, sich an das zu erinnern, was Ella über ihn gesagt hatte. Aber der Mann hatte eine solch starke Wirkung auf sie, dass ihr Gehirn einfach nicht mehr richtig funktionieren wollte.

„Tessa Byrne", erklang seine tiefe Stimme hinter ihr.

Tessa hatte sich selbst immer für leicht zu vergessen gehalten, aber dieser Mann hatte sich nach einer einzigen kurzen Erwähnung in der Dunkelheit an ihren Namen erinnert. *Er hat sich erinnert*, sagte sie sich selbst. Trotz ihrer verzweifelten Lage spürte sie einen winzigen Hoffnungsschimmer.

Hoffnung, die in dem Moment zerbrach, als ein dritter Mann grunzte und sprach.

„Wo hast du sie gefunden, Kai?" Er stand noch immer bedrohlich über ihr.

Sie wünschte, sie könnte Kai sehen, aber nein. Und dieser neue Mann – ganz sicher der Anführer – starrte sie mit solch intensivem Blick an, dass ihr der Atem stockte. Seine Augen funkelten und als sie genau hinsah, konnte sie einzelne Flammen darin erkennen. Sie loderten in Rot, Gelb und Orange in seinem Blick.

Silas. Der Anführer der Gruppe. Er musste es sein. Ein Drache, genau wie der Mann, der sie angegriffen hatte.

Sei auf der Hut vor ihm, hatte Ella gesagt. *Er ist ein guter Mann, aber er hat viel durchgemacht und er ist leicht reizbar.*

Reizbar? Dieser Typ war furchterregend.

Er vertraut Menschen nicht, hatte Ella hinzugefügt. *Das tun nur wenige Drachen.*

Tessa ließ sich zurück in die Kissen sinken. Sollte es nicht eigentlich andersherum sein?

Als hinter ihr ein tiefes Brummen erklang, riss er seinen Blick von Tessa los und richtete ihn auf den Mann hinter ihr.

Es war Kai, der warnend knurrte. Er beschützte sie erneut.

„Ich habe sie nicht gefunden. Sie hat uns gefunden. Und ich denke, sie kann für sich selbst sprechen", grollte er.

Wäre Tessa nicht so angespannt gewesen, hätte sie ihn möglicherweise umarmt. Aber wer war Kai wirklich? Er hatte sie den ganzen Weg von der Garage aus angestarrt – sie hatte seinen Blick auf ihrem Rücken gespürt – und seine Nasenlöcher hatten gebebt, als er ihren Duft aufnahm. Welche Art Gestaltwandler tat so etwas? Ella hatte einen Tiger erwähnt...

Tessa beschloss, dass der Mann, der sich in den Schatten aufhielt und am Rande des offenen Raumes auf und ab lief, der Tiger sein musste.

Cruz. Halte dich von ihm fern, wenn er einen schlechten Tag hat, hatte Ella sie gewarnt.

Zu diesem Zeitpunkt hatte Tessa sagen wollen, dass sie diejenige war, die einen schlechten Tag gehabt hatte. Aber jetzt blieben ihre Lippen verschlossen. Nur für alle Fälle.

Also war Kai nicht der Tiger. Tessa schaute sich um. Der große, stämmige Kerl, der zwei Schritte hinter Silas stand, war ganz Ohr und sagte nicht viel. Er konnte mit dem kleinsten Zucken seiner dicken Augenbrauen von wild zu freundlich werden und er neigte den Kopf, wenn die anderen sprachen.

Hunter, der Bär. Ein Muskelpaket. Voller Loyalität. Aber mit einer Menge Schmerz.

Tessa ließ ihren Blick gerade lange genug auf Hunter verweilen, um sich zu fragen, wo der Schmerz wohl herkam. Aber dann trat Kai wieder in ihr Blickfeld und sie konnte nur noch ihn ansehen.

Kai war nicht breiter, größer oder besser aussehend als die anderen, aber er raubte ihr den Atem. Ihr Herz machte einen Sprung und sie lehnte sich wie von selbst vor. Welche Art Gestaltwandler war er?

Ganz sicher einer, den man nicht verarschen sollte. Er baute sich direkt vor Silas auf und legte eine warnende Hand auf die breite Brust des Mannes. Alle Männer im Raum reagierten angespannt und Tessa ebenso. Die beiden funkelten sich mit der Heftigkeit zweier Wirbelstürme an, die kurz vor dem Zusammenprall standen.

Boone, der Werwolf, murmelte leise etwas, das sie nicht hören konnte, um die beiden zu beruhigen. Der Bär drückte seine klobigen Schultern durch und trat näher, bereit, einen Kampf aufzulösen. Die Schnurrhaare des Tigers – der Dreitagebart – zuckten und Tessa schwor, dass die Luft vor Energie knisterte.

„Ähm, Jungs“, sagte sie, ohne nachzudenken.

Alle Gesichter wandten sich ihr überrascht zu und die Spannung ließ etwas nach. Als sie Kai jedoch in die Augen sah, wurde ihr eigenes inneres Sturmfeld aufgewühlt. Ihr Gesicht errötete. Ihr Blut pochte in ihren Adern und Visionen von Gewitterwolken, gepaart mit dem Geräusch des peitschenden

Windes, rasten durch ihren Kopf. Warum reagierte sie so auf ihn?

Dann blitzten seine Augen wie die von Silas auf und Tessa erstarrte.

Kai, ein weiterer Drache, erklang Ellas Stimme erneut in ihrem Kopf. *Mit Silas verwandt. Genauso gefährlich, nur etwas vernünftiger.*

Sie starrte. Drachen. Mist. Vor weniger als vierundzwanzig Stunden war sie von einem Drachen angegriffen worden. Warum in aller Welt hatte Ella gesagt, sie wäre hier sicher? Vielleicht war Ella Teil einer Art Verschwörung. Vielleicht konnte sie Ella nicht trauen. Vielleicht –

„Wer hat dich hierher geschickt?", forderte Silas. „Wie hast du diesen Ort gefunden?"

„Ella hat mich geschickt."

Der Tiger blieb abrupt stehen und alle Männer verstummten. Silas' Augenbrauen schossen in die Höhe. Kai nickte ihr zu, fortzufahren.

Sie sind gute Männer, hatte Ella ihr versichert. *Ehrenwerte Männer, wenn auch etwas ungeschliffen. Sie haben sehr viel durchgemacht und schreckliche Dinge überlebt. Du kannst ihnen vertrauen.*

Tessa wurde blass. Wie sollte sie irgendeinem dieser Männer vertrauen, insbesondere Kai? Drachen waren der Feind, verdammt noch mal!

Kapitel 2

Die Stimme der Frau zitterte, als sie sprach, aber ihr Blick war kämpferisch und ließ Kais inneren Drachen vor Stolz summen. Sein ganzer Körper summte und in ihm brannte der Drang, sich ihr zu nähern. Sie zu beschützen. Sie zu berühren. Um ihr zu zeigen, dass er sich um sie sorgte.

Aber er wagte es nicht. Nicht mit den anderen Männern um sie herum. Und nicht, während sie ihm tödliche Blicke zuwarf.

Sie ist stark. Sie ist kämpferisch, schnurrte sein innerer Drache anerkennend.

Sie ist ein Mensch, erklärte er seinem inneren Biest.

Sie ist unsere Gefährtin, grollte sein Drache.

Sie kann es nicht sein. Das kann sie nicht sein!

Aber verdammt, noch bevor er Tessa gesehen hatte, hatte er ihre Gegenwart *gespürt.* Genauso, wie er alle wichtigen Momente in seinem Leben eine halbe Sekunde vor ihrem Eintreten gespürt hatte. Es war, als hätte das Schicksal gegen seinen Dickschädel geklopft und gesagt: *Pass auf, mein Freund. Hier kommt ein Moment, den du niemals vergessen wirst.*

Er hatte es an dem Tag gespürt, als seine Mutter starb und auch an dem Morgen, als er zum ersten Mal den Männern vorgestellt wurde, die für ihn Brüder werden sollten. Das Gefühl überkam ihn nicht oft – lediglich bei den wenigen wirklich bedeutsamen Geschehnissen in seinem Leben. Und diese Eingebung hatte er ganz sicher noch nie in der Nähe einer Frau verspürt.

Bis jetzt.

Er starrte sie an. Nun, er starrte sie eher weiterhin an, denn er war bereits vom ersten Augenblick an von Tessa gefesselt gewesen. Selbst im Mondlicht hatte er ihr dickes, rotes Haar bewundert. Er war von ihrer klaren, hellen Stimme verzaubert gewesen, selbst als die Angst in ihr mitschwang. Ihre grünen Augen hatten ihn in ihren Bann gezogen, aber Scheiße – jetzt huschten sie durch den Raum und suchten nach einem Ausweg, anstatt wie zuvor über ihn zu tanzen.

Sein Drache stöhnte und schlug mit seinem Schwanz aus. *Sie hat uns vertraut. Jetzt hast du ihr Angst gemacht.*

Es war nicht seine Schuld, verdammt. Silas war derjenige, der drohend vor Tessa gestanden hatte.

Warum starrt sie uns dann so an?, forderte sein Drache.

„Woher kennst du Ella?", fragte Boone leise.

Kai sah den Wolf mit geneigtem Kopf an und war dankbar für seine ruhige, beständige Art. Boone war schon von Anfang an so gewesen – ähnlich wie Hunter, der Bär. Sie alle waren verschiedenen Bereichen des Militärs beigetreten, bevor der Zufall – oder das Schicksal – sie alle fünf in einer Elite-Spezialeinheit zusammengebracht hatte. Ihre menschlichen Befehlshaber hatten nie vermutet, dass sie Gestaltwandler waren, und sie waren vorsichtig gewesen, sich dies nie anmerken zu lassen. Gemeinsam hatten sie sich aus einer zusammengewürfelten Gruppe zu hart gesottenen Soldaten entwickelt. Jetzt waren sie wieder Zivilisten und versuchten, ihren Weg in der Welt zu finden. Silas war der Drahtzieher ihrer kleinen Bande. Kai war die schiere Kraft, während Boone und Hunter der Leim waren, der sie alle zusammenhielt. Cruz war das Herz, selbst wenn er gerne so tat, als wäre ihm alles egal.

Kai funkelte Silas an und neigte sein Kinn leicht zu seinem älteren Cousin. Sie hatten nur einander, auch wenn es manchmal schwer war, sich daran zu erinnern.

Und verdammt, sein Drache war heute Abend gereizt. Normalerweise war Silas der unberechenbare. Aber seit Kai Tessa hier hereingebracht hatte, wütete und brüllte sein innerer Drache und verlangte, dass sich die anderen von ihr fernhielten.

Tessa schluckte und hob ihr Kinn, ängstlich und doch gleichzeitig trotzig. „Ella wohnt in der Wohnung neben mir. Sie kam gerade noch rechtzeitig, um mich zu retten..."

„Retten? Vor wem?", forderte Silas zu wissen.

Kais innerer Drache brüllte bei dem Gedanken daran, dass jemand Tessa bedrohen könnte.

„Damien Morgan. Ein Immobilienmagnat aus Phoenix, Arizona, der..."

Silas Blick schoss zu Kai, als Tessa bei der plötzlichen Stille im Raum verstummte.

Kai nickte Silas knapp zu. *Ja. Der verfluchte Damien Morgan.* Kai verspürte das dringende Bedürfnis seine Krallen auszufahren.

„Ihr kennt ihn?", fragte Tessa. Dann runzelte sie die Stirn und murmelte vor sich hin: „Natürlich kennt ihr ihn. Er ist ja auch ein Drache."

Silas funkelte sie an und brüllte ohne Vorwarnung los. Tessa schreckte zurück. „Wir haben mit Damien nichts gemeinsam. Nichts."

Ein Empfinden, dem Kai voll und ganz zustimmte, obwohl er Silas zurückstieß und seinem Cousin eine Warnung in den Kopf schoss. *Hör auf, ihr Angst einzujagen.*

Ihr jagt ihr beide Angst ein, betonte Boone. *Wie wäre es, wenn ihr euch setzt?*

Kai blickte auf seine Schuhe, atmete dann tief durch und setzte sich auf die Couch – nicht zu weit weg, aber auch nicht zu dicht neben Tessa. Er breitete seine Arme aus, damit niemand sonst es wagen würde, ihr zu nahe zu kommen.

„Woher kennst du Damien Morgan?"

Tessa sah so niedergeschlagen aus, dass er sich am liebsten an sie kuscheln wollte, um das Gefühl zu verjagen. Aber die Chancen dafür standen gering, wenn sie dachte, dass alle Drachen so wie Damien waren.

„Ich bin eine Privatköchin", sagte sie. Hunters Ohren zuckten. Typisch Bär, besessen vom Essen. „Er hat mich beauftragt, für ihn zu kochen, also bin ich gestern zu seinem neuen Anwesen gefahren."

Kai schnaubte, als er sich diesen Ort vorstellte. Er war noch nie dort gewesen, aber er hatte die Bilder gesehen. Sie waren auf der Titelseite jeder einzelnen Architekturzeitschrift erschienen, denn alles, was Damien tat, war groß. Sein Adlernest – das neueste einer Reihe von exklusiven Grundstücken, die Damien weltweit besaß – wirkte, als wäre es halb in die Felswand des Camelback Mountains in Phoenix gehauen worden. Ganz aus Glas und Stein mit einem fließenden Überlaufpool, war es die perfekte Drachenhöhle.

Wenn man der Gestaltwandler-Gerüchteküche glauben konnte, befand sich hinter dem Anwesen eine mit unsäglichen Schätzen gefüllte Höhle. Schätze, die Damien vor nicht allzu langer Zeit von Kais Familie gestohlen hatte.

Kai knurrte und Silas ebenso.

Tessa verstummte, also forderte Kai sie sanft auf weiterzusprechen. „Du bist zu seinem Anwesen gefahren und dann?“

„Seine Haushälterin ließ mich hinein und ich dachte eigentlich nicht, dass ich ihn überhaupt kennenlernen würde. Aber dann kam er in die Küche und hatte diesen Ausdruck auf seinem Gesicht.“ Tessas Blick wurde misstrauisch und versonnen. Ihre Finger spielten mit dem Anhänger um ihren Hals. „Er kam näher und näher und dann hat er mich beschnuppert…“ Sie verstummte erneut und zog die Schultern zusammen, so als ob Damien gerade da wäre und versuchte, ihren Duft einzuatmen. „Dann hat er mich in die Ecke gedrängt und angefangen, all diese verrückten Dinge zu sagen. Dass ich ihm gehöre. Dass er mich haben müsse. Dass…“

Sie stand auf und schüttelte den Kopf, nicht gewillt, den Rest zu erzählen. Kai wollte ohnehin nicht noch mehr hören. Er wollte sich in die Luft erheben, den ganzen Weg zum Festland fliegen und diesen Dreckskerl zu einem Stückchen Kohle verbrennen. Allein beim Gedanken daran wurde sein Atem heiß. Sein Zorn ließ einen leichten Schwefelgeruch aufsteigen

Silas warf ihm einen Blick zu und zog leicht die Nase in Falten.

Na sicher, nur zu, speie Feuer, sagte Boone. *Das wird ihr wirklich helfen, sich zu entspannen.*

Kai presste die Lippen zusammen und schwieg.

Tessa atmete tief durch und übersprang etwas in ihrer Geschichte. Dessen war sich Kai sicher. „Er fing an, mich zu würgen und ich dachte, er würde mich umbringen…“

Er wollte dich nicht umbringen, hätte Kai fast gesagt. *Dich nur an deine Grenzen treiben und dann wieder zurückholen.*

Eine kranke Form des Vorspiels, dem einige seiner perversen Artgenossen frönten, bevor sie ihre Opfer vergewaltigten. Manche Frauen wurden hinterher derart geschädigt laufen gelassen, dass sie sich kaum mehr an das Geschehene erinnern konnten. Andere starben, bevor der „Spaß" vorüber war, und ihre Leichen wurden irgendwo ganz weit weg entsorgt.

Er ballte die Fäuste und grub seine Nägel in seine Handflächen. Er und Silas hatten sich nie auf diese grausame Form der Lust eingelassen, aber einige Individuen ihrer Spezies taten es.

Ich werde Damien töten. Ich schwöre, dass ich ihn umbringen werde, teilte er Silas mit.

Silas verdrehte die Augen. *Stell dich hinten an, Mann. Stell dich hinten an.*

„Aber dann kam jemand zur Tür." Tessa klammerte ihre Arme um sich.

„Damien schloss mich in einem Raum ein, während er die Person an der Tür empfing. Ich konnte nicht entkommen. Aber dann erschien Ella und half mir zu fliehen."

Silas nickte und Boone grinste. *Die gute alte Ella.*

Kai nahm sich vor, Ella zu danken, wenn er die Gelegenheit dazu bekam. Aber die Gestaltwandlerin war ein Wüstenfuchs, was es unmöglich machte, sie festzunageln. Sie hatte in ihrer Militärzeit an der Seite von Kai und den anderen in ihrer geheimen Eliteeinheit gedient.

„Woher kennst du Ella?", fragte Silas. „Und woher weißt du von Gestaltwandlern?"

Tessa verzog das Gesicht. „Bis gestern wusste ich gar nichts. Aber ich bin so ausgeflippt, nachdem ich Damiens Reißzähne gesehen habe, dass ich Ella zu einer Erklärung gezwungen habe."

Cruz, der Tiger, knurrte seine Gedanken in die Köpfe aller anderen. *War es Zufall, dass Ella neben ihr gewohnt hat? Dass Ella genau zum richtigen Zeitpunkt kam, um diese Frau vor Damien zu retten?*

Kein Zufall, stimmte Silas zu. *Ella musste Tessa – oder Damien – beobachtet haben. Sie hasst ihn genauso sehr, wie wir es tun.*

Aber warum sollte Morgan hinter dieser Frau her sein? Warum wäre er an einem Menschen interessiert?, fragte Boone.

Kai unterdrückte ein Knurren. Wieso sollte jemand *kein* Interesse an Tessa haben? Selbst bevor er sie am Tor zu ihrem Grundstück gesehen hatte, hatte er gespürt, wie sie ihn wie ein Magnet anzog. Er war frühzeitig aus der Stadt nach Hause geeilt, nur um seinem Instinkt zu folgen, dass etwas furchtbar Wichtiges – sofort – seine Aufmerksamkeit erforderte. Und dann hatte er sie dort am Tor stehen sehen.

Ich habe es dir doch gesagt, nickte sein Drache. *Sie gehört uns. Das Schicksal hat sie hierhergeführt.*

Er wollte es nicht glauben, aber es schien ganz sicher nicht so, als wären die anderen Männer von ihrer Schönheit, ihrem Duft, von... allem an ihr so hingerissen wie er selbst.

„Ich wollte zur Polizei gehen, aber Ella sagte mir, sie würden mir niemals glauben. Sie sagte, ich solle hierherkommen. Und euch um Hilfe bitten." Tessas Augen glänzten und sie blinzelte die Tränen zurück. Tränen der Sorge? Angst?

Tränen des Stolzes, murmelte sein Drachen. *Unsere Gefährtin ist stark.*

„Also nahm ich den ersten Flug und... "

Silas riss seine Hände hoch. „Du hast einen Flug gebucht? Mit einer Kreditkarte?"

Sie schüttelte den Kopf. „Ich glaube nicht, dass er mich aufspüren kann."

„Damien Morgan kann jeden überall aufspüren." Silas runzelte die Stirn.

Tessa schüttelte erneut den Kopf und Kais Herz schwoll vor Stolz an. Nur wenige Menschen wagten es, Silas zu widersprechen, aber Tessa schien nicht eingeschüchtert zu sein. Noch nicht einmal von einem Drachen.

„Ich glaube nicht. Meine Kunden kennen mich als Thérèse Brûler." Sie zuckte mit den Schultern. „Als ich neu in der Branche war, war es schwer, Arbeit zu finden und eine Freundin schlug vor, mir einen eingängigeren Namen zuzulegen."

„Hat es funktioniert?", fragte Boone und ließ sein Wolfsgrinsen aufblitzen.

Tessa schaffte es, leicht zu lächeln, und Kai wünschte sich, dass er der Grund dafür gewesen wäre.

Eines Tages werden wir es sein, schwor sein Drache. *Wir werden sie so glücklich machen, dass sie uns jeden Tag anlächeln wird.*

„Das hat es." Tessa strahlte für einen Augenblick, bevor ihr Gesicht lang wurde. „Aber ihr seht ja, wozu das geführt hat."

„Du wusstest nichts über Damien", sagte Kai.

Sie hatte es vermieden, ihm in die Augen zu sehen, aber jetzt trafen sich ihre Blicke erneut – etwas weniger ängstlich als zuvor. Verstand sie, dass es gute Drachen und böse Drachen gab, genauso wie gute und böse Menschen?

„Das stimmt vermutlich." Sie sah sich im Raum um und atmete tief ein. „Ich wusste überhaupt nichts von irgendwelchen Gestaltwandlern."

„Nun, lass Drachen uns nicht allen einen schlechten Ruf geben", witzelte Boone. „Wie ich schon sagte, wir beißen nicht."

„Noch nicht einmal Wölfe?", schoss Tessa zurück.

Boone grinste. „Wölfe sind sehr zivilisiert. Aber frag mich bloß nicht nach Tigern."

In der Ecke des Raumes stieß Cruz ein leises katzenhaftes Knurren aus.

Tessa lachte. Sie lachte tatsächlich.

Entweder ist sie der zäheste Mensch der Welt oder sie ist so erschöpft, dass sie nicht einmal mehr klar denken kann, stellte Hunter mit seiner tiefen, rauen Stimme fest.

Kai schob das Glas Wasser näher zu ihr hinüber. Hunter hatte recht. Unter Tessas grünen Augen hatten sich dunkle Ringe gebildet und ihr Gesicht wirkte angespannt. Und nach allem, was sie durchgemacht hatte...

Tessa sackte zusammen. „Ich wusste nicht, was ich sonst tun sollte. Ich wusste nicht, wohin ich gehen kann."

„Wir werden dir helfen", sagte Kai sofort. „Du kannst hierbleiben."

Boone hustete. Silas stieß ihn mit dem Ellbogen gegen den Bauch und knurrte. Und Cruz fauchte seinen Protest in die Köpfe seiner Gefährten.

Sie kann nicht hierbleiben. Keine Menschen. Wir waren uns einig.

Kai wirbelte herum und funkelte den Tiger an.

Ich dachte, du misstraust Menschen genauso sehr wie ich. Cruz' gelbliche Tigeraugen trafen seinen Blick.

Kai verkniff sich die Worte, *Das tue ich auch,* die ihm auf der Zunge lagen.

Sein Drache zuckte mit den Schultern. *Wir misstrauen Menschen. Nur nicht diesem.*

Silas warf ihm einen Seitenblick zu. *Warum bist du so versessen darauf, diese menschliche Frau zu beschützen?*

Es schien nicht ratsam zu sein, herauszuplatzen, *Weil ich glaube, dass sie meine Gefährtin ist,* also knurrte er nur: *Ein Drache hat sie bedroht. Es ist unsere Pflicht, uns darum zu kümmern.*

Silas überlegte kurz und nickte Tessa schließlich zu. „Es ist spät. Wir haben ein Gästehaus, in dem du unterkommen kannst – für den Moment." Er starrte Kai mit scharfem Blick an, der jedoch wieder weicher wurde, als er sich erneut Tessa zuwandte. „Du bist hier sicher. Ich gebe dir mein Wort."

Tessa krallte sich mit einer Hand am Stoff der Couch fest und die Finger ihrer anderen strichen über ihre Halskette, als sie schwankte. Der Steinanhänger hatte eine tiefe sattgrüne Farbe, die der Farbe ihrer Augen glich.

Kai sah sie an und bettelte um ihre Aufmerksamkeit, bis sie schließlich in seine Richtung blickte.

Du bist hier sicher, versprach er und kommunizierte mit seinen Augen. Mit seinem Körper. Mit seiner Seele. *Das verspreche ich dir.*

Je länger er in diese unglaublichen grünen Augen schaute, desto mehr schien sich die Zeit zu verlangsamen. Der Raum und die anderen Männer verschwammen und er konnte nur noch das Schlagen seines Herzens hören.

Gefährtin, flüsterte sein Drache. *Das ist unsere Gefährtin.*

Er wollte seine Worte in ihren Kopf hineinwünschen, aber sie war ein Mensch. Wie sollte sie die Worte hören? Wie konnte sie das ewige Band verstehen, das zwei Gestaltwandler miteinander verband?

„Tessa“, zischte Silas und *zack* – wurde Kai in die Realität zurückgerissen. Tessa blinzelte, als ob auch sie weggedriftet war.

„Ja. Ich meine, vielen Dank“, sagte sie und war plötzlich nervös. „Ich meine. . . “

Silas nickte genervt. „Boone, zeig ihr den Weg.“

Kai wäre fast losgesprungen, um den Wolf zu blockieren, aber Silas stoppte ihn mit seinem Arm. *Du bleibst hier. Wir müssen reden.*

„Hier entlang“, sagte Boone und führte Tessa in die Nacht hinaus.

Sie sträubte sich und sah Kai an, dessen Seele schrie. Er wollte derjenige sein, der ihr den Weg zeigte. Der auf sie aufpasste. Aber Silas' Griff an seinem T-Shirt war fest und sein Gesichtsausdruck zeigte, dass er es ernst meinte. Also drehte sich Kai zu Tessa um und versprach ihr alles noch einmal. Er wäre beinahe wieder in diesen hypnotischen Zustand verfallen, in dem er seinen Blick nicht von ihr fortreißen konnte.

„Kai.“ Silas zog an seinem Ärmel.

„Komm schon, Tessa“, sagte Boone im gleichen Moment.

Sie sah ihn noch einmal an und trat dann in die Nacht hinaus, wo sie mit Boone in den Schatten verschwand.

Kais Drache brüllte innerlich. *Nicht Boone! Er kann sie nicht haben! Er. . .*

Kai versuchte sein Bestes, die Stimme zu ignorieren. Boone war ein guter Mann, dem er mit seinem Leben vertrauen würde.

Vertraust du ihm mit unserer Gefährtin?, jaulte sein Drache.

Kai biss die Zähne zusammen und drehte sich langsam wieder zu Silas um. Hunter und Cruz schlichen sich ebenfalls in die Nacht hinaus und ließen Kai und seinen Cousin allein zurück. Um zu kämpfen? Um zu reden? Kai fragte sich, was wohl passieren würde.

Silas lief hinter die Bar und goss sich einen Brandy ein. Er bot Kai keinen an. Er hob einfach nur sein Glas und zeigte mit einem anklagenden Finger auf ihn.

„Lass mich die Frage noch einmal wiederholen. Warum bist du so sehr an dieser Menschenfrau interessiert?“

Kai knirschte mit den Zähnen. Wie sollte er das beantworten, wenn er sich selbst nicht ganz sicher war? Also log er. „Wie ich schon sagte. Ein anderer Drache hat sie bedroht. Es ist unsere Pflicht, uns darum zu kümmern.“

Silas funkelte ihn an, aber Kai wusste, dass sein Zorn nicht gegen ihn gerichtet war. „Verdammter Damien Morgan. Und wenn er immer noch für Drax arbeitet...“

Kai erstarrte, als ihm ein kaltes, eisiges Gefühl den Rücken hinunterlief. „Drax?“

Silas nickte und wiederholte es lauter, als wollte er beweisen, dass er keine Angst vor dem Namen hatte. „Drax.“

„Bist du dir sicher?“

„Bei diesen Dreckskerlen kann ich mir über gar nichts sicher sein.“

Silas' Augen funkelten und Kai fragte sich erneut, was in der Vergangenheit passiert war. Silas war nur ein paar Jahre älter als er, aber er hatte sein Zuhause viel früher als Kai verlassen. Er war verwundet und verschwiegen nach Hause zurückgekehrt. Kurze Zeit später war er der Armee beigetreten. Als Kais Vormund starb, war Kai Silas in den Dienst gefolgt, weil er nicht wusste, was er sonst hätte tun sollen. Das war vor gut zehn Jahren gewesen und jetzt... er schüttelte den Kopf. Jetzt war auch er verwundet und verschwiegen.

Er blickte in die Richtung, in die Tessa verschwunden war, und wunderte sich über die Vielzahl der Gefühle, die sie in ihm aufgewühlt hatte. Dinge, die er schon seit einer sehr langen Zeit nicht mehr gespürt hatte.

Er donnerte mit der Faust auf den Tresen, denn seinen Ärger herauszulassen, war akzeptabler, als etwas zu zeigen, dass ihn schwach wirken ließ. „Verdammter Damien Morgan.“

Sie waren sich nur zweimal über den Weg gelaufen, aber es hatte gereicht, um Kai davon zu überzeugen, was für ein arrogantes, egoistisches Arschloch Morgan war. Manche Gestaltwandler versteckten sich völlig vor der menschlichen Welt. Andere taten ihr Bestes, um sich anzupassen und ihr sogar zu dienen, so wie Kai, Silas und ihre Waffenbrüder es getan hatten. Einige wenige jedoch nutzten ihre einzigartigen Fähigkeiten als Gestaltwandler, um Macht und Reichtum anzuhäufen. Gestaltwandler wie Damien Morgan, der Immobilienmagnat und noch schlimmer, Drax, der mächtigste Drache von allen.

„Von wegen Immobilienmagnat", murmelte Kai. Er dachte dabei an das Land, um das Morgan seine Familie betrogen hatte, als sie am verwundbarsten gewesen war – zwei Jahrzehnte zuvor, als die ältere Generation starb und die Aufsteiger zu jung waren, um sich ihm zu widersetzen. Er nahm Silas den Brandy aus der Hand und goss sich zwei Finger breit ein. „Wir hätten ihn schon vor langer Zeit erledigen sollen. Alle beide – Morgan und Drax."

Silas stieß ein bitteres Lachen aus. „Ich habe es versucht. Glaube mir, ich habe es versucht." Er rieb seinen rechten Arm, wo sein Ärmel die Narben verdeckte.

Kai stellte die Flasche mit einem dumpfen Schlag hin. „Wie viel werden wir ihnen durchgehen lassen?"

„Wir wissen nicht, ob sie diesbezüglich zusammenarbeiten."

„Aber wenn sie es tun?"

„Wir werden es noch früh genug erfahren. Wir haben einen Tag – maximal zwei – bevor Morgan Tessas echten Namen herausfindet und sie aufspüren wird."

Kai sträubte sich und sein Drache hätte beinahe einen Feuerball ausgestoßen. *Niemand rührt meine Gefährtin an.*

„Lass ihn kommen", sagte Kai. „Lass ihn kämpfen."

Silas schüttelte den Kopf. „Morgan können wir möglicherweise erledigen. Aber wenn Drax involviert ist… ich will Drax genauso sehr wie jeder andere ausschalten, aber wir sind noch nicht bereit. Das weißt du selbst."

„Wie viel bereiter können wir denn sein?"

„Drax hat mehr Männer, viel mehr Geld und Dutzende von Spionen."

„Wir haben auch Spione", merkte Kai an.

Silas hob sein Glas. „Gott sei Dank, haben wir Ella."

Kai hielt sein Glas ebenfalls hoch. „Also auf Ella."

„Auf Ella", stimmte Silas zu und sie prosteten der Nacht zu.

„Und darauf, Damien Morgan zu Fall zu bringen", fügte Kai hinzu. „Bei der erstbesten Gelegenheit."

Kapitel 3

„Hier entlang", sagte Boone und deutete nach vorn.

Tessa fiel ein wenig zurück. Wollte sie wirklich einem Werwolf in die Nacht hinaus folgen? Sie blickte zum Mond hinauf, dann auf Boones breiten Rücken und schließlich über ihre Schulter zurück zu dem offenen Gebäude, das sie soeben verlassen hatten.

Kai. Etwas zog sie immer wieder zu Kai. Aber, verdammt – er war ein Drache, genau wie der, der sie angegriffen hatte.

Drachen sind wahnsinnig besitzergreifend, hatte Ella sie gewarnt. *Sobald sie etwas sehen, das sie haben wollen, geben sie niemals auf.*

Ella hatte natürlich über Damien Morgan gesprochen, aber dies traf mit Sicherheit auch auf Kai zu. Dennoch zögerte Tessa. Sie fühlte sich instinktiv von Kai angezogen, genau wie ihr Instinkt ihr auch gesagt hatte, sich von Damien Morgan fernzuhalten.

Sie zwang sich einen Fuß vor den anderen zu setzen und folgte Boone, wobei sie ihn jedoch nicht aus den Augen ließ. Zu diesem Zeitpunkt erschien ihr ein Werwolf das kleinere von zwei Übeln zu sein – solange er nicht anfing, den Mond anzuheulen.

Boone bemerkte ihren Blick nach oben und gluckste. „Mach dir keine Sorgen. Der Mond ist nicht der Grund, weshalb wir uns verwandeln."

Verwandlung. Sie ließ sich das Wort durch den Kopf gehen. Er sagte es so beiläufig, als könnte sich jede Kreatur von Mensch zu Tier verwandeln.

„Weshalb verwandelt ihr euch denn dann?", fragte sie und folgte ihm vorsichtig den Gehweg entlang.

Boone duckte sich unter einem regenschirmgroßen Blatt hindurch und hielt an, um es hochzuhalten, damit auch sie darunter durchgehen konnte.

„Wir können kontrollieren, wann wir uns verwandeln." Sie fühlte sich etwas besser – bis er hinzufügte: „Nun, meistens zumindest."

„Meistens?" Sie blieb plötzlich stehen.

Boone lief einfach weiter, so als wäre es ein ganz gewöhnlicher Sonntag in Hawaii. Aber das war es nicht. Es war Mitternacht des Tages, an dem ihre Welt auf den Kopf gestellt worden war.

„Ich wette, du bist gar nicht so anders", sagte er, als das Geräusch der Wellen lauter wurde, die über den Riffen der korallengesäumten Küste brachen.

„Ich bin mir ziemlich sicher, dass ich völlig anders bin. Mir sind noch nie ein Pelz oder Reißzähne gewachsen."

„Ich meine, was die Kontrolle betrifft." Er blieb stehen und schaute zum Mond hinauf. „Wenn du wütend bist. Die meiste Zeit kann man es kontrollieren, oder nicht? Aber hin und wieder passiert etwas und man schnappt einfach über." Seine Stimme wurde leiser. Fast reumütig.

Tessa blickte ebenfalls auf und versuchte, einen Stern zu finden, mithilfe dessen sie sich an diesem neuen Ort orientieren konnte. Alles war hier so anders als in Arizona – so lebendig, so grün. So voller Geräusche, wie das Rauschen der Blätter und das Flüstern des Wassers am Strand.

Ja, sie wusste ein oder zwei Dinge darüber, die Beherrschung zu verlieren. Als Kind hatte sie unkontrollierbare Ausbrüche gehabt.

Sie ist so feurig wie ihr Haar, hatte ihre Mutter immer gesagt.

Feurig, wie unsere Vorfahren, würde ihre Großmutter hinzufügen, obwohl ihre Mutter darüber immer nur gespottet hatte.

„Jeder Mensch hat eine tierische Seite", sagte Boone leise. „Bei Gestaltwandlern kommt sie einfach nur an die Oberfläche."

Tessa runzelte die Stirn. „So wie bei Ella?"

„Wüstenfuchs." Boone grinste. „Gerissener als alle anderen. Und tolle Beine."

Tessa prustete los, aber Boone lachte nur. „Was soll ich sagen? Ich bin ein Wolf."

Der Pfad ging weiter und Tessa fragte sich, wie groß das Anwesen wohl war.

„Was ist mit Drachen?", fragte sie, als ihre Gedanken zu Kai zurückkehrten.

„Was soll mit ihnen sein?"

„Bringt sie auch plötzlich irgendetwas zum Überschnappen?"

Boone drehte sich um und kratzte sich die Stirn. „Sieh mal, ich weiß, was du denkst…"

Tessa bezweifelte das, weil ihre Gedanken immer wieder zu dem Moment zurückkehrten, in dem sich ihre und Kais Schultern berührt hatten. Zu dem elektrischen Stromschlag, der durch ihren Körper geschossen war. Zum Rausch der Wärme. Zum Gefühl der Sicherheit.

„Du kannst Kai und Silas vertrauen. Sie haben ihre Ecken und Kanten, aber zum Teufel, das haben wir alle." Er kratzte sich die Brust und schaute reumütig auf. „Es sind Typen wie Damien Morgan, vor denen du dich in Acht nehmen musst."

Tessa lachte bitter. „Wenn mir das bloß jemand gesagt hätte, bevor ich zu seinem Haus gefahren bin."

Boone zuckte mit den Schultern. „Wie dem auch sei, ich nehme an, du hast für eine Nacht genug zu verdauen. Zeit, dich etwas auszuruhen."

Er deutete nach vorn und sie folgte ihm unwillig. Das Laub wurde allmählich dünner und das Geräusch des Meeres lauter. Dann lief Boone um eine Ecke und…

„Wow", hauchte sie, als sie ins Freie trat.

Eine Reihe von Palmen stand wie Fahnenmasten am Strand aufgereiht. Die Palmwedel wiegten sich sanft im Nachtwind. Das Mondlicht glitzerte über den Ozean – nicht nur in kleinen Flecken, sondern in einer langen silbernen Linie, die sich quer über das Meer erstreckte. Das Mondlicht funkelte und tanzte über das Wasser und tauchte alles in ein indigoblaues Licht.

„Wunderschön", hauchte sie.

„Willkommen auf Hawaii.“ Boone grinste. „Jetzt ruh dich aus.“

Er deutete nach rechts und ihr Mund klappte auf. „Das ist das Gästehaus?“

„Ja.“

„Und dort darf ich bleiben?“

Er lachte. „Es gehört ganz dir.“

Sie trat einen Schritt vor, blieb erneut stehen und starrte auf etwas wie aus einem Reisemagazin. Der Strandbungalow war winzig, aber perfekt. Er begann genau dort, wo der Strand endete, mit einer kleinen Stufe hinauf zu einer niedrigen Veranda. Ein bananengelbes Kajak lag neben der Veranda und lud sie ein, ihre innere Uhr auf Inselzeit umzustellen. Das lange, geschwungene Dach aus Palmwedeln, das sich in der Mitte hoch erhob und an beiden Enden senkte, schützte eine breite Veranda mit zwei Liegestühlen. Die gesamte Struktur schrie geradezu: *Zeit zu entspannen.*

Boone schob eine Schiebetür zur Seite. Seine Größe ließ den Ort noch kleiner und gemütlicher wirken.

„Es ist wie eine Hobbit-Höhle mit einem Strohdach“, rief Tessa.

Er lachte und drückte auf den Lichtschalter. Ein blau-gelber Innenraum kam zum Vorschein, der ihre Nervosität sofort beruhigte. „Lass das Silas nicht hören.“

Sie hatte nicht die Energie, sich zu fragen, was er damit meinte.

„Gute Nacht“, murmelte Boone und wandte sich wieder dem Pfad zu.

„Warte – was ist mit morgen?“, rief sie und griff nach dem Türrahmen.

Er zuckte mit den Schultern. „Was soll damit sein?“

„Ich meine, was passiert als Nächstes?“

Er neigte den Kopf von rechts nach links. „Ich bin ein Wolf, kein Wahrsager. Aber mach dir keine Sorgen. Alles wird gut.“

Woher wusste er das? Wie konnte er sich da so sicher sein?

„*Aloha po.* Gute Nacht“, sagte Boone und verschwand auf dem Pfad.

Tessa klammerte ihre Arme um sich und blickte aufs Meer hinaus. Wollte sie wirklich die Nacht unter völlig Fremden verbringen, die sich in wilde Bestien verwandeln konnten?

Hatte sie eine Wahl?

Für einen kurzen Moment dachte sie über das Kajak nach. Niemand würde es bemerken, wenn sie hineinsprang und davonpaddeln würde. Sie könnte zu irgendeinem Ort an der Küste gelangen, zurück in die Stadt trampen, sich ein Hotelzimmer nehmen und dann überlegen, was sie als Nächstes tun sollte.

Der Mondschein blinzelte vom Meer hinüber und erinnerte sie an das eigentliche Problem. Morgan. Der böse Drache war dort draußen. Und wenn er nach ihr suchte...

Sie ließ das Kajak hinter sich und musterte die Schatten. Vielleicht wäre es das Beste hierzubleiben. Würde sie jetzt gehen, könnte sie ihrem wahren Feind womöglich direkt in die Arme laufen.

In einem Fenster hing eine Kugel, die im Mondlicht blau schimmerte – ein pures, sattes Blau, genau wie Kais Augen.

Wenn du jetzt gehst, so schien es zu sagen, *wirst du auch niemals das Geheimnis hinter diesen umwerfenden Augen entdecken.*

Ihre ganze Seele wurde warm und ihre Wangen so rot, als wäre Kai tatsächlich da und würde sie um einen Gutenachtkuss bitten. Ein Kuss, nach dem sich ihre Seele sehnte, auch wenn sich ihr Geist dagegen sträubte.

Er ist ein Drache. Er ist gefährlich, genau wie Morgan, und denkt, er könne sich einfach nehmen, was er will.

Er ist überhaupt nicht wie Morgan, protestierte eine kleine Stimme in ihrem Hinterkopf. *Du kannst ihm vertrauen. Du solltest ihm vertrauen.*

Unentschlossen atmete sie tief durch. Dann schaute sie zum Himmel – Gott sei Dank kein Zeichen von Drachen – und eilte zur Sicherheit schnell hinein.

Kapitel 4

Zu ihrer völligen Überraschung schlief Tessa tief und fest. Von dem Moment an, als sie ihren Kopf auf das weiche Kissen des Doppelbettes legte, bis zu dem Zeitpunkt, als das Kratzen eines Palmwedels auf dem Dach sie weckte. Sie blinzelte zum Strohdach hinauf und wunderte sich, dass sie überhaupt keine Albträume gehabt hatte. Ein paar Träume waren ihr durch den Kopf gegangen, aber sie waren alle vage und verschwommen gewesen. Ihr war warm und sie hatte sich entspannt und beschützt gefühlt. Wie ein Wanderer, der im Winter zufällig in eine Hütte mit einem knisternden Kamin gestolpert war. Anstelle des Winters befand sie sich jedoch in einem tropischen Wunderland. Anstatt sich vor dem Kamin zusammenzurollen, hatte sie sich in eine lederne, sichere Nische gekuschelt. Sie war sanft geschwungen, wie eine Art halbmondförmige Couch.

Das Tageslicht durchflutete den Bungalow und versuchte sein Bestes, unter die Kante des niedrigen Daches zu kriechen. Für einen Moment hatte sie sogar das Gefühl, dass Boone die Wahrheit gesagt hatte – dass alles gut werden würde.

Aber als Tessa sich genauer an ihre Träume erinnerte, begann ihr Herz wieder höherzuschlagen. Das war gar keine Couch, in die sie sich gekuschelt hatte. Es war ein schlummernder Drache gewesen, der seinen Flügel um sie geschlungen hatte und ihr so einen sicheren Zufluchtsort bot.

Sie sprang aus dem Bett und riss die Haustür auf. Ganz plötzlich brauchte sie frische Luft.

Die Sonne funkelte, genau wie das Mondlicht zuvor, über das Meer. und ein Sturmtaucher flog vorbei. *Nichts, worüber du dir Sorgen machen müsstest*, schien seine anmutige Flugbahn durch die Luft zu sagen. *Es gibt hier keinen Grund zur Sorge.*

Tessa betrachtete die dichte Vegetation rundherum. Nichts, worüber man sich Sorgen machen müsste? Was wäre, wenn ein Tiger mit seiner blutigen Beute im Maul aus dem Unterholz käme? Oder wenn ein Bär mit der Nase im Wind den Pfad entlang kam? Sie blickte zum Himmel hinauf. In jedem Moment könnte ein Drache über sie hinwegfliegen und ihre Welt erneut in Schatten stürzen.

Sie zog sich in den kleinen Bungalow zurück und fragte sich, was sie tun sollte.

Routine, hatte ihre Großmutter jedes Mal gesagt, wenn sie zwischen den Häusern ihrer Eltern pendeln musste. Eine Woche hier, die nächste Woche dort. *Du musst deine Routine beibehalten. Dann wirst du dich überall Zuhause fühlen, egal wo du bist.*

Sie bezweifelte, dass sie sich jemals an einem Ort Zuhause fühlen würde, an dem sie von Gestaltwandlern umgeben war. Aber so lange musste sie wiederum nicht bleiben. Nur bis sie herausfand, wie sie Damien Morgan entgehen und ihr Leben weiterleben konnte.

In der winzigen Küchenzeile gab es löslichen Kaffee und an der Seite des Bungalows befand sich eine Dusche mit schönen, flauschigen Handtüchern, die ordentlich nebeneinander aufgerollt lagen. Tessa berührte sie und sah sich dann in dem gepflegten Bungalow um. Wer kümmerte sich auf diesem Anwesen um den Haushalt? Noch andere Gestaltwandler? Menschen? Feen?

Sie verdrängte den Gedanken und konzentrierte sich auf eine Sache nach der anderen, angefangen mit einer Dusche. Die Fluggesellschaft hatte ihr bei ihrem überstürzten Abflug aus Arizona hastig zusammengesammeltes Gepäck verloren, sodass sie in ihrem Oberteil und ihrer Unterwäsche geschlafen hatte. Ein kurzer Blick in den Schrank offenbarte ihr eine Auswahl schlichter T-Shirts in verschiedenen Größen sowie einige Seidensarongs. Das war zumindest etwas – genau wie eine Zahnbürste neben dem Waschbecken, Gott sei Dank.

Nach der Dusche fühlte sie sich frisch und gestärkt, aber der Kaffee machte sie nur noch hungriger, sodass sie all ihren Mut zusammennahm und hinausging.

Koa Point, hatte Ella gesagt. *Koa steht für eine Eliteklasse von Kriegern.*

Tessa drehte sich langsam im Kreis. Der Teil mit den Kriegern passte sicherlich, aber Koa hätte genauso gut *Himmlischer Ort, wo das Land auf das Meer trifft* bedeuten können, wenn man diese atemberaubende Aussicht in Betracht zog.

Sie wanderte langsam den Pfad hinauf, den Boone sie in der Nacht zuvor hinuntergeführt hatte. Wege verzweigten sich in alle Richtungen und auf der rechten Seite war ein Wellblechdach zu sehen. Es schien eine Reihe von Häusern zu geben, die in ihren eigenen privaten Ecken des Anwesens versteckt lagen, und sie fragte sich, wer dort wohl wohnte. Vor allem fragte sie sich, wo Kai wohnte. Lebten alle Drachen in großen Höhen so wie Damien Morgan? Das Anwesen erstreckte sich vom Meeresufer bis... nun, sie konnte nicht sagen wie weit. Das Grundstück war riesig, so viel war sicher.

Durch eine Lücke in der Vegetation erhaschte sie einen Blick auf einen Landeplatz, auf dem ein brauner Hubschrauber mit gelben und roten Streifen auf einem quadratischen Betonfeld stand. Sie spitzte die Lippen und ging weiter. Wer auch immer dieses Anwesen besaß, hatte wirklich alles.

Sie erreichten den Rasen vor dem Gebäude mit den offenen Seiten, wo sie in der Nacht zuvor die Männer getroffen hatte. Ihre Schritte wurden langsamer und sie rückte den Seidensarong um ihre Taille zurecht. Sie wünschte sich, sie hätte einen Spiegel – ganz zu schweigen von einer Dose Pfefferspray. Konnte sie diesen Männern vertrauen? Oder konnte sie es nicht?

Langsam näherte sie sich und musterte den Ort. War jemand dort? Das strohbedeckte Gebäude war so simpel, wie es nur sein konnte. –gewebte Matten auf einem Betonboden und ein paar Stützbalken für das Dach – und doch war es gleichzeitig elegant. Die burgunderrote Couch, auf der sie in der Nacht zuvor gesessen hatte, war eins von vier Sofas, die quadratisch in dem Bereich aufgestellt waren, der das Wohnzimmer ausmachte. Die Uhr auf dem Tisch zeigte elf an.

Wow – elf? Sie schaute noch einmal hin. Hatte sie wirklich so lange geschlafen?

„Morgen", grummelte eine tiefe Stimme von links.

Sie drehte sich um und sah Hunter an der Küchentheke sitzen. Sein Haar war zerzaust, die Augen schläfrig und er rührte in einer Schüssel Haferbrei.

„Morgen", schaffte sie zu sagen, und versuchte, nicht allzu überrascht zu klingen. Waren Bären Langschläfer oder hatte er eine sanfte lange Nacht hinter sich?

Er lächelte, rührte einen Löffel Honig in seine Haferflocken und seufzte beim ersten Bissen.

Tessa beschloss, dass sie mit dem Bären auskommen könnte. Der Wolf war auch recht freundlich gewesen, aber was war mit den anderen? Der Tiger war ebenfalls dort, aber er nahm seinen Teller und lief weg, als er sie sah.

„Mach dir nichts aus Cruz", vernahm sie Kais sanfte Stimme.

Sie wirbelte herum und sah ihn unter der anderen Seite des Schutzdachs stehen, wo er sich an einen als Stützbalken dienenden verdrehten Holzstamm lehnte.

Selbst bei Tageslicht hatte dieser Mann Ecken und schattige Kanten. Seine Wangenknochen waren hoch und wirkten wie gemeißelt. Die Augenbrauen hochgeschwungen. Das schwarze T-Shirt saß eng über einer verdammt breiten Brust und seine Finger umschlossen das naturbelassene Holz so fest, dass seine Fingerknöchel ganz weiß waren. Was witzig war, denn schließlich war sie hier die Nervöse, nicht wahr?

„Ich glaube, Cruz mag mich nicht", schaffte sie es zu sagen und riss ihren Blick von Kai los. Sie ermahnte ihr Herz, dass es keinen Grund gab, höherzuschlagen.

„Nimm es nicht persönlich", sagte Boone, der hinter Kai auftauchte. „Er mag keine Menschen."

Der Wolf war genauso groß und muskulös wie Kai, aber es war der Drache, der ihre Aufmerksamkeit auf sich zog. Sie konnte weder ihren Blick noch ihre Gedanken von ihm abwenden. Und plötzlich stieg eine Frage in ihr auf. Mochte Kai Menschen?

Silas kam den Pfad entlang, nickte zur Begrüßung und sie stellte sich dieselbe Frage erneut. Hasste Silas sie? Nahm er ihr etwas übel? Wollte er einfach nur, dass sie verschwand?

„Hungrig?", fragte Kai.

Als ihr Blick wieder auf ihn fiel, kamen ihr sofort ein Dutzend mögliche Interpretationen von *hungrig* in den Sinn.

„Bediene dich", sagte Boone und deutete auf die Küche. Er öffnete die Gefrierfachtür, zog eine Tiefkühlpizza heraus und schob sie in den Ofen.

Tessa lief herum und schaute in den Kühlschrank. Die Regale waren voll mit verschiedensten Zutaten und Ingredienzien, aber es gab nichts, was einer richtigen Mahlzeit entsprechen würde. Es gab Essiggurken, fünf verschiedene Senfsorten, drei Sorten Milch – von denen eine längst abgelaufen zu sein schien – und einen einsamen Klumpen Käse. Kein frisches Obst oder Gemüse außer einer halben Ananas, die mit der Schnittstelle nach unten auf einem Teller lag. Vielleicht war das Anwesen tatsächlich eine riesige Junggesellenbude. Sie spähte in die Mülltonne und tatsächlich – sie war voll mit leeren Essensbehältern.

„Hast du etwas gefunden?", fragte Kai, der hinter ihr auftauchte. Er war ihr nah, aber für ihren Geschmack nicht nah genug.

Ich habe dich gefunden, wollte sie sagen.

Sie zwang sich langsam und ruhig zu atmen. Warum ließ er ihr Blut so in Wallung geraten?

„Ähm ... na ja... "

Er sah sie mit hochgezogener Augenbraue an. Dieser Blick war teils James Dean, teils Clint Eastwood aus den sechziger Jahren. Sie wusste das, weil sie damals vor langer Zeit Schwarz-Weiß-Bilder von beiden an den Wänden in ihrem Studentenwohnheim gehabt hatte.

„Das hier geht." Sie richtete sich schnell auf und zog den Käse heraus.

„Jemand muss einkaufen gehen", sagte der Bär und sah die anderen an. „Es ist nicht mehr viel übrig. Wer kocht heute Abend überhaupt?"

Der Raum wurde still. Silas sah Kai an. Kai sah Boone an. Boone sah Hunter an, der zu Boden starrte.

„Hast du nicht gesagt, dass du eine Privatköchin bist?", fragte Boone. Vier Augenpaare hungriger Gestaltwandler richteten sich auf Tessa.

Sie nickte und schwankte von einem Fuß zum anderen. Im Mittelpunkt der Aufmerksamkeit zu stehen störte sie nicht, aber diese Männer waren so... intensiv. So mächtig. So... viel größer als das Leben selbst.

„Perfekt. Ich nominiere den Menschen." Boone grinste. „Um das Abendessen zuzubereiten, meine ich. Nicht, um das Abendessen zu sein."

Tessa stemmte ihre Hände in die Hüften. „Sehr witzig."

Ein Knurren ertönte und sie sah, wie Kai Boone mit einem vernichtenden Blick zum Schweigen brachte.

„Sicher", sagte sie und strahlte dabei Ruhe aus, bevor sich die beiden einen Wettstreit böser Blicke lieferten. „Ich würde gern heute Abend kochen."

„Das musst du nicht", sagte Silas nicht sehr erfreut.

„Es ist das Mindeste, was ich tun kann. Wie weit ist es zum Supermarkt? Kann mich jemand mitnehmen?"

Boone begann seine Hand zu heben, aber er warf Kai einen Blick zu und ließ sie sofort wieder sinken.

„Ich fahre dich", knurrte Kai.

Genau das, worauf sie gehofft hatte – und auch nicht. Etwas an ihm machte ihr Angst, während es sie gleichzeitig reizte. Ihr Herz klopfte wie wild und ihr Gesicht wurde rot.

„Großartig", sagte sie und versuchte, lässig zu klingen. „Was möchtet ihr alle essen?"

„Steak", grunzten sie alle gleichzeitig.

Tessa wäre fast einen Schritt zurückgetreten. In Ordnung, also Steak. „Blutig oder steht das außer Frage?"

„Blutig." Boone nickte.

„Definitiv blutig", stimmte Kai zu.

„Blutig mit Honigglasur", murmelte Hunter.

Tessa sah sich um. Wenn sie die Herzen dieser Gestaltwandler durch ihre Mägen erobern konnte, dann sollte es so sein.

„Zuerst müssen wir reden", sagte Silas so dunkel und zielgerichtet wie immer.

Und einfach so brach die Realität wieder über sie herein. Dies waren keine neuen Kunden, für die zu kochen sie genießen konnte. Es waren Gestaltwandler, die genauso gefährlich waren wie Damien Morgan. Vielleicht sogar noch gefährlicher. Schließlich waren sie zu fünft.

Hätte die Bande sie jedoch töten, vergewaltigen oder foltern wollen, hätten sie es wahrscheinlich bereits getan.

„Sicher", sagte sie und hasste, wie ihre Stimme dabei schwankte. „Wir können reden."

Silas neigte den Kopf und führte sie an den Sofas vorbei zu einem Tisch in der Ecke, wo er, ganz der Gentleman, einen Stuhl für sie herauszog. Doch noch bevor sie sich setzen konnte, drängte sich Kai zwischen die beiden und griff nach dem Stuhl.

Niemand rückt dieser Frau den Stuhl zurecht außer mir, sagte seine steife Haltung.

Tessa sah Silas an, dann Kai und erlebte die Wiederholung des Starrwettbewerbs vom Vorabend.

„Vielleicht setze ich mich einfach hierhin", murmelte sie und rutschte an einen anderen Platz.

Hinter ihr kicherte Boone, verstummte jedoch, als die Drachen ihn anfunkelten.

Tessa schüttelte den Kopf. Wandler. Wie sollte sie sie jemals verstehen?

Silas schien die Manieren einer längst vergangenen Ära zu haben. Boone hingegen war eher der moderne Typ, der die Füße auf den Kaffeetisch legen würde. Kai befand sich irgendwo dazwischen. Handelte es sich dabei einfach nur um unterschiedliche Persönlichkeiten oder hatte jede Spezies ihre eigenen einzigartigen Merkmale?

Kai setzte sich auf den Platz neben ihr und überließ Silas den Stuhl an der anderen Seite des Tisches. Kais Nähe beruhigte ihre aufgewühlten Nerven, aber seine Aufmerksamkeit flößte ihr gleichzeitig auch etwas Angst ein.

Drachen sind wahnsinnig besitzergreifend, hatte Ella gesagt. *Sobald sie etwas sehen, das sie haben wollen, geben sie niemals auf.*

Sie setzte sich, verschränkte ihre Hände auf dem Tisch. Dies war genau wie eine Polizeiaussage, die sie hätte machen müssen, wäre sie von einem Menschen und nicht von einem Gestaltwandler angegriffen worden.

Niemand darf etwas über Gestaltwandler wissen. Niemand. Hast du das verstanden? hatte Ella ihr zugeflüstert und sie bei den Armen gepackt, während sie in Phoenix auf Tessas Flug warteten.

„Erzähl uns alles, von Anfang an", sagte Silas und setzte sich auf den Stuhl ihr und Kai gegenüber.

Ihre nervösen Hände griffen sofort nach dem Anhänger an ihrem Hals. Silas' Augen blitzten interessiert auf und sie schob die Smaragdimitation schnell unter ihr Oberteil. War es wahr, was man über Drachen und Schätze hörte? Und wenn es so war, konnten sie dann nicht erkennen, dass es sich um eine wertlose Fälschung handelte? Wertlos, abgesehen von der sentimentalen Bedeutung, die der Schmuckstein für sie hatte.

„Damien Morgans Assistent hat mich angerufen", sagte sie schnell. „Er sagte, dass Morgan an den wenigen Gelegenheiten, die er in der Stadt verbrachte, verschiedene Köche ausprobieren wollte. Wir verbrachten eine Ewigkeit damit, einen Termin zu vereinbaren. Sein Assistent erinnerte mich wiederholt daran, dass Morgan ein viel beschäftigter Mann wäre."

„Viel beschäftigt, wo?", unterbrach Silas sie.

Silas wollte alles wissen: Das Ausmaß von Morgans Geschäftsinteressen, seine Kontakte, seine tägliche Routine – die Art von Details, die jeder Polizeidetektiv fragen würde. Aber Tessa kannte Morgan nicht genug, um zu antworten.

„Es war mein erster Besuch in seinem Haus." *Der erste und letzte*, dachte sie bei sich.

„Und er hat dich aus dem Nichts heraus angegriffen?"

Sie überlegte. „In einem Moment roch er an der Zwiebelsuppe und im nächsten an mir." Sie zitterte. „Dann hat er mich gepackt und gegen die Wand gedrückt." Sie krümmte sich, nicht gewillt, den Schrecken des Ganzen noch einmal zu durchleben. Auch, wie haarsträubend seltsam es war, als Morgan begonnen hatte, etwas über Gefährten und Paarung zu krähen...

Sie übersprang diesen Teil. „Dann klingelte es an der Tür und er stieß mich in ein anderes Zimmer."

„Und Ella ist einfach so aufgetaucht?"

Tessa nickte. „Das war der merkwürdige Teil. Es war, als ob sie mir dorthin gefolgt wäre für den Fall, dass etwas passiert. Moment mal." Das Blut in ihren Adern gefror zu Eis. „Glaubt ihr, dass Ella irgendetwas damit zu tun hat…"

Silas unterbrach sie sofort. „Du kannst Ella vertrauen."

„Bist du dir sicher?" Tessa war so dankbar für Ellas Hilfe gewesen, dass sie überhaupt nicht weiter darüber nachgedacht hatte. Aber im Nachhinein schien es seltsam, dass ihre Nachbarin sie vor einem Drachen beschützen würde. Es war fast so, als hätte Ella geahnt, dass etwas im Gange war. Aber was?

„Wir sind uns sicher", sagte Silas so entschieden, dass sie es nicht wagte, ihn in Frage zu stellen. „Wir verstehen nur einfach nicht, warum Morgan dich ins Visier genommen hat."

Ins Visier genommen. Sie hasste, wie das klang. Aber es war die Wahrheit.

„Glaubst du, dass er versuchen wird, mich zu finden?"

Silas neigte den Kopf von einer Seite zur anderen. „Das kommt darauf an. Hat er seinen Drachen gezeigt?"

Tessa packte die Tischkante und schloss die Augen. „Seine Fingernägel verwandelten sich zu Krallen und seine Ohren wurden länger." Sie strich mit den Fingern über ihre eigenen Ohren, als wolle sie die Ecken nach oben ziehen, so wie bei Spock. „Seine Augen glühten rot wie Lava. Wie ein Feuer. So wie… wie…" Sie kämpfte einen Moment mit sich und zeigte dann auf Silas. „So wie deine."

Sie zitterte bei dem Anblick von Funken und flackernden Flammen in Silas Augen, zwang sich jedoch, nicht zusammenzuzucken. Vielleicht waren Drachen wie Hunde oder Pferde – Wesen, vor denen ein Mensch seine Angst nicht zeigen sollte.

Sie schenkte Kai einen Blick, um zu beweisen, wie zäh sie war – trotz des Durcheinanders in ihrem Inneren – und erstarrte. Seine Augen glühten ebenfalls, aber im Orange und Rot vermischt strahlte ein Blau. Ein sattes, reines Blau, wie der innerste Teil eines Feuers. Nicht beängstigend, sondern schön.

Silas stieß einen rauen, räuspernden Ton aus, der eine Art Signal sein musste. Kai blinzelte und löschte die blaue Flamme aus. Tessa wandte sich hastig ab und blickte auf ihre Hände hinunter. Was war das wohl gewesen? Gab es eine Art Farbcode für Drachenaugen? Und wenn es so war, was zum Teufel bedeutete Blau?

„Sonst nichts?", forderte Silas. „Hat er seine Zähne gezeigt? Seine Flügel? Seinen Schwanz?"

Tessa gluckste. „Ich bin mir ziemlich sicher, dass ich auf der Stelle gestorben wäre, wenn er mir seine Zähne gezeigt hätte. Nun, die Eckzähne waren leicht verlängert."

„Etwa so?" Silas öffnete den Mund, zog die Lippen zurück und. . .

Tessa riss die Hände in die Höhe. „Bitte nicht! Dafür bin ich noch nicht bereit."

„Was hast du noch gesehen?", fragte Kai.

„Ich spähte durch das Schlüsselloch und sah einen anderen Mann hereinkommen. Ich konnte sein Gesicht nicht sehen, aber ich sah Morgan und seine Arme verwandelten sich in Flügel, während er hin und her lief. Gott sei Dank klopfte in diesem Moment Ella ans Fenster und half mir zu fliehen."

Ella, die sie an einem zentimeterbreiten Geländer über eine steile Klippe geführt hatte, und sich dann in ihre Fuchsform verwandelt hatte, um Tessa den steilen Hang hinunter zu führen, weg von diesem schrecklichen Ort.

Tessa schloss die Augen und umklammerte ihren Anhänger fest, wobei sie den Geschmack von Galle hinunterschluckte. Wenn sie nur daran dachte, wie knapp sie einem schrecklichen Schicksal entkommen war. . .

„Tessa", flüsterte Kai. Nun, sie dachte zumindest, es wäre Kai gewesen, obwohl sie sich kaum vorstellen konnte, dass seine Stimme so sanft oder so gütig klingen konnte.

Sie schaute auf.

„Nicht alle Drachen sind böse, Tessa. Damien Morgan ist eine Ausnahme."

Seine Augen flehten sie an – inständig, so als ob es ihm unglaublich wichtig wäre, dass sie es verstand. Seine Augen glühten jetzt wieder und er schien den Atem anzuhalten.

Ihre Wangen wurden warm und der Rest des Raumes verschwamm um sie herum, bis nur noch sie, Kai und das Versprechen in seinen Augen übrig blieben. Dieses Flehen.

Du musst wissen, dass ich dir niemals wehtun würde. Niemals, sagten seine Augen. Drachenaugen, genau wie die in ihrem Traum. Für einen magischen Augenblick verschwand die ganze Angst aus ihrer Seele und sie wünschte sich, sie hätte ihren eigenen Trick, um ihm mit glühenden Augen zu antworten. Einen, der ihm sagen könnte: *Ich glaube dir. Ich vertraue dir.*

Sie wäre vielleicht sogar verzaubert genug gewesen, um etwas Verrücktes hinzuzufügen, wie: *Ich glaube, ich könnte dich sogar lieben,* wenn Silas nicht seine Tasse auf den Tisch gedonnert und den Zauber gebrochen hätte.

„Was hat Morgan gesagt? Wiederhole seine genauen Worte."

Sie schlang ihre Arme um sich und lehnte sich zurück, als Morgans Worte erneut in ihrem Kopf widerhallten und Kais übertönten.

Du wirst eine gute Gefährtin für mich sein, hauchte er ihr mit seinem schwefeligen Atem ins Gesicht. *Du wirst mir viele Erben schenken und ich werde der Mächtigste meiner Art werden.*

„Ich erinnere mich nicht", flüsterte sie und hoffte, dass Drachen Lügen nicht riechen konnten.

Kapitel 5

Kai konnte sehen, wie zermürbend die Fragen für Tessa waren. Und dabei zusehen zu müssen, wie sie die Schrecken des Geschehenen noch einmal durchlebte, brachte ihn fast um.

Lass sie endlich in Ruhe, bellte er Silas an.

Sie kamen nicht weiter und Tessa wirkte immer verstörter. Nicht, dass sie es sich sehr anmerken ließ. Diese mutige kleine Menschenfrau tat ihr Bestes, um eine tapfere Miene aufzulegen. Aber ihre Anspannung zeigte sich dennoch. Ein paar Minuten zuvor hatte auf ihrem Gesicht der Hauch eines Lächelns gelegen – als es noch ums Abendessen ging. Jetzt, da sie über ihren Beinahe-Tod durch den Drachen diskutierten, den er mehr als alle anderen auf der Welt hasste, war sie so bleich wie ein Leichentuch.

Silas war unerbittlich, genau wie Kai es normalerweise auch gewesen wäre. Aber genug war genug. Er erlaubte Silas noch zwei weitere Fragen, bevor er seinen Stuhl zurückschob und verkündete: „Wir müssen los, bevor die Geschäfte schließen".

Silas runzelte die Stirn. Die Geschäfte würden noch lange nicht schließen und sie beide wussten es.

Genug mit den Fragen, sagte er Silas. *Lass mich sehen, was ich auf der Fahrt in die Stadt aus ihr herausbekommen kann.*

„Vielleicht können wir auch nach meinem Gepäck sehen", sagte Tessa und klang so erschöpft, dass Kai fast ihre Hand genommen hätte.

„Ich bin mir nicht sicher, ob es eine gute Idee ist, wenn du das Anwesen verlässt." Silas stand schnell auf und versperrte ihr den Weg.

Kai durchbohrte Silas mit seinem schärfsten Blick. *Sie ist mit mir unterwegs.*

Silas warf ihm einen seiner meisterhaften *Und genau darüber mache ich mir Sorgen*-Blicke zu.

Schau mal, sie ist kaum über den Schock hinweg, sagte Kai. *Es ist für sie genauso ein Rätsel wie für uns. Lass uns ihr ein bisschen Zeit geben. Möglicherweise erinnert sie sich an ein wichtiges Detail, wenn sie sich etwas wohler fühlt.*

Silas feuriger Blick huschte von Kai zu Tessa und wieder zurück. Schließlich nickte er langsam. „Seid einfach vorsichtig."

Als Kai aufstand und nach Tessas Hand griff, wusste er sofort, was Silas mit Vorsicht gemeint hatte. Allein dieser kleinste Kontakt mit dem Menschen erweckte seinen Drachen zum Leben.

Meine Gefährtin!

Ja, er musste allerdings vorsichtig sein – insbesondere mit seinem Herzen.

Wir behalten sie nicht, schimpfte er mit seinem Drachen. *Wir helfen ihr nur.*

Für immer, schnaubte sein Drache.

„Vielleicht kannst du in der Zwischenzeit Ella erreichen", sagte Kai zu Silas und versuchte, seinen Drachen abzulenken.

„Ich habe es schon den ganzen Morgen probiert", seufzte Silas und sah ihnen nach. Kai konnte seinen Blick auf seinem Rücken brennen spüren.

Pass auf, welche Gefühle du für diesen Menschen zulässt, murmelte Silas in seinen Kopf. *Pass auf.*

Kai drängte Tessa um die Ecke zur Garage.

„Ähm, Kai?"

Er wiederholte ihre Stimme in seinem Kopf und genoss den Klang seines Namens aus ihrem Mund.

„Ja?"

„Müssen wir so rennen?"

Ups. Seine Schritte waren immer schneller geworden, bis er praktisch joggte.

Ihre Beine sind lang, aber nicht so lang, murmelte sein Drache. *Geh langsam.*

„Entschuldige", murmelte er und zwang sich, langsamer zu laufen.

„Kai?", fragte Tessa eine Sekunde später und löste ein erneutes Feuerwerk in ihm aus.

„Ja?"

„Du zerdrückst meine Hand."

Ups. Er ließ sofort los, griff aber einen Augenblick später wieder danach und befahl sich, diesmal nicht so fest zuzudrücken. „Entschuldige. Es ist nur so, dass Silas mich manchmal aus der Fassung bringt. Er ist irgendwie heftig."

Sie schnaubte und warf ihm einen spitzen Blick zu. „*Silas* ist irgendwie heftig?"

Er sah sie an und da war es wieder. Dieses Feuer, dieses Brüllen in ihren Augen. Kleine orangefarbene und rote Funken inmitten des Grüns.

Sie wäre ein guter Drache, brummte sein inneres Biest.

Er spitzte die Lippen. *Ich wette, das hat Vater auch über Mutter gedacht.*

Das brachte seinen Drachen zum Schweigen und all die Erinnerungen wieder zurück. Schwache Erinnerungen an die Mutter, die starb, als er noch klein war. Als mit einem Drachen verpaarter Mensch war sie nicht in der Lage gewesen, sich gegen den Angriff der abtrünnigen Drachen zu wehren. Abtrünnige, die von Menschen gewarnt worden waren. Sein Vater hatte sich selbst niemals vergeben und er war nicht lange nach der Jagd auf die Drachen, die seine Gefährtin getötet hatten, selbst auch gestorben.

Willst Du das für Tessa?, bellte er.

Seine Drachenseite weigerte sich, ihm zu antworten, also fuhr er fort, um seinen Punkt zu unterstreichen.

Deshalb kann sie nicht unsere Gefährtin sein. Krieg das in deinen Kopf. Keine Menschen. Wir dürfen sie nicht in diese Art von Gefahr bringen.

Sie schwebt bereits in Gefahr, erwiderte sein Drache. *Wir sind es, die sie beschützen.*

Kai lief einfach weiter. Wenn es doch nur so einfach wäre.

„Kai?"

Tessas Stimme drang durch die Sturmwolke der Gefühle, die sich um sein Herz geballt hatte, und ließ ihn etwas zur Ruhe kommen. „Ja?"

„Geht es dir gut?“

Jetzt war sie diejenige, die seine Hand fester drückte. Er konnte nicht anders, als zu grinsen.

„Gut“, murmelte er. „Danke.“

Sie liefen schweigend weiter die Einfahrt hinauf.

Hör auf, sie so anzustarren, befahl er seinem Drachen.

Versuch du doch einmal, eine so schöne Frau nicht anzustarren, erwiderte das Biest.

Er versuchte es, aber ja – er scheiterte kläglich. Ihr weißes T-Shirt brachte das strahlende Grün ihrer Augen zum Leuchten. Und das farbenfrohe Wickeltuch, das sie damit kombiniert hatte, war auf komplizierte Weise gebunden, was die perfekte Rundung ihrer Hüften unterstrich. Ihr Haar fiel über ihre Schultern und schimmerte rötlich-gold in der Sonne. Sie war mit ihren Sommersprossen und den dünnen Lippen eher *das hübsche Mädchen von nebenan* als ein umwerfendes Titelblatt-Model, aber verdammt. Sie hatte mehr Seele als ein Dutzend hohläugiger Models zusammen. Mehr Feuer. Mehr Temperament. Er konnte es in ihren Augen und in ihrem schnellen, federnden Schritt sehen.

„Hübsche Halskette“, sagte er, als sie ihn erneut dabei erwischte, wie er in ihre Richtung blickte.

Sie griff nach dem Anhänger und hielt ihn für ihn hoch. Er sah einem Smaragd verdammt ähnlich – grün, genau wie die Farbe ihrer Augen. Die Form des Steins schien Kai auf eine Art und Weise vertraut zu sein, die er nicht erklären konnte.

„Es ist kein echter Smaragd, aber meine Großmutter hat ihn mir geschenkt. Er bedeutet mir sehr viel.“ Sie lächelte den Anhänger an – ein bittersüßes Lächeln, über das er gern mehr herausgefunden hätte, obwohl er sich nicht traute zu fragen – und dann versteckte sie ihn erneut.

„Drachen können also fliegen, ja?“, fragte sie.

Natürlich kann ich fliegen, schnaubte sein Drache.

„Ja.“

„Wozu dann all die Autos?“, fragte sie und deutete mit der Hand über die lange Reihe von Garagen, an denen sie schließlich ankamen.

„Oh. Der Besitzer des Anwesens sammelt sie.“

„Ich verstehe", sagte sie in einem Ton, der darauf hindeutete, dass sie überhaupt nichts verstanden hatte. „Wer ist der Besitzer?"

Er griff nach einem Schlüssel an einer Reihe von Haken und lief weiter – vorbei an dem Jaguar, den er am Vorabend gefahren war. Vorbei am Ferrari, am Lamborghini und dem Jeep. „Es ist kompliziert."

„Versuch es mal."

Er druckste herum, weil es ihm selbst auch nicht ganz klar war. Silas hatte das Militär ein paar Monate vor den anderen verlassen. Als Kai und die anderen sich ihm auf Maui anschlossen, hatte er die Abmachung, sich um das Anwesen zu kümmern, bereits besiegelt. Er hatte auch deutlich gemacht, dass er bezüglich des Besitzers keine Fragen wünschte.

„Es ist eine besondere Vereinbarung. Der Besitzer ist fast nie hier. Wir kümmern uns um das Grundstück. So wie Hauswarte."

„Hauswarte?" Sie hob eine Augenbraue. „Was genau wartet ihr denn?"

Kai winkte vage mit der Hand. „Du weißt schon. Das Anwesen."

„Wie was zum Beispiel? Mäht ihr den Rasen?"

Er schüttelte den Kopf. Verdammt, nein. Das machte der Gärtner.

„Klempnerarbeiten?"

Nun, Nein. Aber...

„Kümmert ihr euch um all diese Autos?"

Darauf hatte er eine Antwort. „Hunter macht das. Er ist der Mechaniker."

„Und was machst du?"

Und einfach so drehte sie den Spieß um und stellte ihm eine Million Fragen.

„Was bist du – eine Privatdetektivin?", witzelte er.

„Nein. Du?"

Er öffnete den Mund und schloss ihn dann wieder. Er war sich nicht ganz sicher, ob er die Wahrheit zugeben sollte.

„Du machst Witze", sagte Tessa.

Er schüttelte den Kopf.

„Beweise es mir.“

Jetzt fiel ihm wieder ein, warum Cruz Menschen nicht mochte. Sie waren immer so neugierig. Obwohl die Art und Weise, wie Tessa ihn ausfragte irgendwie… niedlich war.

„Beweise es mir“, wiederholte sie.

Er seufzte, zog seine Brieftasche heraus und zeigte ihr seinen Ausweis.

Tessa riss ihm den Ausweis natürlich direkt aus den Händen und inspizierte ihn genau. „Ein Pilotenschein? Drachen brauchen einen Pilotenschein?“

„Ups. Der ist für den Hubschrauber“, sagte er und drehte seine Brieftasche in ihren Händen herum und blätterte zur nächsten Karte.

„Der Hubschrauber. Natürlich“, murmelte sie und fing sich dann wieder. „Moment mal. Warum sollte ein Drache einen Hubschrauber brauchen?“

Er zuckte mit den Schultern. „Geschäftlich.“

Sie schien nicht überzeugt. „Haben die anderen Kerle hier auch Pilotenscheine?“

Kai lachte laut los. „Nein. Boone hat zwar nichts gegen das Fliegen einzuwenden, aber versuch mal einen Bär oder einen Tiger in einen Hubschrauber zu kriegen. Da werden die großen Jungs ganz bleich um die Kiemen.“

Tessa starrte, als sie seinen nächsten Ausweis sah. „Bundesstaat Hawaii…“ Sie verstummte und pfiff. „Du bist wirklich ein Privatdetektiv?“

„Du bist eine Privatköchin“, erwiderte er und führte sie zu einem Land Rover mit getönten Scheiben.

„Nur ein kleiner Unterschied“, sagte sie, als sie einstieg.

Er fuhr das Fahrzeug die Straße entlang und hielt den Blick nach vorn gerichtet.

„Kannst du als Privatdetektiv tatsächlich deinen Lebensunterhalt verdienen?“

„Kannst du dir als Privatköchin denn deinen Lebensunterhalt verdienen?“

„Ja“, sagte sie mit einem Anflug von Stolz. „Es ist ein gutes Geschäft, wenn man sich erst einmal einen Namen gemacht hat.“ Sie runzelte die Stirn. „Außer wenn es zu Drachen kommt natürlich.“

„Nicht alle Drachen sind schlecht“, sagte er.

Sie sah ihn eine Minute lang ernst an und war eindeutig unentschlossen. Aber sie war schließlich mit ihm ins Auto gestiegen, nicht wahr?

„Hör auf, das Thema zu wechseln“, sagte sie. „Verrate mir, was ihr alle so beruflich macht.“

„Wir brauchen nicht viel, um über die Runden zu kommen. Ein wenig Detektivarbeit. Ab und zu mache ich auch Touristenrundflüge.“

Sie starrte ihn mit offenem Mund an.

„Im Hubschrauber“, beeilte er sich zu erklären. „Nicht in Drachenform. Und wir alle arbeiten als Leibwächter, wenn sich die Gelegenheit bietet.“

Sie lachte. „Also *das* kann ich glauben.“

Er fragte sich, wie sie das meinte, hakte jedoch nicht weiter nach, um weitere Fragen zu vermeiden. Er, Silas und die anderen führten eine Reihe verschiedener Arbeiten aus, die ihre speziellen Fähigkeiten erforderten. Ein paar Sachen für den Geheimdienst, ein paar Nachforschungen. Und eine Reihe von privaten Auftragsarbeiten, über die er lieber nicht ins Detail gehen wollte.

„Hast du mich recherchiert?“, fragte Tessa.

Er nickte zögernd. „Ein wenig. Gestern Abend. Ich versuche nur herauszufinden, warum Damien Morgan dich ins Visier genommen hat.“

„Und, was hast du herausgefunden?“

„Nichts. Noch nicht. Du wurdest auch noch nicht als vermisst gemeldet. Wann denkst du, wird sich deine Familie Sorgen machen?“ Er hatte Aufzeichnungen über sie gefunden, über ihre Eltern – die den öffentlichen Unterlagen zufolge seit Jahrzehnten geschieden waren – und über eine Schwester an der Ostküste.

Es dauerte lange, bis sie antwortete. Tatsächlich zu lange.

„Nicht für eine Weile“, flüsterte sie. „Wir stehen uns nicht sehr nah.“

Er wollte noch weitere Fragen stellen, aber ihr Gesicht war härt wie Stein. Es war als hätte sie ein *Durchgang verboten*-Schild aufgestellt, also lenkte er ein und wechselte das Thema.

„Du bist also eine Privatköchin, ja? Macht dir das Spaß?"

„Ja. Für Restaurants zu kochen wurde mir ein wenig langweilig. Ich experimentiere gern mit Rezepten, um zu sehen, was die Kunden am liebsten mögen."

Er lachte leise. „Hast du schon mal daran gedacht, ein Kochbuch zu schreiben?"

Er hatte die erste Frage gestellt, die ihm in den Sinn gekommen war, aber anscheinend hatte er damit genau ins Schwarze getroffen. Tessa seufzte und murmelte: „Eines Tages".

Kai wünschte sich, er hätte die Macht, sich *eines Tages* zu packen und es ihr auf dem Silbertablett zu servieren. Sie schien so wehmütig, so voller Hoffnung, dass sein innerer Drache begann, Ideen zu schmieden.

Wenn sie vielleicht eine Weile bei uns bliebe...

„Welche Art von Kochbuch?", fragte er und versuchte, ihr Details zu entlocken. „Hast du eine Spezialität?"

Tessa sah mit verträumtem Blick aufs Meer hinaus. „Grillen. Ein Kochbuch über das Grillen. So etwas wie *Gourmetgrill* oder *Frisch aus dem Feuer*, dachte ich mir."

Er sah sie an. Wow. Sie meinte es ernst.

Einen Moment später ließ sie die Schultern hängen. „Das klingt dumm, oder?"

„Nicht dumm. Es klingt großartig."

Sie schenkte ihm ein so dankbares strahlendes Lächeln, dass er nicht anders konnte, als selbst genauso breit zu grinsen.

Er bremste vor der nächsten Kurve, fuhr weiter die Privatstraße entlang und bog dann auf den Honoapi'ilani Highway, während er die ganze Zeit über ihre Idee nachdachte.

Sie kann ihre Rezepte an den anderen Jungs ausprobieren, sagte sein Drache. Er konnte bereits Bilder vor seinem inneren Auge aufsteigen sehen. Davon, wie er die Küche modernisierte, Sachen für sie besorgte...

Was auch immer sie braucht, stimmte sein Drachen zu. *Wir können sie glücklich machen.*

Dann fing er sich wieder. Es war nicht seine Aufgabe, Tessa glücklich zu machen. Seine Aufgabe war es, sie unauffällig zu verhören. Warum vergaß er das immer wieder?

Er warf einen Blick auf die Geschwindigkeit und wurde wie gewohnt in der dritten Kurve der Straße langsamer. Er winkte kurz nach links.

„Officer Meli", murmelte er aus reiner Gewohnheit.

„Officer wer?"

Er deutete nach links auf das hinter der Kurve versteckte Polizeiauto.

„Sie versucht immer, uns beim Rasen zu erwischen."

Tessa beugte sich vor und er fragte sich, wie viel sie sehen konnte. Er konnte sich Officer Meli perfekt vorstellen. Dunkle Sonnenbrille. Dunkles zu einem Dutt gebundenes Haar und ein Gesicht, bei dem sich die meisten Jungs wünschten, sie würden von ihr angehalten werden. Hunter zufolge machte Officer Dawn Melis Mischung aus asiatischen, kaukasischen und polynesischen Zügen sie zu der schönsten Frau der Welt. Kai warf einen Blick auf den Rotschopf neben sich. Die Polizistin mochte Hunter vielleicht gefallen, aber die rothaarige, grünäugige Tessa war viel eher sein Typ.

Nicht, dass er jemals einen wirklichen Typ gehabt hätte. Aber in dem Moment als er Tessa erblickt hatte...

Meine Gefährtin, murmelte sein Drache.

Aber sie war ein Mensch. Je mehr er sich ihr näherte, desto größer wurde die Gefahr, in die er sie brachte.

„Ist sie erfolgreich?", fragte Tessa und winkte der Polizistin zu. „Ich meine, jemanden beim Rasen zu erwischen?"

Er lachte. „Boone erwischt sie jedes Mal. Ich glaube fast, es gefällt ihm. Den Rest von uns nur ab und zu. Außer Hunter. Der fährt nie zu schnell."

„Nie?"

Er winkte ab. „Niemals. Bären – du weißt ja, wie sie sein können."

Sie murmelte etwas Zynisches und erinnerte ihn daran, dass sie erst vor kurzem von der Welt der Gestaltwandler erfahren hatte.

Bei Offenbarungen wie diesen würden die meisten Menschen schreiend wegrennen. Aber es schien fast so, als hätte Tessa eine Art Instinkt für Gestaltwandler. Es war ihr gelungen, die Bewohner von Koa Point kennenzulernen, ohne dabei auch nur mit der Wimper zu zucken.

Siehst du? Sie wird damit fertig. Sie gehört zu uns, flüsterte sein Drache.

„Und woher kennst du Ella?", fragte Tessa.

Er kniff die Lippen zusammen und fuhr schneller, nachdem sie das Polizeiauto hinter sich gelassen hatten. „Sie ist eine Freundin."

„Eine Freundin", wiederholte Tessa, die mit der Antwort eindeutig nicht zufrieden war.

Er zuckte mit den Schultern. Wie viel sollte er sagen? Wie viel sollte er erklären? Denn über Ella zu sprechen bedeutete auch, über seine eigene verkorkste Vergangenheit zu sprechen.

Komm schon. Wenn du es Tessa nicht erzählen kannst, wem dann?, drängte ihn sein Drache.

Niemandem, war seine bevorzugte Antwort. Warum sollte er es jemandem erzählen?

Aber Tessa sah ihn mit diesen großen grünen Augen an und er konnte nicht anders, als sich ihr ein wenig zu öffnen.

„Wir sind zusammen aufgewachsen. Nicht weit von hier." Er zeigte nach Süden, in die Richtung der Hana Seite von Maui.

„Du und Ella?"

„Ella, Hunter und ich."

„So wie in einer Kommune für Gestaltwandler?", scherzte Tessa.

Er lachte, aber es klang gezwungen. „Eher wie ein Heim für missratene Gestaltwandler. Unsere Eltern sind gestorben, als wir noch sehr klein waren."

Sie waren gestorben oder abgehauen, um den Tod eines Gefährten zu rächen, so wie es sein Vater getan hatte. Aber Kai entschied sich, diesen Teil wegzulassen.

Tessa verzog das Gesicht. „Es tut mir leid. Ich wollte wirklich nicht…"

Er zuckte mit den Schultern. „Wir hatten Glück. Georgia Mae hat sich um uns gekümmert. Wir hatten alle Liebe, die wir uns nur wünschen konnten. Vielleicht nicht viel Geld, aber sie kam über die Runden.“

„Also nicht auf einem solchen Anwesen?“ Tessa deutete mit dem Daumen in die Richtung von Koa Point.

„Nicht mal im Traum“, lachte er.

„Ist Georgia Mae auch ein Gestaltwandlerin?“

Er nickte. „Das war sie. Sie war eine Eule. Sie machte immer Scherze, dass es ihr half, uns nachts im Auge zu behalten.“

Zum Glück drängte Tessa nicht weiter, sodass er keine Einzelheiten erklären musste. Darüber, wie schwer es gewesen war, Georgia Mae zur Ruhe zu legen. Oder, wer von ihnen sich an seine Eltern erinnerte – oder auch nicht – und all die anderen hässlichen Einzelheiten ihrer Kindheit.

Sein Drache wurde traurig. *Mutter. Ich erinnere mich an Mutter.*

Ja, er erinnerte sich auch. Ein Grund mehr, sein Herz jetzt zu schützen.

Aber mit jeder Stunde, die verging, fiel ihm das schwerer. Vor allem, wenn Tessa ihm so nahe war. Ihr Duft umhüllte ihn wie ein Seidentuch. Ihre Stimme berührte ihn tief in seiner Seele und sein Drache wollte am liebsten summen. Die Sonne glitzerte auf ihrem Haar und ihm wurde bewusst, wie satt dessen Farbe war.

Wunderschön, murmelte sein Drache. *So wunderschön.*

Er zog sein Handy aus seiner Tasche und reichte es ihr, während er versuchte, sich zu konzentrieren. Zuerst mussten sie ihr Gepäck finden. Dann mussten sie Lebensmittel kaufen. Und außerdem musste er alle möglichen Informationen über Tessa sammeln, um herauszufinden, warum Morgan sie angegriffen hatte.

Wahrscheinlich, weil sie so gut riecht, murmelte sein Drache. *Weil sie perfekt ist.*

Er blickte nach rechts und sah die Sonne in ihrem Anhänger glitzern. War es das gewesen, was Morgan angezogen hatte? Der Anhänger war ihm schon mehrfach aufgefallen und Silas ebenso. Er hatte gesehen, wie sein Cousin darauf gestarrt und es dann, so wie er selbst auch, wieder verworfen hatte. Es war ein auffälliger Schmuckstein, aber er war ganz offensichtlich nicht echt. Also musste Morgan tatsächlich hinter Tessa her gewesen sein und nicht hinter ihrem Anhänger.

Tessa sprach ins Handy, hielt inne und sprach dann erneut. „Wird es beim nächsten Flug dabei sein?"

So viel zu ihrem Gepäck, seufzte sein Drache.

Sie sah niedergeschlagen aus, bis auf der rechten Seite ein Schild auftauchte, das sie wieder aufmunterte. „Ein Bauernmarkt! Perfekt."

Er wollte widersprechen und sagen, dass der Supermarkt näher und schneller zu erreichen war, aber verdammt. Wie konnte er ihr dieses bisschen Freude nehmen?

„Also zum Bauernmarkt", seufzte er und fuhr in Richtung Stadtzentrum.

„Wow, ist das schön hier", rief Tessa und schaute nach links und rechts, als sie geparkt hatten und begannen, die Straße entlangzulaufen.

Kai schaute sich ebenfalls um. Normalerweise beachtete er die Innenstadt von Lahaina nicht weiter. Aber es stimmte. Die alten Gebäude sahen wirklich nett aus. Rote Dächer, weiße Zierleisten, schattige Balkone. Dutzende von altmodischen Ladenschildern hingen über den Bürgersteigen und die Wände waren in Pastellfarben gestrichen. Die Stadt war etwas touristisch, aber auch lebhaft und fröhlich – genau wie Tessa.

„Früher war die Stadt ein Hafen für Walfänger."Er wünschte, er könnte ihr mehr erzählen, nur um ihre Augen weiter mit Staunen und Freude funkeln zu sehen.

„Wunderschön. Und wow." Sie blieb stehen und starrte den Banyanbaum an.

„Es ist eine Art historischer...", begann er, aber sie flitzte bereits los, um die Tafel zu lesen.

„,Gepflanzt am 24. April 1873'. Wow. Über einhundert Jahre alt."

Es war ein seltsamer alter Baum mit Ästen, die nach oben und außen wuchsen und sich dann wieder hinunter zum Boden wanden, wodurch ein Gitterwerk aus Stämmen und Wurzeln entstand.

„Wie eine Kathedrale", murmelte Tessa und blinzelte dabei in das Sonnenlicht, das durch die Blätter gefiltert wurde.

So hatte Kai das noch nie gesehen, aber es stimmte. Er konnte die Ähnlichkeit sehen. Er sah sich um und nahm die vertraute Umgebung mit neuen Augen war. Es war ziemlich schön hier. Wesentlich schöner als die meisten Orte auf der Welt, würde er sagen.

„Das ist großartig", sagte Tessa und führte ihn auf den Markt, der sich im Schutz des Daches aus Zweigen und Blättern befand.

Tische und Stände waren wie ein Labyrinth aufgebaut und sie alle sprühten mit Farben und Gerüchen. Der süße Duft der Papaya. Die rauen, grünen Büschel frischer Ananas. Das satte Lila des Kohls. Wie aus dem Nichts kam eine Erinnerung zu ihm zurück. Georgia Mae hatte einen Garten angelegt und alle Kinder mussten ihr darin helfen. Damals hatten sie sich alle beschwert, aber rückblickend erinnerte er sich nur an den Geruch reifer Tomaten und an den Geschmack frischer Mango. An den Duft von Kräutern und an die Wärme der Sonne auf seinem Gesicht.

„Kannst du das bitte halten?", fragte Tessa und unterbrach damit seine Träumerei.

Er blinzelte und atmete tief durch. Vielleicht sollte er öfter auf den Markt gehen. Vielleicht würde er das nächste Mal, wenn ihn mal wieder ein Albtraum aus seinen aktiven Militärzeiten heimgesucht hatte, einfach hier vorbeischauen.

„Klar", murmelte er und nahm die Tasche, die sie ihm in die Hand drückte.

Tessa war ein Profi und stürzte sich direkt auf die frisch geernteten Waren, scherzte freundlich mit den Verkäufern und machte ihnen Komplimente für ihre Produkte. Er brauchte ihr nur zu folgen, so wie ein Welpe, der beim Fuß seines Herrchens lief. Ein allzu passender Vergleich, wie es schien. Er schaltete seinen Verstand ab und seine Sinne verschwammen, bis er nur noch sie sah, roch und schmeckte.

„Entschuldigung." Ein Kerl, der rückwärts mit einer Schubkarre voller Brotfrüchte zu einem Stand manövrierte, rempelte Tessa an und Kai knurrte. Ein echtes Drachenknurren, das schnellstens wieder hinunterschluckte.

„Hast du etwas gesagt?" Sie drehte sich um.

„Nichts. Nichts."

Es war der Himmel und Folter zugleich. Sie so nah bei sich zu haben – und noch näher in diesen engen Gängen. Jedes Mal, wenn jemand an ihnen vorbeiging, mussten er und Tessa sich aneinanderdrängen und ihre Körper stießen immer wieder zusammen. Wenn ihre Schulter seine Brust berührte, seufzte sein Drache. Wenn ihre Hand seine berührte, fiel es ihm schwer, nicht erneut danach zu greifen. Und als ihr Hinterteil gegen seine Hüfte stieß, hätte er fast gestöhnt.

„Ich werde euch ein unvergessliches Abendessen kochen", murmelte sie, als hätte sie seine Gedanken gelesen. Sie leckte sich auch die Lippen.

Bei Tessas Duft, gemischt mit dem des Marktes, konnte er jedoch nur an eine andere Art von Festmahl denken.

Sie lief durch jeden Gang – zweimal – und als sie wieder im Auto saßen, ließ sie ihn kilometerweit zu einem Fleischer fahren, der grasgefüttertes Rindfleisch verkaufte. Jemand hatte ihr diesen Tipp gegeben.

„Aber. . . ", wollte er einwenden.

Sie runzelte die Stirn und er riss die Hände hoch. Diese Frau mochte vielleicht kein Drache sein, aber sie wusste ganz sicher, wie man Befehle erteilte.

Es war bereits fünf Uhr nachmittags, als sie auf das Anwesen zurückkehrten. Er hatte beabsichtigt, Silas sofort Bericht zu erstatten. Nicht dass er viel über Tessa zu berichten hätte – nur, dass ihr Lächeln seine Seele erhellte und sich ihr Lachen wie das Licht in einem dunklen Tunnel anfühlte,. Er erkannte, dass es gar kein Tunnel war, sondern nur ein Käfig, den er selbst errichtet hatte.

Silas wartete sicher schon, aber natürlich brauchte Tessa zuerst seine Hilfe dabei, die Lebensmittel hineinzutragen, und er folgte ihr, so wie er es schon den ganzen Tag lang getan hatte.

„Wie nennt ihr diesen Ort?", fragte sie, als sie sich dem offenen Gebäude näherten.

„*Akule Hale.* Es bedeutet ‚Treffpunkt'".

„*Akule Hale*", murmelte sie und ließ die Silben über ihre Zunge rollen.

Er hatte eigentlich gedacht, er würde sie nur absetzen und sie ihr Ding machen lassen, aber verdammt. Wenn Tessa auf dem Markt bereits in ihrem Element gewesen war, war sie in der Küche eine absolute Königin. Schon bald hatten sich die fünf ansässigen Gestaltwandler alle versammelt und schauten ihr ehrfürchtig zu – sogar der grimmige Silas und der zurückgezogene Tiger, mit dem sie alle leben mussten.

„Wow. Jemand, der tatsächlich gerne kocht", murmelte Boone.

Kai fragte sich, was Tessa sonst noch mit solcher Begeisterung tat. Wie er ihr sonst noch helfen könnte, die Magie ihrer Seele zu entfesseln.

„Sie ist ein Profi", stimmte Hunter zu.

Es dauerte nicht lange, bis Tessa jedem von ihnen Aufgaben übertrug. Kai bestand darauf, das Gemüse zu waschen, weil er ihr so am nächsten sein konnte. Hunter schärfte die Messer und Boone...

„Muss ich wirklich die Zwiebeln schälen?", protestierte der Wolf und wischte sich eine Träne aus dem Auge.

Tessa bat Silas, den Tisch zu decken – was er mit einer Tischdecke und allem Drumherum auch tat. Es fühlte sich wie ein besonderer Anlass an, auch wenn keiner von ihnen genau wusste, warum. Sogar Cruz schlich um den Rand des *Akule Hale* herum und schnüffelte, während Tessa kochte.

Menschen haben ihre eigene Magie, hatte Georgia Mae immer gesagt, und obwohl Kai ihr vorher nie wirklich geglaubt hatte, verstand er es jetzt.

Langsam ging die Sonne unter. Die goldenen Strahlen strömten in die Küche und tanzten auf Tessas Haar. Kleine Strähnen fielen ihr über die Stirn und der Rest floss wie ein seidener Vorhang über ihre Schulter. Sie mischte einen Salat und als sie ihren Kopf neigte, um ihr Haar zurückzuwerfen, hätte er es fast mit der Hand gestreichelt. Der Duft von Holzkohle füllte die Luft, aber seine Nase, wie auch der Rest seiner Sinne, konzentrierte sich ausschließlich auf sie. Er neigte sich näher zu ihr und alles, bis auf Tessas verlockenden Duft, schien zu verblassen. Näher... näher...

„Kannst du das bitte öffnen?", fragte sie, nachdem sie hartnäckig eine ganze Minute lang mit einem Glas gekämpft hatte.

Er kam wieder zu Sinnen. Als er ihr das Glas aus der Hand nahm und es öffnete, seufzte etwas in ihm über die ungezwungene Häuslichkeit dieser Szene. Er könnte Tessa ein Leben lang beobachten und sich niemals langweilen.

„Eine Privatköchin also?" Boone lachte leise.

Ja, das ist sie. Kais innerer Drache schwoll vor Stolz an.

Er hatte einmal ein Video gesehen, in welchem ein berühmter Künstler Farbe auf eine Leinwand spritzte und sie mit ein paar Schlägen aus dem Handgelenk heraus in ein Meisterwerk verwandelte. Tessa war genauso. Als sie sechs marinierte Steaks auf den Grill warf, stöhnten alle Gestaltwandler auf.

„Gott, riecht das gut", murmelte Boone.

Kai atmete tief ein – Tessas Duft, die genau rechts von ihm stand, und murmelte: „Allerdings".

„Nur noch ein paar Minuten, dann ist alles fertig." Tessa's Augen leuchteten diesmal vor Freude anstatt vor Angst und sie lächelte bei ihrer Arbeit.

Ein Tropfen Öl spritzte empor und sie riss schnell ihre Hand weg. Fast hätte er ihre Hand ergriffen und sie gerieben, aber sie zeigte ihm ihre unversehrte Haut.

„Ich verbrenne mich nie. Praktisch für eine Köchin, nicht wahr?"

„Praktisch", murmelte er, obwohl sich ein Teil von ihm insgeheim eine Ausrede wünschte, über ihre Haut zu streicheln.

Kai zwang sich, einen Schritt zurückzutreten und sah, dass die anderen Jungs ebenfalls grinsten.

Sie grinsten und lehnten sich zurück, um einer Meisterin bei ihrer Arbeit zuzusehen. Nun, Silas tat es nicht, aber alle anderen. Sogar Cruz, der sein Lächeln versteckte, indem er sich die Lippen leckte, als Kai ihn ansah.

Kai atmete tief ein und sah sich um. Die Sonne ging bereits über dem Pazifik unter. Die Palmwedel wiegten sich im Wind. Die Jungs lächelten alle. Sie waren erst vor ein paar Monaten aus dem Militär ausgeschieden, aber bis jetzt hatten

sie sich nicht wirklich entspannt. Kochen fühlte sich normalerweise wie eine lästige Pflicht an, so wie das Patrouillieren des
Geländes oder die Gelegenheitsarbeiten, die sie übernommen
hatten. Aber jetzt...

Wir leben wieder. Sein Drache lächelte.

Er musterte Tessa. War es das Kochen oder war es Tessa,
die ein wenig Fröhlichkeit in ihre Leben zurückbrachte?

Dann erwischte Kai Silas, der ihn anstarrte, und verkniff
sich das dumme Grinsen sofort. Das hier war nicht das Pa-
radies. Sie war auch nicht seine Gefährtin. Und welche Magie
auch immer ihren Weg in ihre geschundene Ecke der Welt gefunden hatte, würde nicht lange anhalten.

Kapitel 6

„Das beste Steak aller Zeiten", verkündete Boone und rieb sich den Bauch.

Tessa sah sich am Tisch um. Der Wolf war nicht der einzige, der zufrieden aussah. Allen Männern schien es geschmeckt zu haben. Sie musste zugeben, dass sie es selbst auch genossen hatte. Sie liebte es, professionell zu kochen, aber es war schon eine Weile her gewesen, seit sie zuletzt die Gelegenheit hatte, eine Mahlzeit mit den Bekochten gemeinsam zu genießen. Also war der Abend eine nette Abwechslung gewesen.

Und neben Kai zu sitzen. Das war auch nett.

Nun, dieser Teil war tatsächlich wunderbar. Ihn so nah bei sich zu haben, ließ sie lebendig und munter fühlen, so als ob etwas, das tief in ihr geschlummert hatte, langsam zum Leben erwachte.

„Wirklich lecker", sagte Kai.

Sie strahlte. Mit ihm einkaufen zu gehen hatte Spaß gemacht. Er hatte sogar seine dominante Art ein wenig abgelegt. Nun – tatsächlich hatte er ein paar Leute angeknurrt, die ihr zu nahe gekommen waren, aber das war wahrscheinlich nur der Leibwächter in ihm. Und es gefiel ihr irgendwie – es ließ sie besonders fühlen. Beschützt. Aber darüber hinaus hatte er in ein paar Punkten nachgegeben und ihr ihren Willen gelassen. Vielleicht war er also gar nicht so ein schlimmer Kontrollfreak, wie sie es zunächst befürchtet hatte.

Nicht, dass es eine Rolle spielen sollte, aber irgendwie tat es das doch. Ein Teil in ihr bestand darauf, die Hoffnung aufrechtzuerhalten, obwohl sie wusste, dass sich ihre Wege bald trennen würden. Sie würde in ihr altes Leben zurückkehren –

wenn sie Glück hatte – und würde sich fragen, ob ihr Aufenthalt auf Hawaii nur ein Traum gewesen war.

„Was gibt es morgen Abend?", fragte Boone. „Oder haben dich Hunters Tischmanieren abgeschreckt?"

Der Bär hob eine dicke Augenbraue, sagte aber kein Wort.

„*Hunters* Tischmanieren?", warf sie zurück.

Boone war derjenige gewesen, der sein Messer abgeleckt hatte – im Gegensatz zu Hunter, der gesittet seine Gabel in einer und das Messer in der anderen riesigen Hand hielt. Ein Bär, der seine besten Manieren zeigte, so als wäre seine Mutter anwesend. Die Drachen hatten scheinbar Spaß daran, das Licht der Lampen auf dem Silberbesteck reflektieren zu lassen. Sie fragte sich, ob die Legenden über Drachen und ihre glänzenden Schatzkammern wahr waren. Cruz hingegen hatte die Schärfe seines Messers mit dem Daumen geprüft und schaute finster drein. Aber irgendwie schüchterte er sie nicht mehr ganz so sehr ein wie zuvor.

Es war schön, sich zur Abwechslung einmal zu einem Essen hinzusetzen. Sie hatte morgens in einem Frühstückskaffee und abends für ihre eigenen Kunden gearbeitet. Sie war so sehr damit beschäftigt gewesen, ihr Geschäft aufzubauen, —- dass sie jede freie Minute damit verbrachte, Anzeigen zu planen und Anfragen zu beantworten. Alles, damit ihr Geschäft lief. Sie hatte nicht einmal bemerkt, wie einsam sie in Wirklichkeit gewesen war – bis jetzt.

Sie sah Kai im gleichen Moment an, als er zu ihr aufschaute. War er auch einsam gewesen?

Sie riss ihren Blick von ihm los, bevor sie sich wieder in diesen blauen Augen verlor, und tupfte sich die Lippen mit der Serviette ab. „Was wollt ihr denn morgen essen?"

Silas räusperte sich schroff und da war sie wieder – die Erinnerung daran, dass sie bald wieder von hier verschwinden musste.

Tessa senkte ihren Blick und verschränkte ihre Finger ineinander.

Ein bedrückendes Schweigen folgte, bis Hunter – der höflichste Koloss eines Mannes, den sie je getroffen hatte – aufstand und anbot, abzuräumen. Als Tessa hinter ihrer vorgehaltenen Hand gähnte, bestand Kai darauf, sie zum Gästehaus zurückzubringen.

„Entschuldigung", murmelte sie. „Jetlag." Jetlag oder schiere emotionale Erschöpfung nach den verrücktesten zwei Tagen ihres Lebens.

Kai folgte ihr in die Nacht hinaus. Er lief schweigend an ihrer Seite. Nahe, aber nicht zu nahe, was wirklich schade war. Oder vielleicht war es auch gut so, wenn man bedachte, wie ihr Körper bei jeder einzelnen ihrer Berührungen gekribbelt hatte. Verdammt, es kribbelte schon, wenn sie nur neben ihm stand. Würden sie sich umarmen, könnte sie möglicherweise spontan in Flammen aufgehen.

„Du kochst wirklich sehr gut." Kai hielt die Äste eines dichten Busches zur Seite, damit sie vorbeigehen konnte.

Sie wurde langsamer und drückte sich an ihm vorbei. Sie berührten sich nur kurz, aber genug, um kleine Blitze in ihren Adern auszulösen.

„Ich koche wirklich gern. Es ist besonders schön, wenn man dankbare Gäste hat."

Gäste klang irgendwie falsch, aber sie konnte die Gestaltwandler wohl kaum als *Kunden* bezeichnen. Die geschäftsführende Powerfrau und Mutter von fünf Kindern, für die sie kochte, war eine Kundin. Das Ehepaar im Ruhestand mit der schicken Eigentumswohnung auf dem Golfplatz in Scottsdale waren Kunden. Damien Morgan war ebenfalls ein Kunde gewesen.

Sie zog die Nase in Falten. Man hatte ihr geraten, Kunden zunächst zu überprüfen, bevor sie zu ihnen nach Hause ging, aber verdammt. Sie hatte diesen Job so sehr gewollt, dass sie ihn ohne nachzudenken angenommen hatte.

„Ist alles in Ordnung?", flüsterte Kai. Hatte er schon wieder ihre Gedanken gelesen oder war dieser Mann ein Meister der Interpretation von Stimmungen anhand der Körpersprache?

Sie atmete tief durch und redete sich ein, lediglich den sie umgebenden Hibiskusduft genießen zu wollen und nicht heimlich auch Kais satten, erdigen Wohlgeruch.

„Es geht mir gut", flüsterte sie. „Danke."

„Eine schöne Nacht." Er deutete auf die Sterne.

Sie hatten den Strand erreicht. und sie stand schweigend dort, noch nicht ganz bereit, gute Nacht zu sagen. Sie wusste nicht, was sie tun sollte, außer sich zu fragen, ob Kai das gleiche elektrische Kribbeln spürte.

Er stand so still wie eine Statue mit seinen Händen tief in seinen Taschen vergraben. Tessa hob ihr Kinn zu den Sternen und wünschte sich, sie würde sich trauen, seine Hand zu berühren oder sich gar zu einem Kuss umzudrehen. Nur für einen kleinen, keuschen Gutenachtkuss...

Das Meer schien sie zu necken, indem es ihr alle möglichen dummen Ideen zuflüsterte. Und der Mond – musste er wirklich so friedlich und perfekt im Stil hawaiianischer Flitterwochen über den Ozean tanzen?

Sie schloss die Augen, zählte bis fünf und zwang sich, sich stattdessen wieder auf die Sterne zu konzentrieren.

„Ich hätte nichts dagegen, ein Drache zu sein", sinnierte sie und sprach einen Gedanken aus, der ihr aus heiterem Himmel gekommen war.

Kai starrte sie an, als hätte er so etwas noch nie gehört. Aber er fing sich schnell wieder. „Ach ja? Warum?"

Sie zog ein Gesicht und bewegte ihre Finger in der Luft. „Nun, zum einen hätte ich die nötigen Krallen, um Morgan in seine Schranken zu weisen."

Kai gluckste.

Dann hob sie beide Arme und stellte sich vor, wie es wäre, Flügel zu haben. Vor Dreckskerlen wie Morgan einfach davonzufliegen. Vielleicht in ihre eigene Drachenhöhle zu fliegen. Oder einfach nur zu fliegen, so wie sie es sich als Kind oft vorgestellt hatte.

„In Nächten wie diesen würde ich gerne fliegen", flüsterte sie und neigte sich leicht nach links, als würde sie eine Runde über der sich kräuselnden See in Betracht ziehen. Dann neigte sie ihre rechte Schulter und stellte sich vor, wie es sich anfühlen würde, zum Mond aufzusteigen und auf das silberne Licht zuzurasen, das über den Wellen tanzte. Tausend tropische Düfte würden sie umhüllen und ein Fest für ihre Sinne sein. Sie würde sich in der letzten Sekunde fangen und sich wie eine Möwe ein paar Zentimeter über den Wellen fortbewegen. Und Kai wäre direkt hinter ihr und würde vor Freude jauchzen und jubeln.

Kai neigte den Kopf und sie ließ ihre Arme sinken. Er dachte wahrscheinlich, sie wäre verrückt, genau wie ihre Schwester, als sie ihr von ihrem Traum des Fliegens erzählt hatte.

Er kratzte mit dem Schuh über die Kante des Rasens. „Es ist schön.“

Sie schaute zu ihm hinüber. „Was ist schön?“

„Fliegen. In Nächten wie diesen.“

Er deutete aufs Wasser und hob seine Hände nach links und rechts, als würde er ein Segelflugzeug nachahmen. Oder einen gleitenden Drachen, wie ihr dann bewusst wurde.

Sie blickte aufs Wasser hinaus und kämpfte gegen die Emotion, die in ihrer Brust aufstieg. Ein wehmütiges, schmerzendes Gefühl, als wäre ihr etwas genommen worden, noch bevor sie überhaupt geboren worden war.

„Wie fühlt es sich an?“

Seine Brust hob und senkte sich mit einem tiefen Atemzug und er dachte einen Moment lang darüber nach. Dann sprach er so leise, dass sie sich anstrengen musste, um ihn zu hören.

„Es ist schön, wenn das Meer so ruhig ist, dass sich der Mond darin spiegelt. Wenn man in diesem Lichtstrahl fliegt, scheint es fast wie eine Straße. Mein Vater nannte es immer den Weg zum Himmel.“ Seine Stimme wurde weich und ehrfürchtig. „Er sagte, es wäre der Weg, der ihn zu meiner Mutter führte.“

Tessa seufzte und betrachtete, wie sich der Mondschein bis ins Unendliche ausdehnte. Wenn sie doch nur fliegen könnte. Möglicherweise könnte sie dann selbst ihren eigenen Seelenverwandten finden.

Du hast ihn bereits gefunden, flüsterte eine kleine Stimme in ihrem Kopf. *Jetzt ist es an der Zeit, ihn für dich zu gewinnen.*

Tessa atmete tief durch und beschwor sich selbst, sich zusammenzureißen. Laue tropische Abende an der Seite eines gut gebauten Mannes mit perfekten Manieren zu verbringen, konnte mit dem Herzen eines Mädchens spielen.

Kai räusperte sich und wandte dem Meer den Rücken zu, also tat sie es auch.

„Es macht auch Spaß, über die Berge zu fliegen. Über die Bergketten zu gleiten und den scharfen Kanten zu folgen.“

Die Nacht war so klar, dass sie die scharfen Umrisse der oberen Hänge von West Maui sehen konnte. Sie bildeten eine dunkle Linie vor einem endlosen Himmel voller funkelnder Sterne.

„Das muss wundervoll sein“, flüsterte sie, als eine knöchelhohe Welle über den Strand hereinbrach, in der Kieselsteine taumelten und rollten. „Aber machst du dir keine Sorgen, dass du entdeckt werden könntest?“

Kai zuckte nur mit den Schultern. „Wir achten darauf, uns nicht offen zu zeigen. Die meisten Menschen schauen jedoch nur selten zum Himmel hinauf. Unsere Flügel reflektieren das Licht auf besondere Art. Wenn wir also nicht direkt auf einen Menschen zu fliegen und dabei Feuerspeien, bemerken sie es nicht.“

Sie drehte sich um und war mehr denn je versucht, die Hand auszustrecken und ihn zu berühren. Mit einer Hand über seinen Arm zu streichen und zu sehen, ob sie die Konturen eines Flügels spüren konnte. Ihn zu bitten, sich zu verwandeln, damit sie ihn in Drachenform sehen konnte.

Oder vielleicht würde sie ihn nur der Berührung wegen anfassen – für eine menschliche Berührung. Einen menschlichen Kuss.

Seine Lippen zuckten. Stellte er sich dasselbe vor?

Einen Augenblick später trat sie zurück und rieb über die Gänsehaut an ihren Armen.

„Ich schätze, ich sollte besser schlafen gehen.“ Sie näherte sich dem Bungalow.

Kais Lippen bewegten sich und Tessas mutigere Hälfte wollte unbedingt hören, was er zu sagen hatte. Der ängstliche Teil in ihr, der fast von einem Drachen getötet worden war, hatte jedoch genug für einen Tag.

„Vielen Dank für alles“, murmelte sie und ging die Stufen zur Veranda hinauf.

Er sah so traurig aus, dass sie fast zu ihm zurückgelaufen wäre, um ihn zu umarmen. Aber dann war sein Gesicht wieder ausdruckslos und der Moment war vorbei.

„Gute Nacht, Tessa." Seine Stimme lag zwischen einem Flüstern und einem Seufzen.

Er stand einen Moment lang dort, als wünschte er sich, dass sie zurückkommen würde. Mit hängenden Schultern drehte er sich um, um zu gehen.

„Gute Nacht", flüsterte sie und huschte hinein. Langsam schloss sie die Tür und lehnte sich müde dagegen. Sie spitzte die Ohren, um vielleicht ein leises Klopfen an der Tür zu hören. Sie hoffte insgeheim, dass Kai zurückkommen würde, um noch etwas zu sagen. Oder vielleicht sogar, um sie mit diesen wundervollen Lippen zu küssen.

Aber es klopfte nicht. Es gab keinen Kuss. Nur das Schlagen ihres eigenen Herzens und einen Schmerz in ihrer Seele.

In Nächten wie diesen würde ich gerne fliegen.

Was hatte sie sich dabei gedacht, so etwas zu Kai zu sagen? Sie konnte nicht fliegen. Sie war kein Drache. Sie litt unter Schock und Wahnvorstellungen, das war es wohl eher.

Sie seufzte und machte sich auf den Weg zur Dusche. Das Grillen hatte sie ins Schwitzen gebracht und eine Dusche würde sich gut anfühlen. Also betrat sie das Badezimmer und schob ihre Hände unter den Saum des Wickeltuchs, hielt inne und strich mit den Fingern über die Seide. Es würde sich gut anfühlen, wenn Kai es lösen würde, nicht wahr?

Der nicht jugendfreie Teil ihres Verstandes mochte diesen Gedanken – sehr – und hatte sogar noch heißere Ideen. Zum Beispiel, wie gut es sich anfühlen würde, wenn Kai hinter sie träte und an ihrem Haar schnuppern würde, so wie er es zuvor in der Küche getan hatte.

Sie schloss ihre Augen und frönte allen möglichen Fantasien, während sie mit dem Rand des Wickeltuchs spielte. Langsam zog sie es ab. Nicht in einer schnellen Bewegung, wie sie es selbst tun würde, sondern langsam und sinnlich gleitend, so wie Kai es machen würde, bevor er mit seinen Händen sanft über ihre Oberschenkel strich.

Sie spitzte die Lippen. Ein bisschen Fantasie würde nicht schaden. Warum sollte sie gegen die aufgestaute sexuelle Energie ankämpfen, die sich den ganzen Tag in ihr aufgebaut hatte?

Nachdem sie genüsslich den Rest ihrer Kleidung abgestreift hatte, drehte sie das Wasser in der Dusche auf und stieg hinein. Sie stellte sich vor, es wären Kais große Hände, die die Seife hielten, statt ihrer eigenen. Sie lehnte sich gegen eine Wand in der Dusche, seifte sich ein und ließ das Wasser den Schaum abspülen. Es sich vorzustellen war doch harmlos, nicht wahr?

Sie summte und rieb die Seife zwischen ihre Brüste und folgte der Kurve auf der linken Seite hinauf und herum. Herum... herum...

Mit einem Seufzen bewegte sie ihre Hand in immer kleiner werdenden Kreisen, bis sie gegen ihre Brustwarze stieß.

Ich will, dass Kai das macht, bettelte ihr Körper.

Tu doch so, als wäre es Kai, sagte sie zu sich selbst.

Ihre Brustwarze wurde hart und sie massierte fester und zwickte sie dann, sodass sie keuchte und sich wandte.

Ja. Kai, würde sie sagen, wenn sie nur könnte.

Sie hatte die Seife nicht bewusst zur anderen Seite geschoben. Es passierte wie von selbst, so als ob Kai ihre Hand führen würde. Kai oder das Schicksal oder irgendein sinnlicher hawaiianischer Gott, der gern mit einfachen Sterblichen wie ihr spielte.

Sie lehnte sich mit dem Rücken gegen die Duschwand, öffnete ihre Beine leicht und ließ das schlüpfrige Stück Seife tiefer gleiten. Tiefer. Tiefer...

„Ja. Kai...", flüsterte sie, als sie sich selbst berührte.

Ihre Atmung wurde schneller und weniger kontrolliert, bis sie keuchte und sich unter ihren eigenen Händen wandte.

„Ja... ja... "

Sie erforschte sich mit einem Finger, dann mit zweien und stellte sich vor, wie groß Kai wohl sein würde. Sie stellte sich vor, wie er sie wieder und wieder füllen würde. Sie weiter und härter trieb...

Sie warf den Kopf zurück und bewegte ihre Hand schneller. Ein Drache wäre nicht sanft, oder? Nein, er wäre ein bisschen wild, genau wie sie es mochte.

Sie rollte mit dem Kopf, als sie sich vorstellte, welch perfekter Liebhaber Kai sein würde. Sie so zu verführen und ihr genau das zu geben, was sie brauchte. Ihr das zu geben, was kein Liebhaber ihr je zuvor gegeben hatte.

„Kai... ", stöhnte sie und bewegte ihre Hüften. Sie stellte sich vor, es wäre Kai, der in ihre Brustwarze kniff und nicht sie selbst.

„Ja", murmelte sie und verlor die Kontrolle. „Ja... "

Dampf stieg auf und aus der Dusche heraus, als ihr Körper vor Lust immer stärker zuckte. Das dringlichste, animalischste Bedürfnis, das sie je verspürt hatte.

„Ja", keuchte sie und zitterte am ganzen Körper, als der Damm des Verlangens in ihrem Inneren schließlich brach.

Eine Hitzewelle, wie sie sie noch nie zuvor gespürt hatte, breitete sich in ihrem Körper aus. Sie genoss es. Begrüßte es. Kostete es aus – denn möglicherweise würde sie echter Befriedigung niemals näher sein als so.

Ihr Herz klopfte ein wenig langsamer und sie ließ die Schultern hängen. Das war nicht Kai gewesen. Dies war keine Befriedigung. Sie hatte sich alles eingebildet.

Es war nur sie – nur sie allein.

Kapitel 7

Kai lief den Pfad hinauf und fuhr sich mit einer Hand durch die Haare. Was war das bloß mit Tessa? Was war mit ihm los?

Er blieb stehen und lehnte sich wie ein verwundeter Soldat, der keinen Schritt weitergehen konnte, gegen eine Palme. Er war jedoch nicht verwundet. Das Verlangen brannte in ihm.

Den ganzen Tag lang hatte ihn ein leichter Ständer gequält – bis zum Abendessen war es so schlimm geworden, dass er fast gestöhnt hätte. Während Tessa Tomaten zerdrückte und Gewürze über die Steaks rieb, hatte sich die Glut seiner geheimen Fantasien zu einem flackernden Lagerfeuer erhoben. Sein innerer Drache hatte eine umfassende Strategie ausgearbeitet, um Tessa für sich zu gewinnen.

Frau nehmen. Sie in meine Höhle bringen. Sie zu meiner Gefährtin machen.

Die Kreatur schnurrte, als wäre dies der beste Plan der Welt, aber seine menschliche Seite erkannte ein paar kleine Fehler.

Fehler? Welche Fehler?, verlangte sein Drache zu wissen.

Kai seufzte und schloss die Augen. Es war ihm gelungen, das Biest den größten Teil des Tages im tiefsten Teil seines Bewusstseins einzuschließen, aber jetzt sprang und schrie das verdammte Ding in seinem Kopf herum. Auch in seinem Herzen, und ganz zu schweigen von seiner Jeans.

Muss meine Gefährtin haben! Will sie berühren. Sie küssen. Sie gut fühlen lassen.

Er schloss die Augen und zählte bis zehn.

Zwanzig.

Dreißig.

Das bewirkte jedoch nur, dass er die Zähne zusammenbeißen musste und in Schweiß ausbrach, denn dieser Ständer war ein Monster, das drohte, seine Hose zum Platzen zu bringen.

Er ballte die Fäuste und suchte verzweifelt nach einer Wunderdosis Selbstbeherrschung, die es ihm ermöglichen würde, den Drang zu überwinden. Jeder Wandler kämpfte mit seiner tierischen Seite, aber er konnte nicht zulassen, dass der Drache diesen Kampf gewann.

Sie gehört uns, fauchte dieser.

Er kratzte an der Rinde der Palme und schnitt mit seinen Fingernägeln hinein, die sich zu Krallen verlängerten, als sein Drache langsam die Oberhand gewann.

Dann hallte Tessas Stimme wieder durch seinen Kopf. *Seine Fingernägel verwandelten sich zu Krallen und seine Ohren wurden länger...*

Sie war ganz weiß geworden, als sie sich an Morgans Angriff erinnert hatte. Kai blickte auf die Spitzen seiner Fingernägel und zwang seinen inneren Drachen zurück.

Dieser Dreckskerl, Morgan..., tobte sein Drache.

Willst du so sein wie er?, schoss er zurück.

Langsam, schmerzhaft, wich das brennende Bedürfnis zurück.

Er stand für ein paar Minuten dort, schüttelte dann den Kopf, rückte sich die Jeans zurecht und lief weiter. Zuerst steif, dann etwas geschmeidiger. Silas wäre sicher schon sauer, weil er zu spät kam.

Er schlug den Weg zu seinem Haus ein, dem zweithöchstgelegenen auf dem Anwesen. Silas hatte den obersten Platz an der Spitze des Steilhangs gewählt, aber Kai fühlte sich in seinem Haus mehr Zuhause. Sein Ausblick erstreckte sich über die Küste in Richtung Lahaina und über den Kanal nach Molokai. Wenn er ganz nah am südlichen Rand seiner Veranda stand, konnte er sogar das Strohdach des Gästebungalows sehen, das durch die Bäume lugte.

Bei diesem Gedanken lief er beschwingten Schrittes weiter. Als er jedoch auf seine Veranda kam, hielt er plötzlich inne. Silas wartete dort bereits auf ihn. Und aus seinen Ohren stieg buchstäblich Rauch auf.

„Warum hast du so lange gebraucht?“

Kai bewegte seinen Kiefer erst nach links, dann nach rechts und ließ ihn hörbar knacken, während er seinen Blick auf seinen Cousin gerichtet hielt. „Ich habe nur Gute Nacht gesagt.“

Silas’ Nasenlöcher bebten und seine Augen glühten. „Du bist viel zu interessiert an ihr.“

„Sie braucht Schutz und ich will mich an Morgan rächen.“

„Bist du dir sicher, dass das alles ist, was du willst?“

Nein, aber er hatte sowieso bereits damit begonnen, die Wahrheit zu verbiegen. Da er bereits damit angefangen hatte, konnte er genauso gut weitermachen.

„Ich will den Dreckskerl einfach nur aufhalten. Was, wenn er noch mehr Frauen angreift? Was wäre, wenn Menschen herausfinden, was er wirklich ist? Er könnte uns alle in Gefahr bringen.“

Diesem Argument konnte Silas nicht widersprechen. Außerdem hoffte Kai, dass er die Wut seines Cousins dadurch auf jemand anderen lenken konnte. Morgan den Bösen sein zu lassen. Zur Hölle, Morgan *war* hier der Böse.

„Morgan könnte ein größeres Problem sein, als wir zunächst dachten“, sagte Silas und wandte sich dem Nachthimmel zu.

„Was meinst du damit?“

„Ich habe es immer noch nicht geschafft, Ella zu kontaktieren, also habe ich damit begonnen, Morgans Geschäftsverbindungen und Bewegungen der letzten sechs Monate zu untersuchen.“

„Und?“ Kai hatte seinen Cousin noch nie so grimmig gesehen.

Silas starrte zum Horizont und Kai spürte eine dunkle unheilvolle Kraft durch die tropische Nacht kriechen.

„Sollten sie tatsächlich miteinander in Verbindung stehen, vermute ich, dass Morgan mehr als nur ein niedriger Mitarbeiter für Drax ist.“

„Niedrig?“, schnaubte Kai. „Wir wissen beide, wie weit sich Morgans Reichweite erstreckt und wie viel er kontrolliert.“

Silas schüttelte den Kopf. „Im Vergleich zu Drax ist er trotzdem unerheblich. Aber ihre Bewegungen sind so oft parallel zueinander verlaufen, dass ich mir sicher bin, dass sie etwas miteinander zu tun haben. Es sind alles nur Vermutungen, aber die Lücken in ihren Kalendern – die Zeitpunkte, an denen niemand wirklich sagen kann, wo sie sich befanden – überschneiden sich. Außerdem hat Morgan Zahlungen an ein Nummernkonto auf den Cayman Inseln geschickt. "

„Die an jeden gehen könnten", betonte Kai.

„Das könnten sie. Ich kann die Spur nicht weiterverfolgen. Gleichzeitig scheint Morgan jedoch auch seine eigene Macht zu stärken. Ich weiß wirklich nicht, was schlimmer ist – wenn Morgan für Drax arbeitet oder er den Mut fasst, aus eigener Kraft auszubrechen. "

Darüber dachte Kai für eine Weile nach. „Also warum Tessa? Warum nicht irgendein anderer Mensch? "

Silas sah ihn mit scharfem Blick an. „Genau das solltest du herausfinden. "

Kai funkelte zurück. In Ordnung, er hatte mehr Zeit damit verbracht, ihre Gesellschaft zu genießen, als ihren Hintergrund zu erforschen. Aber es war auch wichtig, herauszufinden, wer Tessa als Person war, nicht wahr?

„Also fang endlich damit an", grunzte Silas, als er in Richtung Treppe lief. „Finde so viel über sie heraus, wie du kannst. Ich will, dass das so schnell wie möglich geklärt wird. Ich will, dass sie in Sicherheit ist, aber auch, dass sie von hier verschwindet. Hast du das verstanden? "

Kais Drache hätte fast die Zähne gefletscht, aber er drängte seine tierische Seite zurück.

„Was ist mit Morgan? Er könnte jederzeit eine andere Frau angreifen. "

Silas hielt lange genug inne, um ihn anzufunkeln. „Wir kriegen Morgan. So oder so, ich schwöre, dass wir ihn kriegen werden. "

Das schwöre ich auch, polterte Kais Drache.

Silas nickte zum Abschied und ging, aber nicht ohne ihm einen letzten *Fang-bloß-nichts-mit-dem-Menschen-an*-Blick zuzuwerfen.

Kai holte tief Luft, um seinen Drachen zu beruhigen, und blickte hinaus über den Pailolo-Kanal – den dreizehn Kilometer breiten Wasserstreifen, der Maui und Molokai trennte.

Nun, zumindest versuchte er es, aber sein Instinkt ließ seinen Blick immer wieder auf das Dach hinabgleiten, das zwischen den Bäumen am Strand hervorschaute. Schlief Tessa? Machte sie sich Sorgen? War sie einsam?

In Nächten wie diesen würde ich gerne fliegen, hatte sie so wehmütig geseufzt, dass ihm das Herz schwer geworden war.

Er konnte sich nicht vorstellen, nicht fliegen zu können. Niemals die Luft unter seinen Flügeln zu spüren oder der Sonne entgegenzufliegen. Er konnte sich nicht vorstellen, ständig an die Erde gebunden zu sein.

Stell dir mal vor, mit ihr zu fliegen, flüsterte sein Drache.

Er schloss die Augen und lehnte sich näher an den Rand seiner Veranda. Der Hang dort war steil und wurde nicht von einem Geländer geschützt. Schließlich war er ein Drache und er brauchte einen Platz zum Starten und Landen.

Stell dir vor, mit ihr zusammen abzuheben, murmelte sein Drache. *Wir könnten sie mit in die Berge nehmen. Wir könnten ihr zeigen, wie wir übers Meer gleiten.*

Er atmete tief ein und stellte sich vor, wie viel Spaß das machen würde. Wie aufregend es wäre, seine Lieblingsbeschäftigung mit jemandem wie ihr zu teilen.

Wir könnten ihr beibringen, wie man die Aufwinde über den Meeresklippen von Molokai reitet. Wie sie mit ihren Flügeln schlagen kann...

Kai riss plötzlich die Augen auf. Oha. Moment mal. Sein Drache sprach nicht davon, Tessa beim Fliegen mitzunehmen. Er sprach davon, ihr selbst das Fliegen *beizubringen.*

Sie ist ein Mensch, sagte er.

Wir könnten sie einfordern, flüsterte sein Drache. *Sie zu unserer Gefährtin machen. Dann könnte sie auch ein Drache sein.*

Bist du verrückt geworden?

Du kennst doch die alten Legenden, fauchte sein Drache.

Natürlich kannte er die alten Legenden. Sein Vater hatte lange genug gelebt, sodass er die Drachenkunde von ihm hatte lernen können.

Früher verwandelten viele Drachen ihre menschlichen Gefährten, sagte sein Drache.

Das waren die alten Zeiten, betonte er. *Nicht in den letzten einhundert Jahren.*

Sich mit einem Menschen zu verpaaren war eine Sache. Man tat es durch einen vorsichtigen Biss in den Hals. Aber einen Menschen in einen Drachen zu verwandeln, bedeutete, Feuer in diese Wunde zu speien – ein gefährlicher Schritt, den seine Eltern niemals gewagt hatten.

Aber es könnte funktionieren. Wölfe machen es ständig. Bären auch, sagte sein Drache.

Drachen sind anders. Wir brauchen Feuer, um unsere Gefährten zu verwandeln. Vater hat es nie riskiert, Mutter zu verwandeln.

Vielleicht hätte er sie verwandeln sollen, knurrte sein Drache. *Vielleicht hätte sie dann überlebt.*

Kai kratzte sich die Brust und fing sich dann wieder. Er hatte sich den ganzen Tag lang gegen seinen Drachen gewehrt. Jetzt, da die Sonne untergegangen war, konnte er ihn herauslassen und mit einem guten, langen Flug ablenken. Das würde seine Seele genug beruhigen, sodass er wieder klar denken könnte. Er könnte alles abschütteln und Tessas Familie recherchieren, sobald er wieder zurückkam.

Ja, fauchte sein Drache. *Lass uns fliegen.*

Er zog zügig seine Kleidung aus und ließ sie auf einen Stuhl fallen. Dann stellte er sich ganz an den Rand der Veranda, die Zehen über die Kante gekrümmt. Er neigte sein Kinn zu den Sternen hinauf und öffnete seine Arme weit.

Fliegen, summte sein Drache, als seine Körperwärme zunahm.

Sein Blut floss schneller. Sein Herzschlag ging von einem gleichmäßigen Klopfen zu einem schnelleren Stakkato Tempo über.

Fliegen, stimmte er zu, spreizte seine Finger und gab endlich nach.

Es schmerzte – das reißende Gefühl in seinen Schultern, das den Beginn seiner Verwandlung signalisierte – aber es war auch ein Nervenkitzel. Ein Hochgefühl. Ein Adrenalinschub. Seine Finger streckten sich schmerzhaft, aber als sich seine Flügel weiteten – breiter und breiter, bis sie die gesamte Länge der

Kante überspannten – gab ihm das auch einen Kick. Seine Zehen versteiften sich und formten Krallen. Seine Ohren wurden zurückgezogen, als sich sein Gesicht verlängerte. Und die Haut wurde zäh und ledrig.

Er atmete tief durch und sandte einen Feuerstrahl in die Nacht hinaus.

Ich bin ein Drache, brüllte seine zweite Seite. *Ich bin frei.*

Er stieß eine weitere drei Meter lange Flamme aus und stürzte sich vor, hoch in die Luft und über die Kante hinaus. Einen Augenblick später glitt er über Koa Point.

Jedes Mal wenn er flog, schätzte sich Kai glücklich, nicht nur ein Drache zu sein, sondern einer der letzten des mächtigen Llewellyn-Clans. Genau wie Silas. Sie verwandelten sich in große, mächtige Drachen, ganz im Gegensatz zu einigen entfernten Cousins, die sich zwar verwandeln konnten, aber nicht über menschliche Größe hinauswuchsen.

Wow. Du bist sogar größer als ein Elefant, hatte Hunter ehrfürchtig gesagt, als er das erste Mal Zeuge von Kais Verwandlung wurde, als sie beide noch Teenager waren.

Kai hatte damals ein böses Gesicht gezogen. Elefanten waren große, klobige Dinger. Drachen waren schnittig. Kraftvoll. Fast elegant.

Fliegen, schrie sein Drache und genoss das Rauschen des Windes unter seinen Flügeln.

Normalerweise sauste er nur zum Spaß auf dem Weg zum Meer über Boones Dach hinweg, um zu hören, wie sich der Wolf beschwerte. Aber heute Abend lenkte er nach Norden, um über das Gästehaus hinwegzufegen. Nicht zu tief, denn er wollte Tessa nicht erschrecken. Aber nicht zu hoch, damit er ihre Anwesenheit noch immer spüren konnte.

Stell dir vor, mit ihr an unserer Seite zu fliegen, summte sein Drache.

Er drängte den Gedanken fort – weit weg – und blieb vollkommen unbewegt, bis er weit genug von der kleinen Hütte entfernt war, um mit den Flügeln zu schlagen. Er flog geradewegs auf die gekräuselte Linie von silbrigem Wasser zu, wo sich der Mond auf dem Meer spiegelte, und lächelte.

Der wahre Weg zum Himmel, genau wie sein Vater gesagt hatte. Aber anstatt der silbernen Linie zu folgen, flog er eine Kurve und direkt dorthin zurück, von wo er gekommen war. Geradewegs zurück zur Tessa.

Das ist der Weg zum Himmel, sagte sein Drache. *Der Weg zu unserer Gefährtin.*

Er wollte protestieren, aber die Reflexion schien heller zu sein, als er auf diesem neuen Kurs über die Wasseroberfläche flog. Das kleine Licht in der Hütte leuchtete und zog ihn an.

Zuhause, rief eine verträumte Stimme in seinem Kopf. *Das ist Zuhause.*

Es kostete ihn alle Kraft, um nicht auf Tessas Türschwelle zu landen, so wie es sein Drache von ihm verlangte.

Flieg weiter, beharrte er. *Flieg weiter, verdammt.*

Zuhause, sang sein Drache und reagierte kaum. *Das ist Zuhause. Sie ist Zuhause.*

Kai fluchte und rang mit seinem Gewissen und dem seines Drachen.

Flieg weiter! Wir dürfen sie nicht erschrecken.

Er konnte sich viel zu leicht vorstellen, wie sein Drache feuerspeiend landen und fordern würde, dass Tessa herauskam. Großer Gott, sie würde schreiend über alle Berge rennen.

Brauche Tessa, brüllte sein Drache. *Gib zu, dass sie unsere Gefährtin ist!*

Das darf sie nicht sein.

Gib es zu. Gib es zu und ich überlasse das Umwerben dir.

Kai fluchte, aber was konnte er tun?

In Ordnung! Ist ja schon gut, schon gut. Flieg einfach weiter.

Und *wusch!* Sein Drachen krümmte den unteren Rand seiner Flügel und stieg auf, wobei er fast die Bäume streifte. Tatsächlich schlug sein Schwanz gegen eine Palme und schüttelte die Palmwedel wild durcheinander. Aber eine Minute später schoss er auf den Mond zu und schrie vor Freude.

Sie gehört mir! Hurra!

In seiner menschlichen Form hätte er seinen Kopf in die Hände fallen lassen. Aber er war kein Mensch. Er war ein Drache, der auf die Berge zusteuerte und vor Freude kreischte.

Er streifte über die unteren Hänge, flog eine Schlaufe über die Kahalawai-Gipfel und schoss dann durch die üppigen Täler von West Maui. Genau wie er es als Kind getan hatte, wich er nur des Nervenkitzels wegen Felsformationen wie der Iao-Nadel erst in letzter Sekunde aus.

Offensichtlich hatte er seinen Drachen zu lange in Ketten gelegt.

Vielleicht hast du auch dein Herz zu lange in Ketten gelegt, erwiderte sein Drache schnippisch.

Offensichtlich wollte das Biest die Kontrolle nicht wieder abgeben. Das Beste, was Kai tun konnte, war heimlich still und leise in Richtung Nordwesten zu fliegen.

Lass uns über Molokai fliegen, sagte er. *Ein schöner, langer Flug.*

Seine Drachenohren zuckten. *Wir waren schon lange nicht mehr dort.*

Wir könnten über die Klippen fliegen, sagte er mit weicher Stimme. *Das würde Spaß machen.*

Gute Idee, stimmte sein Drache zu. *Wir können die besten Plätze finden, zu denen wir Tessa eines Tages mitnehmen können.*

Kai rollte mit den Augen, aber egal. Er würde alles tun, was nötig war, um seinen Drachen zu verausgaben.

Molokai, murmelte sein Drache und flog nach Nordwesten. *Vielleicht sogar noch weiter. Wir können in einer Nacht nach Oahu und zurückfliegen.*

Kai verzog das Gesicht. Molokai war in Ordnung, aber Oahu war ein einhundertfünfzig Kilometer langer Flug und er brauchte Zeit, um Tessas Familie zu recherchieren, bevor Silas im Morgengrauen seinen Bericht verlangen würde.

Andererseits würde ein solcher Marathonflug seinen Drachen müde machen und die Kreatur für eine Weile zum Schweigen bringen.

Sicher, sagte er. *Oahu.*

Es war eine wunderschöne Nacht, das musste er zugeben. Eine Nacht, in der der Himmel und das Meer zu verschmelzen schienen, zumindest von der Höhe aus, und die Inseln scheinbar in der Luft schwebten. Es war auch relativ ruhig, abgesehen von den Seitenwinden, die vom westlichen Ende Molokais herüberwehten. Aber danach war alles ruhig, als er den fernen Lichtern von Oahu entgegenflog. Die Sterne funkelten über ihm und seine Flügel fühlten sich breiter an als je zuvor. Sein Körper war stark, der Schwanz lang und biegsam. Und verdammt, es war ein gutes Gefühl, seinen Drachen hin und wieder die Grenzen überschreiten zu lassen.

Eine Runde über Diamond Head, entschied er, als die Lichter von Honolulu näher kamen. *Und dann fliegen wir wieder nach Hause.*

Sein Drache nickte. *Dann fliegen wir nach Hause.*

Er schoss der Krümmung des Kraters folgend über den Hügel und zurück übers Meer hinaus. Molokai und Lanai waren zwei dämmernde Flecken am wässrigen Horizont. Die Passatwinde hatten nachgelassen, sodass das Fliegen einfach war – bis eine flüchtige Empfindung einen Alarm in seinem Kopf auslöste.

Er streckte seinen langen Hals und erspähte drei dunkle Formen vor den Lichtern von Honolulu. Er blinzelte und brüllte dann.

Drachen!

Er zögerte kurz. Im Bundesstaat Hawaii lebte eine Reihe von Gestaltwandlern, aber er und Silas waren die einzigen beiden Drachen, die auf den Inseln wohnten. Wer könnten diese drei Eindringlinge wohl sein?

Drachen waren sehr territorial und entfernten sich nur selten weiter weg von ihrem Revier. Wenn sie es taten, dann meist nur, um Krieg zu führen. Kai sah genauer hin und wünschte sich, dass das Mondlicht mehr als den stumpfen Glanz ihrer ledrigen Haut enthüllen würde. Eine Sache war klar: Die Drachen streckten ihre Hälse aus und strebten nach maximaler Geschwindigkeit. Wenn er seinen seichten Langstreckengleitflug beibehielt, würden sie in Sekundenschnelle aufholen. Und wenn sie erst vor kurzem gestartet waren, wären sie wesentlich frischer als er.

Kai war immer noch knapp zwei Kilometer vom Land entfernt, draußen über dem offenen Ozean, wo er Platz zum Kämpfen hätte. Er wartete einen Augenblick länger und begann seinen Sturzflug mit eng an seine Seiten gefalteten Flügeln. Genauso schnell, wie er den Sturz begann, bremste er ihn ab und breitete seine Flügel aus, um unter den drei Fremden aufzusteigen und sie zu überraschen.

Er schnaufte in die Dunkelheit – ein einziger Feuerball, der in Drachensprache hieß: *Freund oder Feind?*

Er hoffte auf Ersteres, aber er setzte auf Letzteres. Als die drei mit langen auf seine Flügel gerichteten Feuerstößen reagierten, hatte er seine Antwort.

Feind. Eindeutig Feind, beschloss er, als er sein eigenes Feuer zurück blies, bevor er sich entfernte.

Seine Gedanken waren durcheinander, als er in die Nacht hinein brüllte. *Wer seid ihr? Was wollt ihr?*

Die höhnische Stimme des mittleren Drachen drang in seinen Geist. *Wer wir sind, ist nicht von Bedeutung. Was wir wollen, ist dein Schatz.*

Schatz? Kai lachte, was in seiner Drachenstimme als ein Bellen herauskam. Von allen Drachen auf der Welt, die man überfallen konnte, waren er und Silas wahrscheinlich die am wenigsten lohnenden Ziele. Ihrer Familie war alles geraubt worden. Sogar gemeinsam hatten Kai und Silas nichts, was ein Drache mit Selbstachtung als Schatz bezeichnen könnte. Zumindest keinen wahren Schatz.

Wir wollen deinen Schatz, fügte der Drache auf der rechten Seite hinzu. *Und wir wollen sie lebendig.*

Kai war von dieser Bemerkung so überrascht, dass er einen Moment zu lange zögerte. Er zuckte beim Geräusch einer weiteren Flammeneruption zusammen – Drachenfeuer, das ihn an der Flügelspitze erwischte und sein Fleisch verbrannte.

Er brüllte, drehte sich um und griff den nächsten der drei an. Er öffnete seinen Kiefer weit, stählte seine Flügel für den Rückschlag und stieß seinen eigenen Feuerstoß aus.

Drei gegen einen. Verdammt. Er wandte sich dem zweiten Drachen zu. *Einhundertvierzig Kilometer von Zuhause entfernt. Scheiße.* Das war ganz sicher nicht das, was er für diese Nacht geplant hatte.

Kapitel 8

„Was?", murmelte Tessa, die im Bett aufschreckte. Ein mächtiges Poltern ließ den Boden erbeben.

Sie saß einen Moment lang stocksteif da, umklammerte ihre Decke, blinzelte ins Morgenlicht und fragte sich, wo sie war.

Ihre Träume waren eine verwirrende Flut von Bildern gewesen – wie Grillfeuer, die zu Lagerfeuern wurden und außer Kontrolle gerieten – aber ohne laute Geräusche. Nicht wie das Geräusch eines Drachenfliegers, der durch die Bäume krachte und über den Rasen vor dem Haus taumelte.

Dann erinnerte sie sich – sie war auf Hawaii, nicht in Arizona. Und – mein Gott – das war wahrscheinlich kein Drachenflieger dort vor ihrer Tür.

Sie warf die Bettdecke zurück und rannte zur Haustür, wo sie einen Moment lang zögerte. Was wäre, wenn Damien Morgan gekommen war, um sie zu holen?

Aber Morgan würde schreien und brüllen, entschied sie dann, und sie hörte draußen nichts als ein leises, murmelndes Stöhnen. Sie öffnete die Tür einen Spalt und spähte hinaus.

Nichts. Jedenfalls nicht in ihrem Blickfeld. Aber das Stöhnen wurde lauter.

Sie wagte sich ein paar Zentimeter hinaus und hielt sich am Türrahmen fest, als könnte jeden Moment ein Tornado aufsteigen und sie mit sich reißen.

„Tessa."

Ein Flüstern, das über dem Rauschen des Meeres kaum hörbar war, erreichte ihre Ohren. Das Geräusch war so leise, dass man es vielleicht hätte überhören können. Aber ihr Instinkt lockte sie näher heran. Was wäre, wenn das Kai war? Was wäre, wenn er verletzt war? Noch bevor sie weiter darüber nachdenken konnte, hatte sie die Tür weit aufgerissen und war nach draußen geeilt.

„Kai?"

Sie schaffte es gerade mal zwei Schritte von der Veranda hinunter, bevor sie abrupt zum Stehen kam.

„Ach du meine Güte", flüsterte sie und lief langsam rückwärts.

Es war nicht Kai. Es war noch nicht einmal ein Mensch und es war ganz sicher auch kein Drachenflieger.

Es war ein Drache. Ein echter Drache, der zusammengerollt dort auf dem Boden lag.

Tessa erstickte den Schrei in ihrem Hals. Sie war sich nicht sicher, was stärker war – die Faszination oder ihre Angst. Bis zu diesem Augenblick hatte sie fast gehofft, dass diese Sache mit den Gestaltwandlern nichts als ein raffinierter Schwindel war. Sie hatte gehofft, dass Ella ihr einen Streich gespielt hatte, als sie sich vor ihren Augen zum Fuchs verwandelte. Aber heiliger Strohsack. Das Wesen, das vor ihr lag, war so groß wie ein Lastwagen. Seine Brust hob und senkte sich mit jedem schwerfälligen Atemzug. Der gezackte Schwanz schlug leise und sandte Kieselsteine über den Strand. Seine Krallen hatten sich in den Boden gegraben.

Es hat Schmerzen, erkannte sie.

Sie stand wie erstarrt dort und fragte sich, was sie tun sollte. Sie fragte sich, was *es* tun würde.

Der Drache stöhnte. Ein massiver Flügel schliff, in einem seltsamen Winkel gebeugt, über den Boden, während der andere ordentlich an der Seite des Tieres zusammengefaltet war.

Tessa. Das Flüstern erklang genau in dem Moment in ihrem Kopf, als es seine Augen öffnete und sie ansah. Die Augen waren so blau, dass sie dem Himmel Konkurrenz machen konnten.

Sie versteifte sich und ihr Atem stockte.

„Kai?"

Er blinzelte und das Herz schlug ihr bis zum Hals. Er war es wirklich. Und wow – er war tatsächlich ein Drachengestaltwandler.

Ihr Herz klopfte genauso, wie es geschlagen hatte, als sie ihn zum ersten Mal am Tor des Anwesens traf – schnell und heftig mit einem schmerzenden Gefühl unter den Rippen und einer Sehnsucht, die sie sich nicht erklären konnte.

Einen Moment lang stand sie wie angewurzelt dort. Im nächsten eilte sie auf ihn zu und fiel auf die Knie. „Kai… "

Seine Schnauze war fast so groß wie ihr Oberkörper, aber ihre Angst war verschwunden und wurde vom Instinkt ihn zu halten und ihm zu helfen ersetzt. Wie schlimm waren seine Verletzungen? Lag er im Sterben?

„Halt still", murmelte sie und berührte eines seiner langen spitzen Ohren. Sie staunte darüber, wie seidig es sich trotz des wettergegerbten Aussehens anfühlte. Sie weinte über den Schmerz, den sie spüren konnte.

Sie untersuchte seinen riesigen Körper und versuchte, die Art seiner Verletzungen zu bestimmen, aber ihre Gedanken blieben bereits an den einfachen Dingen hängen.

Flügel. Kai hat Flügel.

Große, gegliederte Flügel, die trotz ihrer schieren Breite bemerkenswert zart wirkten. Eine breite, gepanzerte Brust, die sich mit jedem heißen Atemzug hob und senkte und ein geriffelter Hals. All das und unglaublich blaue Augen, die sie mit einer Mischung aus Staunen und Erleichterung anstarrten.

„Kai." Sie rieb ihm das Ohr.

Sie konnte nichts Genaues erkennen, nur das Stellen seiner ledernen Haut dunkler waren als andere. War das Blut? Und der Flügel – war er gebrochen?

Ein leises, grollendes Geräusch hallte durch den Boden und sie zuckte zusammen. Aber das Geräusch verstummte und diese Welle der Sehnsucht spülte erneut über sie hinweg. So, als ob es zu viel wäre, sich auch nur einen Zentimeter von Kais Körper zu entfernen. So, als würde sie zu ihm gehören.

Als sie ihre Hand vorsichtig wieder ausstreckte und begann, erneut seine Ohren zu kraulen, ging das Grollen wieder los.

Diese war kein Knurren der Warnung. Es war die Drachen-version eines Schnurrens. Er mochte es, gestreichelt zu werden.

Und verdammt, sie mochte es auch. Ihr Körper wurde warm und wären seine Verletzungen nicht gewesen, würde sie vielleicht der Versuchung nachgeben, sich neben ihm zusammenzurollen.

Sie kniete nieder, berührte seine Ohren und versuchte, das Durcheinander der Emotionen in ihrem Kopf zu verarbeiten. Angst. Staunen. Sorge. Liebe.

Oha. Moment mal. Liebe? Sie starrte auf ihre Hand, die über seine Ohren glitt.

Sie war wahrscheinlich nur verwirrt und stand noch immer unter Schock über all das, was in den letzten vierundzwanzig Stunden geschehen war. Das musste es sein, nicht wahr?

Aber der Schmerz in ihr wuchs immer weiter und sie rutschte wie von selbst näher an den Drachen heran.

Näher zu Kai, flüsterte ihre Seele tief in ihr Inneres.

Sie schloss die Augen, streichelte noch immer seine Ohren und sagte sich, dass sie nicht verrückt war. Nur ein wenig verwirrt. Loszurennen, um Hilfe zu holen, schien eine gute Idee zu sein, aber sie konnte sich nicht von ihm losreißen. Sie konnte überhaupt nicht klar denken, so als befände sie sich in einer Art Seifenblase, abgeschlossen von der Außenwelt. Weit weg von allem, außer von Kai.

Er rieb sich an ihrer Hand, wie ein Betteln, dass sie weitermachen sollte. Eine Minute verging und die Wärme zwischen ihnen stieg stetig an.

Die Zeit kam zum Stillstand und jeder Atemzug erstreckte sich ins Unendliche. Tessa hielt ihre Augen fest geschlossen, weil sie noch nie in ihrem Leben etwas so Magisches gespürt hatte.

Aber dann stöhnte Kai erneut und sie riss die Augen auf.

„Oh", hauchte sie, als sie in die Realität zurückkehrte.

Er war nun wieder in seiner menschlichen Gestalt. Menschlich und seitlich ausgestreckt mit seinem nackten Rücken, den Wunden und Blutflecken zierten.

„Kai", rief sie, berührte seine Schulter und fragte sich, ob sie sich die Sache mit dem Drachen nur eingebildet hatte.

„Tess…", murmelte er.

„Oh mein Gott. Kai." Die Worte blieben ihr im Halse stecken und sie wiederholte sie ein halbes Dutzend Mal, als sie versuchte, sich zu beruhigen.

Sein Haar war zerzaust und verfilzt. Eine lange dunkle Verbrennung zog sich quer über seinen Rücken. Nach unten, hinunter und direkt bis...

„Oh", sagte sie, halb flüsternd, halb keuchend.

Er hatte nicht nur einen nackten Oberkörper. Er war völlig nackt. Und jeder Zentimeter seines gebräunten, wohlgeformten Körpers, der nicht mit Blut oder Ruß verschmiert war, war zerkratzt oder Schlimmeres.

Fast hätte sie ihn gefragt: *Was ist passiert?*, beschloss dann aber, dass sie es lieber nicht wissen wollte. Nicht, wenn sie wichtigere Dinge zu tun hatte. Sie rannte zurück auf die Veranda, um ein Handtuch zu holen und kehrte damit an Kais Seite zurück, bereit, den Blutfluss der schlimmsten seiner Wunden zu stoppen.

„Hol Silas", sagte Kai mit einer Stimme, die so trocken und rissig wie seine Lippen erschien.

„Ich muss zuerst die Blutung stoppen."

„Es geht mir gut", krächzte er.

„Du siehst aber nicht so aus. Jetzt halte still."

Sie untersuchte die größte Schnittwunde, aber das Blut war bereits größtenteils getrocknet. Tatsächlich hatte sich die Wunde bereits geschlossen. Die Kratzer rundherum hatten begonnen zu heilen, genau wie der Riss an seinem unteren Rücken.

„Es geht mir gut", ächzte er und rollte sich auf die Seite.

Es ging ihm mit Sicherheit nicht gut, obwohl es ihn auch nicht annähernd so schwer erwischt hatte, wie sie zunächst befürchtete. Sie warf das Handtuch über seine Hüfte – nicht, dass ihm seine Nacktheit auch nur im Geringsten peinlich gewesen wäre. Wohl eher ihr.

Als sie sich niederkniete, baumelte ihre Kette von ihrem Hals und funkelte in der Morgensonne. Kai griff nach oben und berührte den Anhänger.

„Dieselbe Farbe wie deine Augen", flüsterte er. „Wunderschön."

Seine Augen glühten wieder – tiefblau mit faszinierenden kleinen gelben Funken – und er legte seine Hand um ihre Wange. Tessa hob ihre eigene Hand über seine und hielt den Atem an. Selbst wenn in diesem Moment ein Wal aus dem Ozean aufgetaucht wäre, wäre sie nicht in der Lage gewesen, ihren Blick von Kai loszureißen. Die Außenwelt verstummte und schien sich zurückzuziehen. Sie hörte nur noch das Rauschen des Blutes in ihren Adern.

„Tessa", flüsterte er. Aber dann schlossen sich seine Augen und sein Kopf rollte zur Seite.

„Kai!" Sie drückte seine Hand und rüttelte an seiner Schulter. „Kai!"

Panik stieg in ihr auf, aber sie schluckte sie hinunter. Sie wäre keine große Hilfe, wenn sie jetzt zu heulen begann. Sie musste sich jetzt daran erinnern, was sie vor so langer Zeit einst in diesem Erste-Hilfe-Kurs gelernt hatte. Irgendetwas darüber, zunächst die Umgebung und die Atmung zu prüfen, richtig?

Sie kniete sich hin und sah, wie sich ein Grashalm unter Kais Atem bewegte. Er war ohnmächtig geworden, aber er lebte noch. Und weiter?

Nach Hilfe rufen. Sie musste jemanden finden. Sie sah sich um. Welcher der anderen Männer wohnte am nächsten? Wo waren sie? Widerwillig entfernte sie sich von Kai und sprintete den Pfad hinauf. Und verdammt, sie hatte sich noch nie so gefreut, Silas zu sehen, der gerade bei einer Tasse Kaffee in dem weit offenen Gemeinschaftsbereich saß.

„Hilfe! Kai ist verletzt. Bitte hilf mir."

Innerhalb weniger Minuten knieten Silas und Boone an Kais Seite.

„Kai", knurrte Silas und schüttelte ihn grob.

„Hey! Er ist verletzt."

„So verletzt nun auch wieder nicht."

Tessa starrte ihn an. Einen Augenblick später sah sie rot und es war, als wäre ein Schalter in ihr umgelegt worden. Bevor sie auch nur darüber nachdenken konnte, packte sie Silas bei den Schultern und stieß ihn zurück. Er landete auf dem Hintern im Gras und blinzelte sie an.

Alles wurde sehr, sehr still und Boone murmelte: „Oh Scheiße."

Irgendwie schürte diese Bemerkung ihre Wut erneut und Tessa stemmte die Hände in die Hüften.

„Er ist verletzt. Werdet ihr ihm helfen oder muss ich es selbst tun?“

Boone trat zurück. Silas funkelte sie an.

„Wir heilen schnell“, sagte der Drachengestaltwandler, als sein gebräuntes Gesicht eine tiefrote Farbe annahm.

„Ist das so? Woher soll ich das wissen?“, sagte sie und weigerte sich, nachzugeben. „Ich weiß nur, dass verdammt viel Blut an seinem Körper klebt und er ein paar sehr schwere Wunden hat.“

Silas sprang in einer schnellen mühelosen Bewegung auf die Füße, trat ganz nah an sie heran und starrte zu ihr hinunter. „Es gibt eine Menge Dinge, die du über die Welt der Gestaltwandler nicht weißt, Miss Byrne.“

„Ich weiß, dass man einen Verletzten nicht so behandelt“, schoss sie zurück und weigerte sich, sich einschüchtern zu lassen. Sie hätte später noch genug Zeit, ihre Knie zittern und die Zähne klappern zu lassen, wenn sie an die Macht und Wut dachte, die von Silas ausging. Aber nicht jetzt.

Sie starrten sich gegenseitig an, bis Hunter den Pfad hinuntergetrampelt kam und mit seiner Größe genug Aufsehen erregte, dass ihre Pattsituation gebrochen wurde.

„Tragt ihn“, murmelte Silas, als er sich von Tessa abwandte.

Hunter nahm Kais Schultern und Boone packte seine Füße, während Tessa sich an der Seite zu schaffen machte. Sie tat ihr Bestes, um auch das Handtuch über Kai zu behalten, was Boone zum Grinsen brachte.

„Keine Sorge, Schätzchen. Wandler sind nicht sonderlich zurückhaltend.“

Auch, wenn es vielleicht keine Gestaltwandler waren, war es definitiv seltsam, einen nackten Mann anzugaffen – selbst wenn der besagte Mann nur wenige Stunden zuvor das Objekt ihrer Fantasie gewesen war.

„Und wenn du das nächste Mal verletzt wirst, Boone?“, fragte sie und zog eine Augenbraue hoch.

Er lachte. „Dann hoffe ich, dass du hier bist, um dich um mich zu kümmern, Schätzchen.“

Sie hätte fast gelächelt, runzelte dann jedoch ihre Stirn, denn die Wahrscheinlichkeit, dass es ein nächstes Mal geben würde, war äußerst gering. Zum einen würde sie schon bald wieder auf ihrem Weg sein. Zum anderen wollte sie wirklich nicht, dass überhaupt einer dieser Männer verletzt wurde. Noch nicht einmal Silas, so sehr er ihr auch gegen den Strich ging.

Kai war ein großer Mann, aber Hunter und Boone trugen ihn mit Leichtigkeit. Sie folgten einem geschwungenen Pfad den steilen Hang des Anwesens hinauf. Ein Bach schlängelte sich am Steinweg entlang. Das Ufer war mit Blumen und Büschen bewachsen, deren Namen sie nicht kannte. Als sie einen Ort erreichten, der Kais Zuhause sein musste, blieb Tessa stehen und starrte einen Moment. Die Aussicht war spektakulär, so wie das Haus selbst auch. Steinwände, die durch riesige Glasflächen unterbrochen wurden, waren in die Felswand eingebettet. Sie führten in eine Wohnung, die halb organische Architektur im Frank Lloyd Wright-Stil und halb Drachenhöhle war. Anstelle von Fenstern bestand die gesamte Vorderseite aus Glasschiebetüren, die alle offenstanden, um den Himmel und das Licht willkommen zu heißen.

„Pass auf“, murmelte Boone, während sie Kai auf die Couch manövrierten. Tessa folgte ihnen hinein. Von außen wirkte das Haus imposant, aber innen war es gemütlich mit bunten Teppichen und gerahmten Bildern an den Wänden. Eines davon zeigte einen üppig bewachsenen, nebelverhangenen Berg, ein anderes eine gelbe Blume, die neben einem Felsen wuchs.

Silas stand einen Moment stirnrunzelnd in der Tür und winkte die anderen dann hinaus.

„Du.“ Er zeigte auf Tessa. „Bleib hier, wenn du musst. Aber du wirst sehen, dass es ihm gut geht.“

Er drehte sich um und lief davon.

Boone wackelte mit den Augenbrauen, bevor er Silas folgte. „Na dann los, Krankenschwester Tessa. Du hast deinen Patienten ganz für dich allein.“

Sie wollte widersprechen, fing sich jedoch, bevor die Worte ihre Lippen verließen. Sie hatte darauf bestanden zu helfen, also war sie hier.

Sie strich mit der Hand über Kais Stirn. Seine Atmung war gleichmäßig und seine Wunden nicht mehr so schlimm wie zuvor. Tatsächlich bildete sich auf der längsten Wunde bereits

Schorf. Aber er sah noch immer furchtbar aus und sie wollte ihn nicht in diesem Zustand dort liegen lassen.

Sie machte sich auf den Weg, um im Haus nach Verbandszeug zu suchen. Das Wohnzimmer war luftig und nur spärlich möbliert. Die Küche war ein strahlender moderner Raum mit weißen Arbeitsplatten und weißen Türen. Das Schlafzimmer –

Sie schluckte und zwang sich, ihren Blick von dem übergroßen Bett mit den zerknitterten Laken abzuwenden. Doch es war zu spät – ihre schmutzigen Gedanken ließen bereits Dutzende intime Bilder in ihr aufsteigen.

„Badezimmer", murmelte sie und befahl ihren Beinen, loszulaufen.

Das Badezimmer war riesig mit einer geräumigen, blau gefliesten Dusche, die sie nur zu gern ausprobiert hätte. Wie der Rest von Kais Zuhause war es ein wenig spartanisch, aber ordentlich. Lediglich seine Rasierutensilien lagen ein wenig durcheinander herum, was dem Raum ein heimeliges Gefühl verlieh, anstatt wie der Hintergrund bei einem Fotoshooting zu wirken.

Sie holte sich ein Handtuch aus dem Badezimmer, eine Schüssel mit warmem Seifenwasser aus der Küche und machte sich daran, Kais Haut zu säubern.

Silas hatte recht. Es schien Kai gut zu gehen. Er schlummerte nur, anstatt zu leiden, wie sie es zunächst befürchtet hatte.

Sie erhob sich, trat zurück und beobachtete ihn für einen Augenblick. Jetzt, da er sich ausruhte, sah er zehn Jahre jünger aus. All die Sorgen, die er mit sich trug, all die Dinge – was auch immer es war, das sein Innerstes belastete – waren nun zumindest vorübergehend verschwunden. Sie streckte die Hand aus und strich mit einem Finger über die Linie seiner Augenbraue und zeichnete die Aufwärtskurve nach.

In Ordnung, Tessa, ermahnte sie sich selbst. *Hör auf zu sabbern. Hör auf zu träumen. Mach einfach weiter.*

Sie zwang sich, zurückzutreten und sah sich in der seltsamen Mischung aus spartanischer Junggesellenbude und schickem Lifestyle-Magazin um. Die Möbel waren alle aus Hartholz mit glatten, beigen Tönen. Das Bücherregal, das vom Boden bis zur Decke reichte, war mit wunderschönen Büchern gefüllt. In jedem Fenster hing ein Glasornament, dass das Licht einfing und reflektieren ließ. Sie lief zu einem hinüber und berührte es vorsichtig. Die Glaskugel schien unglaublich zerbrechlich und die blaue Farbe wirkte nahezu lebendig. Im nächsten Fenster hing eine gelbe Kugel, wie eine winzige tropische Sonne und im nächsten...

Sie blieb stehen und hielt den Atem an. Im nächsten Fenster hing ein smaragdgrüner Anhänger, in der genauen Farbe ihrer eigenen Halskette.

Die gleiche Farbe wie deine Augen, hatte Kai gesagt. *Wunderschön.*

Sie hielt ihren Anhänger neben den, der im Fenster hing, und drehte ihn hin und her, sodass er ebenfalls einen grünen Fleck an die weiße Wand des Raumes warf. Die Form und Größe waren anders, aber die Farbe war gleich.

„Wunderschön", flüsterte sie.

Der grüne Lichtstrahl schien auf ein gerahmtes Foto von einem kleinen Jungen mit einem glücklichen Paar. Die Frau hatte Kais blaue Augen und der Mann seine nach oben geschwungenen Augenbrauen. Kai mit seinen Eltern. Tessa berührte den Rahmen sanft und riss die Finger dann weg. Das Foto hatte etwas sehr Privates – privat und traurig. Mit einem Seufzer wandte sie sich ab.

Der Rest des Hauses – was es sonst noch gab, denn es sah von außen größer aus, als es wirklich war – war ebenfalls mit bunten Kugeln dekoriert. Sie fragte sich, ob dies ein Spiegelbild von Kais persönlichem Geschmack war, oder ob alle Drachen glänzende, schöne Dinge mochten, die ihre Welt mit Energie und Licht füllten.

Eine Wendeltreppe führte nach oben. Leise erklomm sie die Stufen und fragte sich, wohin sie wohl führen würden. Ein weiteres Zimmer? Eine Dachterrasse?

Letzteres, wie sich herausstellte, und sie pfiff, als sie die Aussicht sah. Von dort oben erschienen die Nachbarinseln größer und näher zu sein. Sie hätte schwören können, dass sie zwischen Molokai und Lanai einen winzigen Zipfel von Oahu sehen konnte. Sie stand am Rand, schloss die Augen und breitete die Arme weit aus. Wie wäre es wohl, fliegen zu können?

Sich zu drehen und zu schweben und über die Berge und das Meer hinwegzugleiten?

Die Brise spielte mit ihrem Haar, als Kindheitsträume aus den dunklen Nischen ihrer Erinnerung in die Gegenwart zurückkamen und zu ihr sagten, dass das Fliegen ganz einfach wäre. Sie müsste nur die Finger leicht krümmen, um sich nach links oder rechts zu neigen. Um aufzusteigen musste sie ihr Kinn nach oben neigen und den Kopf zum Himmel strecken.

Es fühlte sich so real an. So lebendig. So machbar. Aber dann öffnete sie ihre Augen und erinnerte sich. Dies waren keine Flügelschläge – es war lediglich die Bewegung ihres Wickelrocks im Wind. Und der kühle Kuss der Höhenluft auf ihrer Wange war nichts als die Brise des Meers.

Sie seufzte und wich plötzlich verlegen von der Kante zurück. Sie sollte besser hinuntergehen, bevor sie jemand dabei erwischte, wie sie sich wie ein Möchtegern-Wandler benahm.

Kai atmete ruhig und seine Wunden waren nicht mehr so schlimm wie zuvor. Tessa wollte sich am liebsten einen Stuhl nehmen und ihm beim Schlafen zusehen. Konnte ein Drachenwandler vor ihren Augen heilen? Aber sie fühlte sich zu sehr wie ein Voyeur, ihn im Schlaf zu beobachten. Also ging sie zur Hauptveranda hinaus und starrte erneut in die Ferne. Sie stellte sich ganz nah an die Kante, um sich dem Himmel näher zu fühlen. Würde sie die Gestaltwandler jemals verstehen? Wollte sie es?

Bei einem schlurfenden Geräusch riss sie ihren Blick nach rechts herum, wo Boone gerade die Treppenstufen erklomm.

„Hallo", murmelte der Wolf und musterte sie seltsam.

„Hallo", flüsterte sie, um Kai nicht zu wecken. Aber Boone schien Kai kaum eines Blickes zu würdigen. Er starrte nur sie an.

„Was?", fragte sie einen Augenblick später.

Boone schüttelte schnell den Kopf. „Keine Höhenangst, was?"

Er deutete auf ihre Füße. Oh. Dort war eine Art – nun, eine Art Klippe und kein Geländer. Irgendwie hatte sie das kaum bemerkt.

„Nein, ich habe keine Höhenangst", murmelte sie und lief langsam zurück. Sie schaute nach oben und stellte fest, dass auch dort oben kein Geländer gewesen war.

Boones Blick fiel auf ihren Hals und sie griff nach dem Anhänger, während er etwas vor sich hin murmelte.

„Was?", fragte sie. Es war nur ein billiger Anhänger, den ihre Großmutter ihr geschenkt hatte.

Er riss seinen Blick los. „Nichts. Wie geht es unserem Patienten?"

Sie nickte. „Besser. Glaube ich." Aber dann erinnerte sie sich an das Ausmaß von Kais Wunden, als sie ihn gefunden hatte, und zuckte zusammen. „War er wirklich schon einmal schlimmer verletzt?"

Boone zuckte mit den Schultern. „Ja. Das waren wir alle."

Sie runzelte die Stirn und fragte sich, warum, wo und wann. Aber dann fragte sie sich, ob sie es wirklich wissen wollte.

„Ich wette, es tut trotzdem weh."

Boone legte die Stirn in Falten und rieb sich abwesend den Bauch – die Stelle einer alten Wunde? „Ich erspare dir die blutigen Details, ja?"

Sie schluckte und nickte.

„Sagen wir einfach, es tut höllisch weh. Aber wir heilen." Seine Stimme war ritterlich, aber seine Augen verrieten die Wahrheit. „Wie dem auch sei", fuhr er schnell fort. „Die Fluggesellschaft hat angerufen. Sie haben deine Tasche gefunden. Soll ich mit dir hinfahren, um sie abzuholen?"

Sie eilte zurück, um nach Kai zu sehen, stand einen Moment lang dort, um sich zu entscheiden und berührte währenddessen eine der drei farbigen Kugeln.

Boone schnaubte hinter ihr. „Drachen. Sie mögen alle glänzenden Dinge."

Sie blickte auf die Reihe der drei Sonnenfänger. Einer rot, einer orange, ein weiterer gelb. Die Farben des Feuers.

Ich mag glänzende Dinge auch. Sie lächelte und drehte sich zu zwei anderen um, die etwas weiter weg hingen.

Boone gluckste. „Glänzende Dinge, kostbare Dinge. Und kaum haben sie eins, wollen sie schon das Nächste."

Sie sah Kai erneut an und wollte ihn nur ungern alleine lassen. Aber es schien ihm gut zu gehen die Aussicht, ihre Sachen zurückzubekommen – zumindest die wenigen Besitztümer, die sie bei ihrer eiligen Flucht aus Phoenix mitgenommen hatte – ließ sie schnell einwilligen. Sie folgte Boone zur Einfahrt und die Reihe der Autos entlang.

Er lief an einem Rundbogen der Garage nach links, schnappte sich einen Helm und zeigte auf ein Motorrad. „Bereit für eine Spritztour?"

Das schnittige, schwarz-verchromte Motorrad sah aus, als könnte es sie innerhalb von fünf Minuten zur anderen Seite der Insel bringen. Aber sie hielt sich zurück. Zum einen missfiel ihr der Gedanke, jemand anderem als Kai so nah zu sein – nein, danke – aber es gab auch den praktischen Aspekt.

„Nicht gerade Platz für einen Koffer, nicht wahr?"

Boone seufzte und legte den Helm ab. „Also gut. Wir nehmen den Lamborghini."

Sie schnaubte. „Na sicher. Warum auch nicht?"

In das tief liegende Fahrzeug einzusteigen glich eher Hineinrutschen und als sie schließlich darin saß, hatte sie Angst, die teure Lederausstattung zu berühren.

„Nett", murmelte sie. „Gehört der dir?"

Boone lachte laut los, als er aufs Gaspedal trat und rückwärts aus der Garage raste. Die Reifen quietschten und Tessa wurde in der Kurve gegen die Tür gedrückt.

„Schön wär's", sagte Boone und legte den Gang ein. „Aber ich darf damit fahren."

„Nett", murmelte sie erneut und wunderte sich einmal mehr über die Vereinbarung bezüglich des Anwesens. War der Besitzer ein reicher Gestaltwandler, der so wie Damien Morgan auf der ganzen Welt arbeitete?

Innerhalb von Minuten hatte Boone die Einfahrt hinter sich gelassen und war auf die Hauptstraße abgebogen. Das Auto war so schnell, dass ihr die Geschwindigkeit nicht bewusst wurde, bis sie die Küstenlinie vorbeipreschen sah.

„Fährst du nicht ein wenig zu... "

„Verdammt", murmelte Boone, als hinter ihnen rote und blaue Lichter aufblitzten. „Officer Meli."

Tessa drehte sich um und versuchte, den Namen einzuordnen. „Wer?“

Er seufzte. „Officer Meli. Sie kriegt ihren Mann immer. Auch wenn es der falsche Mann ist.“

Tessa fragte sich, was das bedeuten sollte, blieb aber mucksmäuschenstill, als Boone das Fenster hinunterließ.

„Aloha“, rief er fröhlich.

Als sich die Polizistin zum Fenster hinunterbeugte, fiel ihr dicker Zopf über ihre Schulter. Es war dieselbe asiatische Inselschönheit, die Tessa schon einmal gesehen hatte.

„Mr. Hawthorne“, sagte die Beamtin, ohne auf seinen Führerschein zu sehen.

„Officer Meli. Wie schnell war ich heute?“

„Siebzig in einer vierziger Zone.“

„Ein neuer Rekord?“

„Wohl kaum.“

Boone grinste. „Ich werde mich nächstes Mal mehr anstrengen.“

Officer Meli riss den Strafzettel von ihrem Block und reichte ihm ihn. „Bitte nicht.“ Boone winkte zum Abschied und fuhr halb so schnell wie zuvor davon. Sobald sie um die nächste Ecke gebogen waren, seufzte er und warf den Strafzettel auf den Rücksitz, wo Tessa noch ein paar weitere herumliegen sah.

„Werden die nicht teuer?“

Er zuckte mit den Schultern. „Wahrscheinlich.“

Sie neigte den Kopf. „Bist du so reich?“

Er schnaubte. „Ich? Nein.“

„Oder Silas? Oder der Besitzer des Anwesens? Wie funktioniert das überhaupt alles?“

Boone spitzte die Lippen und schaltete in den dritten Gang, sodass sie das Tempolimit innerhalb von fünf Sekunden erreichten. „Schau mal. Ich mag dich. Ich würde dir auch gerne alles erzählen, was du wissen willst. Aber ich kann es nicht, auch wenn ich persönlich dir vertraue.“

„Bedeutet das, die anderen vertrauen mir nicht?“ Sie dachte an Silas mit seinem strengen Blick und Cruz mit den wachsamen Tiger-Augen.

„Sagen wir einfach, sie haben ihre Probleme mit Menschen."

„Und du nicht?"

Er lachte. „Oh, ich habe auch Probleme. Nur nicht mit Menschen."

Sie sah ihn genauer an. „Ist Silas der Besitzer des Anwesens?"

Er schlug mit der Hand auf das Lenkrad. „Ich wünschte, ich wüsste das."

„Du weißt es nicht?"

Er schüttelte den Kopf. „Schau mal, wir alle haben unsere Geheimnisse. Er. Du. Ich... "

Sie hob protestierend die Hand. „Ich habe keine Geheimnisse."

Sein Blick fiel auf ihren Hals. „Bist du dir da sicher?"

Sie runzelte die Stirn und berührte ihren Anhänger. Was meinte er denn damit?

Noch bevor sie ihn fragen konnte, fuhr er fort: „Hör mal, wenn du etwas über Silas' Finanzen wissen willst, frage ihn selbst. Aber mach dich lieber auf etwas gefasst, denn es fehlt ihm etwas an Sozialkompetenz. Verständlich, er ist schließlich ein Drache." Boone grinste. „Als ich das letzte Mal nachgesehen habe, hatte ich persönlich $586 auf dem Konto. Aber das ist schon ein paar Monate her, also wer weiß."

Tessa verschränkte die Hände auf ihrem Schoß und blickte über den Pazifik, der rechts von ihr im Licht der Sonne glitzerte.

„Erzähl mir mehr über Drachen", sagte sie.

Er sah sie an und ließ das Auto wieder ein bisschen schneller werden. „Was willst du denn wissen?"

„Zum Beispiel, warum Morgan eine Gefährtin haben wollen würde."

Boone stotterte überrascht. „Morgan hat das gesagt?"

Tessa nickte und beobachtete den Wolf genau.

Er hielt seinen Blick auf die Straße gerichtet und wurde zum ersten Mal ernst. „Drachen sind wie die meisten Gestaltwandler. Sie glauben an vom Schicksal vorherbestimmte Gefährten."

„Vorherbestimmte Gefährten?" Ihr Puls wurde schneller, als ihr die Worte durch den Kopf gingen. Warum klangen sie so vertraut?

Boones Hände öffneten und schlossen sich um das Lenkrad. „So wie Seelenverwandte, schätze ich." Er versuchte, beiläufig zu klingen, das konnte sie sagen, aber es gelang ihm nicht. „Aber noch mehr. Jemanden, den man für immer liebt, beschützt und schätzt. Die eine Person auf der ganzen Welt, die einen wirklich versteht. Jemand, der... " Die Worte sprudelten nur so aus ihm heraus, bis er plötzlich abrupt verstummte. „Zumindest so etwas in der Art."

Tessa starrte ihn an. Hatte Boone eine Gefährtin? Hatte er sie verloren?

„Für immer?", flüsterte sie und dachte an Kai.

Boone kaute auf seiner Lippe, bevor er antwortete. „Viele Gestaltwandler glauben diesen Unsinn. Dass es dort draußen nur eine Person für einen gibt und wenn man sie findet... "

Sie fuhren einen Moment in Stille weiter, bis er sich räusperte.

„Zum ersten Mal auf Hawaii?" Er wechselte abrupt das Thema.

Tessa musterte ihn von der Seite und gab nach.

„Meine erste Reise nach Hawaii." Würde es auch ihre letzte sein?

Sie verbrachten den Rest der Fahrt schweigend. Tessas Gedanken wanderten von Kai zu Morgan und wieder zurück, bis sie schließlich am Flughafen ankamen. Als sie ihren Koffer sah, spürte sie einen lächerlichen, schwindelerregenden Rausch und war fast versucht, ihn den ganzen Weg zurück nach Koa Point auf dem Schoß festzuhalten. Diese Tasche gehörte ihr. Die Dinge darin gehörten ihr.

Sobald Boone sie am Gästehaus abgesetzt hatte, rannte sie hinein, öffnete den Koffer und fing an, ihre Sachen zu berühren, um sich zu besänftigen. Genau wie Boone ihr besänftigend versichert hatte, dass es besser sei, Kai noch eine Weile allein zu lassen. Sie setzte sich auf den Fußboden und griff nach ihrem blauen Lieblingsshirt. Nur weil sie es konnte. Weil sie dieses kleine Stückchen Kontrolle zurück hatte.

In der Tasche befanden sich außerdem ihre besten Sandalen, sowie ihr Tagebuch und ihr wertvollster Besitz – das in Leder gefasste Kochbuch ihrer Großmutter. Sie drückte es an sich, küsste den verschlissenen Einband und legte es beiseite.

Saubere Unterwäsche – gleich drei Paar – waren ein riesiger Bonus genau wie ihre Lieblingsjeans. Als sie sie aus der Tasche nahm, kam die braune Ecke einer Pappschachtel unten im Koffer zum Vorschein und sie griff danach. Bei der Flucht aus ihrer Wohnung hatte sie noch nach ihrer Post gegriffen. Ella hatte sie die ganze Zeit gehetzt und dieses kleine Paket hatte sich unter den Rechnungen und Briefen befunden, die sie erhalten hatte.

Sie setzte sich aufs Bett und musterte den Absender.

„Tante Frieda?"

Sie hatte dieser Seite der Familie nie sonderlich nah gestanden. Tatsächlich fiel es ihr schwer, sich nach der bitteren, langwierigen Scheidung ihrer Eltern in ihrer Kindheit beiden Seiten ihrer Familie nah zu fühlen. Trotzdem war es schön, ab und zu von jemandem zu hören.

Es dauerte einen Moment, aber schließlich gelang es ihr, das Klebeband aufzureißen und das Paket zu öffnen. Im Inneren befanden sich ein Zettel und eine kleine hölzerne perlmuttbesetzte Schachtel, die in der Sonne glänzte.

> Hallo Tessa,
>
> ich habe ein paar letzte Dinge Deiner Großmutter durchgesehen. Sie wollte, dass Du das hier bekommst. Ich hoffe, es geht Dir gut und dass Dein Kochgeschäft gut läuft.
>
> Liebe Grüße,
>
> Tante Frieda

Tessa hielt die Schachtel hoch und fragte sich, was ihre Tante wohl sagen würde, wenn sie ihr eine ehrliche Antwort schriebe.

Das Kochgeschäft lief gut, bis ich von einem Drachen angegriffen wurde. Momentan bin ich auf Hawaii. Nicht sicher, was ich als Nächstes tun werde...

Sie seufzte und öffnete den Verschluss an der Schachtel. Seltsam, wie sich das schlichte Rosenholz ein wenig warm anfühlte. Vielleicht hatte diese Seite ihres Koffers auf der Rückfahrt vom Flughafen in der Sonne gelegen. Sie hob die Schachtel zu ihrer Nase hoch, schnupperte am Holz und lächelte, weil sie genau wie das Haus ihrer Großmutter roch. Ihr Zufluchtsort – ihr Zuhause außerhalb ihres eigenen chaotischen Elternhauses in der gesamten Highschool- und Collegezeit. Sie hatte sie in den sechs Jahren danach regelmäßig besucht, bis hin zum Tod ihrer Großmutter vor sechs Monaten.

Ihre Großmutter hatte ihr drei Jahre zuvor das Kochbuch persönlich geschenkt, diese Schachtel aber nie erwähnt. Tessa erinnerte sich vage daran – eins von vielen Dingen, die im Haus ihrer Großmutter die Regale gefüllt hatten. Was mochte sich wohl darin befinden?

Sie öffnete den Deckel, schob das seidene Taschentuch zur Seite, das den Inhalt schützte, und starrte hinein.

Kapitel 9

Kai stöhnte und drehte sich langsam von seiner Seite auf den Rücken. Er hatte im schönsten Traum der Welt geschwelgt – einem Traum von ihm und Tessa, wie sie gemeinsam an einem Sandstrand lagen. Palmen wiegten sich über ihnen und ließen das Licht der Sonne in einzelnen Strahlen tanzen, die über ihren nackten Körper glitten und Tessas Anhänger zum Leuchten brachten. Sie küsste seine Brust und als sie zu ihm aufblickte, glühten ihre Augen wie die eines Drachen. Sie *war* in seinem Traum ein Drache gewesen und es gab keinen Grund, warum er sie nicht lieben durfte.

Und der beste Teil des Traums? Die Zeit hatte stillgestanden und es gab keinerlei Eile. Verschwunden war das nagende Gefühl des Schicksals, das über sie kommen würde, um seine Welt zu vernichten. Verschwunden war das Ticken der Uhr, die zu einem plötzlichen Ereignis herunterzählte. Es gab nur noch ihn und sie, ohne dass etwas zwischen ihnen stand. Nichts, was das brennende, verzweifelte Verlangen im Zaum halten würde.

Gefährtin, flüsterte eine tiefe, irdische Stimme in seinem Geist. *Sie ist deine Gefährtin.*

Gefährtin, wiederholte Tessa. *Mach mich zu deiner Gefährtin.*

Aber von einer Sekunde zur nächsten war der Traum verschwunden und er war wach. Wach und jede verdammte Sehne seines Körpers schmerzte. Er blinzelte und sah sich um. Keine Tessa, obwohl er hätte schwören können, dass sie da gewesen war. Kein Strand. Kein Smaragd, der wie ihre Augen strahlte. Nichts als das Sonnenlicht, das durch die Fenster seines Hauses schien.

Er hatte keine Ahnung, wie er überhaupt dorthin gelangt war. Das Letzte, woran er sich erinnern konnte, war durch brennenden Schmerz hindurch seinen Weg nach Hause zu finden und irgendwie zu landen, ohne dabei einen halben Hektar Bäume mitzunehmen.

Vorsichtig beugte er seinen rechten Arm und verzog das Gesicht. Diese Seite hatte im Kampf den größten Schaden erlitten. Sein Ellbogen schmerzte, aber er konnte ihn beugen. Sein Handgelenk funktionierte ebenfalls – mehr oder weniger. Tatsächlich war er also wirklich gut davongekommen.

Langsam setzte er sich auf. Wie spät war es? Und was noch wichtiger war, woher waren diese drei Drachen gekommen?

Wir wollen deinen Schatz. Und wir wollen sie lebendig.

Sie. Tessa?

Er beugte sich vor und atmete ein paarmal tief durch, bevor er aufstand. Keiner der Drachen, die ihn angegriffen hatten, war ihm ebenbürtig gewesen, aber sie hatten ihren Drei-zu-eins-Vorteil gut ausgenutzt.

Bis der Grüne einen entscheidenden Fehler gemacht hat, grinste sein Drachen.

Diese Erinnerung gefiel ihm. Der grünliche Drache war der kleinste und schnellste der drei. Er war so zackig hin und her gezischt, dass Kai ihn kaum im Auge behalten konnte. Die anderen beiden spien lange Feuerstöße aus, während der kleinere zwischen ihnen hin und her schoss. Aber sie griffen immer wieder nach dem gleichen Muster an. Sobald Kai dies verstanden hatte, war der Grünling erledigt gewesen.

Buchstäblich.

Kai hatte bis zur letztmöglichen Sekunde gewartet, um seine Flügel zusammenzufalten und zur Seite zu schießen, wodurch der Grünling direkt in die Schusslinie des großen Roten geriet. Der Drache schlug auf das Meer, während Kai geradewegs nach oben schoss, um den Roten mit einem gewaltigen Feuerstoß von hinten zu überraschen.

Mein Schatz!, hatte er gebrüllt, als der einzige Überlebende einen überstürzten Rückzug machte. *Meiner!*

Tessa gehörte ihm und ihm allein. Inmitten des Kampfs und auf dem langen Heimflug durch die Dunkelheit war ihm dies erschreckend klar gewesen. Aber verdammt. Im grellen Tageslicht war das alles noch schwerer zu verstehen. Tessa war ein Mensch.

Genau wie Mutter, erinnerte er seinen Drachen. *Je länger sie bei uns bleibt, desto gefährdeter ist sie.*

Diese Drachen haben sie gejagt. Sie eingefordert. Sie schwebt bereits in Gefahr, erwiderte sein Drache.

Er kratzte sich den Kopf. Normalerweise war seine menschliche Seite der logische Teil. Warum war sein Drache plötzlich derjenige, der mehr Sinn ergab?

Weil du dir zu viele Sorgen machst. Du denkst zu viel an die Vergangenheit.

Kai stemmte sich auf die Füße und kniff unter Schmerzen die Augen zusammen.

„Was ist passiert?"

Als Kai aufblickte, sah er Silas, der ihn von der Tür aus mit einem Ausdruck anstarrte, der genauso hart war wie der Tonfall seiner Stimme. Ah, sein lieber Cousin. So nachsichtig. So gewillt, einem Mann eine Pause zu gönnen.

Wohl eher nicht.

Kai ließ sich zurück auf die Couchkante fallen und neigte seinen Kopf erst nach links und dann nach rechts.

„Wo ist Tessa? Geht es ihr gut?"

Silas nickte, sauer wie immer. „Ihr Gepäck ist angekommen. Boone ist mit ihr losgefahren, um es zu holen."

„Boone?" Kai sprang auf und ignorierte den Schmerz, der ihn durchströmte, als er in Richtung Tür eilte.

Silas erwischte ihn am Arm, was ein Feuerwerk durch die rechte Seite seines Körpers sandte. „Es geht ihr gut."

„Gut? Gut?" Kai stotterte eine Zeit lang, unfähig, seine Wut in Worte zu fassen. Er wollte Boone am liebsten töten. „Dieser verdammte Wolf hat kein Recht, mit meiner Gefährtin irgendwo hinzugehen."

„Gefährtin?", erwiderte Silas, plötzlich komplett regungslos.

Kai hielt ebenfalls inne. Hatte er das gerade gesagt?

Allerdings, summte sein Drache. *Das Mondlicht hat uns zu ihr geführt. Erinnerst du dich nicht?*

Er erinnerte sich daran, dass sein Geist so verschwommen gewesen war, dass er fast gegen die Klippen von Molokai geflogen wäre. Und er erinnerte sich ebenfalls, dass er so desorientiert gewesen war, dass er sich fast vom Wind nach Lanai anstatt nach Maui hatte treiben lassen. Aber dann hatte das Meer geschimmert und eine Stimme wie die seines Vaters hatte in seinem Kopf geflüstert.

Der Weg zum Himmel. Der Weg zu deiner Gefährtin.

Und dort war er gewesen – ein silberner Pfad, der ihn nach Hause führte. Hätte er ein wenig mehr Energie gehabt, hätte er sich nach dem Geist seines Vaters oder dem Schatten des Schicksals umgesehen. Aber zu diesem Zeitpunkt konnte er nur mehr mit den Flügeln schlagen, bis das spitze Dach von Tessas Hütte in Sicht kam.

Gefährtin. Sie ist unsere Gefährtin.

Er schüttelte Silas ab und griff sich ein paar Klamotten. „Verdammt, wie konntest du sie das Anwesen verlassen lassen? Sie schwebt in Gefahr.“

„Du bist derjenige, der blutüberströmt nach Hause kam. Was ist passiert?“

„Ich muss sie sehen.“

„Bei Boone ist sie in Sicherheit“, beharrte Silas.

„Auch wenn ein paar Drachen, aus dem Nichts heraus auftauchen und sie angreifen?“ Kai trat auf die Veranda hinaus und suchte den Himmel ab.

Silas Stimme erklang eine Oktave tiefer. „Welche Drachen? Wo?“

Maui war ihr Territorium, wie auch der Rest von Hawaii, denn das Reich eines Drachen erstreckte sich weit und breit. Zum Teufel, vor zwei Jahren war Silas ausgeflippt, als ein alternder Drache darum bat, sechs Monate im Jahr auf der großen Insel verbringen zu dürfen. Wäre dieser Drache nicht ein entfernter Verwandter gewesen, hätte Silas es niemals erlaubt.

Natürlich war auch Damien Morgan ein entfernter Verwandter. Kai sah finster aus.

„Drei von ihnen. Sie sind in Oahu losgeflogen, um mich im Ka'iwi-Kanal anzugreifen. Sie waren klug genug, den Kampf von Menschenaugen fernzuhalten.“

*Und dumm genug zu glauben, sie könnten es mit mir auf-
nehmen,* schnaufte sein Drache.

„Wer?“

Kai zuckte mit den Schultern – und bereute es sofort. Seine
linke Seite war in Ordnung. Seine rechte Seite nicht.

„Niemand, der sich hier auskennt, so viel ist sicher. Sie wussten nichts von den Rückwärtswirbeln auf der Luvseite von
Oahu.“

Silas nickte langsam. „Es sind also Drachen vom Festland
gewesen.“

Kai überlegte. „Möglicherweise. Sie sind hinter Tessa her.
Sie sagten: ‚Wir wollen deinen Schatz. Und wir wollen sie lebend.‘ *Sie*, Silas. Sie sagten *sie*.“

„Wer würde diesen Menschen für einen Schatz halten?“

Kai wirbelte herum und machte drei donnernde Schritte,
bis er Silas direkt gegenüberstand. Fast hätte er seinen Cousin
am Kragen gepackt und ihn geschüttelt.

„Pass auf, was du sagst.“

Silas stieß ihn nicht fort, sondern starrte nur in Kais Augen.
„Glaubst du wirklich, dass sie deine Gefährtin ist?“

Kai wandte sich ab, blickte über das Meer und flüsterte:
„Ja.“.

Seine Seele jubelte, weil er dies feiern und in den Himmel
schreien sollte. Wenn nur nicht alles so kompliziert wäre – und
so gefährlich für Tessa, sich auf ihn einzulassen.

Silas dunkle Augen starrten ihn unerbittlich an. Aber Kai
starrte zurück. Tessa war seine Gefährtin. Silas musste das akzeptieren. Die anderen würden es auch akzeptieren müssen.
Und dann... scheiße. Irgendwie musste er es auch Tessa erklären.

Sie spürt es auch, flüsterte sein Drache. *Sie will uns genauso
sehr, wie wir sie wollen.*

So viel war einfach – täuschend einfach. Er bezweifelte, dass
Tessa irgendetwas mit der Welt der Gestaltwandler zu tun ha-
ben wollte – vor allem angesichts des Schicksals seiner eigenen
Mutter.

„Möglicherweise hat sie keine Wahl“, knurrte Silas.

Kai schaute schnell auf und ärgerte sich, dass er seine Gedanken so offen hatte kreisen lassen, dass Silas sie lesen konnte. Er ärgerte sich und war beunruhigt.

„Was meinst du damit?"

„Offensichtlich gibt es mehr an ihr als das, was man auf den ersten Blick sieht. Warum sollten drei Drachen hinter ihr her sein und sie einen Schatz nennen?"

Es klang wie eine rhetorische Frage, aber Kai konnte das Rätsel nicht lösen. Er konnte lediglich mit den Zähnen knirschen, wenn er an diesen reichen Dreckskerl Morgan dachte. „Glaubst du, Morgan hat die Mittel, drei Drachen hinter ihr her zu schicken?"

Silas neigte den Kopf hin und her. „Möglicherweise hat Morgan Drachenbataillone unter seinem Kommando. Oder vielleicht auch nicht." Seine Augen blitzten auf. „Drax hat auf jeden Fall welche."

Kai knurrte beim Gedanken an ihren Erzfeind und das Geräusch vibrierte durch seine Brust. „Was sollte Drax damit zu tun haben?"

„Möglicherweise liegt es an der Halskette, die sie trägt", sagte Silas. „Die, die so aussieht wie der Lebensstein."

Kai hatte auch gedacht, dass ihm der Anhänger bekannt vorkam, wusste bis jetzt aber nicht genau, warum.

Der Lebensstein, hauchte Kais Drache. *Einer dieser legendären Edelsteine, die uns schon vor langer Zeit verlorengegangen waren.*

Er schüttelte den Kopf, bevor sein Drache diese Idee weiter ausspinnen konnte. „Es sieht nur so aus wie der Lebensstein. Bei genauerem Hinsehen kann man ihn leicht als Fälschung erkennen."

„Dennoch könnte das Morgans Aufmerksamkeit auf sie gezogen haben. Und falls Drax etwas damit zu tun haben sollte..."

„Warum sollte er an einer Fälschung des Lebenssteins interessiert sein?"

„Das wäre er nicht. Er will den echten Stein haben. Aber möglicherweise ist die Fälschung ein Hinweis. Vielleicht kann sie uns zu dem echten Ding führen. Hast du herausgefunden, wo Tessa ihn her hat?"

Kai zuckte mit den Schultern. „Ihre Großmutter hat ihn ihr geschenkt." Schließlich hatte er am Vortag nicht nur von Tessa geträumt. Er hatte tatsächlich auch ein paar Fakten zusammengetragen.

„Ihre Großmutter?"

Kai runzelte die Stirn. Er hatte vorgehabt, diese Seite von Tessas Familie zu recherchieren., Er war jedoch die ganze Nacht lang geflogen, um seinen Drachen zu beruhigen. Und verdammt, er hatte das Gegenteil erreicht. Das Tier in ihm sehnte sich jetzt mehr nach Tessa denn je. Er war sich jetzt sogar noch sicherer, dass sie es irgendwie schaffen würden.

„Sag mir nicht, dass du das noch nicht recherchiert hast", knurrte Silas.

Kai kratzte mit seinem Schuh über den Boden. Nein, das hatte er nicht. Noch nicht.

Silas schüttelte den Kopf, griff nach Kais Schulter und sprach leise: „Es gibt noch eine andere Möglichkeit, warum Morgan sie wollen könnte, und die beunruhigt mich sogar noch mehr. Sie könnte eine Feuertochter sein."

Kai war plötzlich völlig regungslos. *Feuertochter* – ein Mensch, der das Kind eines Drachenwandlers gebären konnte. Könnte Tessa womöglich eine der wenigen sein, so wie seine Mutter es gewesen war? Er würde Tessa so oder so lieben, aber für andere Drachen war dieser Unterschied gewaltig.

„Feuertochter", flüsterte er und fragte sich, ob es wahr sein könnte. Feuertöchter waren so selten, dass sie begehrt und verehrt wurden – wenn auch nicht immer aus den richtigen Gründen.

„Drax würde alles für eine Frau geben, die ihm ein Gestaltwandlerkind gebären könnte. Morgan ebenso", sagte Silas.

Sein Drache wollte Silas korrigieren. *Es wäre Tessas Kind. Ihrs und meins, wenn wir eines Tages so viel Glück haben.*

Kai schüttelte den Kopf. Dummer Drache, war mal wieder voreilig.

Aber jetzt, da dieser Gedanke aufgekommen war, tanzte er in seinem Kopf herum. Er. Tessa. Zusammen, wie sie eine

Familie gründeten. Die Zahl der Drachen nahm überall auf der ganzen Welt ab. Seit Jahrhunderten schon. Manche männliche Drachen hatten das Glück, eine Frau zu finden, die sie liebten – eine Gestaltwandlerin oder eine menschliche Frau. Andere verbrachten ihr Leben damit, es sich zu wünschen – oder um eine der wenigen zu kämpfen, die ihre Drachenlinie fortführen konnten.

Sein Mund wurde heiß und schmeckte schweflig. Niemand würde ihm seine Gefährtin nehmen. Niemand.

Silas fuhr fort und brachte Kais Blut zum Kochen. „Drax ist auf der Mission, alle Drachen zu beherrschen, aber auch er ist sterblich. Und er hat keine Erben – jedenfalls keine Gestaltwandler-Erben."

Kai rollte mit den Augen. Er wollte gar nicht darüber nachdenken, mit wie vielen Frauen ein Mann wie Drax geschlafen hatte. Aber die wenigen Menschen, die von einem Drachenpartner schwanger wurden, bekamen menschliche Nachkommen – wertlos für einen Mann wie Drax.

Für mich wäre es nicht wertlos, knurrte Kais Drache. *Ich würde jedes Kind lieben. Ich würde es mit meinem Leben beschützen.*

Leider sahen die meisten Drachen das nicht genauso und ignorierten ihre menschlichen Nachkommen. Die skrupellosen, machthungrigen Drachen. Diejenigen, die über die Ressourcen verfügten, um alles zu jagen und zu fangen, was sie begehrten. So wie Tessa.

Ob es Morgan oder Drax war, der hinter Tessa her war, war ihm egal. Er würde sie mit seinem Leben beschützen. Er würde tun, was auch immer nötig wäre.

„Ich muss mit ihr reden", sagte er und wandte sich der Treppe zu.

Aber scheiße. Was würde er sagen? Und wie würde er sich erklären? Er hatte den größten Teil des Morgens damit verbracht, sich von seinen Verletzungen zu erholen und nicht damit seine Gefährtin zu schützen, die das Anwesen mit Boone verlassen hatte. Boone!

Sein Drache knurrte und die Wut kam zurück. Er vergaß seinen Schmerz, stürmte hinaus und wurde mit jedem Schritt wütender. Wütend auf Boone. Auf Silas. Auf Damien Morgan. Und vor allem auf sich selbst. Er hätte Tessa gestern Abend bewachen sollen, anstatt herumzufliegen.

Gut, dass wir geflogen sind, schnaubte sein Drache. *Wir haben den Kampf von Tessa ferngehalten. Besser, weit weg zu kämpfen als vor ihren Augen.*

Er blickte zum Himmel, um mögliche schnellgleitende Schatten zu sehen und eilte weiter.

„Verdammt... ", fluchte Silas.

Kai eilte weiter, ignorierte ihn und Silas folgte ihm nicht. Er sandte jedoch noch einen Gedanken in Kais Kopf.

Denk gut darüber nach, du Hitzkopf. Was wirst du ihr sagen?

Kai knirschte mit den Zähnen, als er zum Gästehaus eilte. Er hatte keine Ahnung. Aber irgendetwas würde ihm einfallen, nicht wahr?

Kapitel 10

Tessas neigte die Schachtel ihrer Großmutter und starrte fassungslos, als sich das Sonnenlicht im Edelstein darin reflektierte. Er war so wunderschön – so unglaublich brillant – dass sie Angst hatte, ihn auch nur zu berühren. Stattdessen griff sie nach dem Anhänger an ihrem Hals.

Sie hatte gerade genug Mut gefasst, den Stein in der Schachtel anzufassen, als sie Schritte auf die Veranda stürmen hörte – so laut und beharrlich, dass sie die Schachtel überrascht fallenließ. Sie landete weich auf der Kleidung in ihrem Koffer, als sie zur Tür herumwirbelte.

„Kai", flüsterte sie und ein Stromstoß schoss durch ihren Körper.

Es geht ihm gut! Er ist hergekommen, um mich zu sehen! Ihre Seele war voller Freude.

Sie eilte hinüber und berührte seinen Arm. „Geht es dir gut?"

Ihr Körper strahlte mit tausend Watt starker, freudiger Energie, als sie ihn sah. Aber, oha, seine Augen glühten – rot, nicht blau – und seine Fäuste waren an seinen Seiten geballt.

„Was ist los?"

„Geht es dir gut?", donnerte er. Er *forderte* seine Antwort ohne einen Hauch von Zärtlichkeit. Sie trat einen Schritt zurück. Warum war er so wütend? Was hatte sie getan?

„Natürlich geht es mir gut. Du bist doch derjenige, der verletzt wurde."

„Und du bist diejenige, die mit diesem gottverdammten Wolf abgehauen ist", donnerte er.

Heiliger Strohsack, war Kai eifersüchtig?

„Die Fluggesellschaft hat angerufen. Boone hat mich hingefahren, um meinen Koffer abzuholen…"

Kai schloss die Distanz zwischen ihnen. „Weißt du eigentlich, wie gefährlich es dort draußen für dich ist?"

Er stand in voller Größe vor ihr und verdammt, waren seine Schultern breit. Die von ihm ausstrahlende Kraft hätte sie zu Tode erschrecken sollen, aber ihre Verwirrung wandelte sich zu Fassungslosigkeit. Das warme, glückliche Bauchgefühl wurde zu einer rasenden Wut, die drohte, sie mitzureißen.

Zähle bis zehn, hallten die Worte ihrer Großmutter durch ihre Gedanken.

Sie wollte nicht bis zehn zählen. Sie wollte – ja, sie musste – wütend werden. Auf eine Art und Weise, wie sie es selten tat. Aber wenn dieser Drang überhand nahm, fühlte es sich so an, als würde sich eine verborgene zweite Seele in ihr erheben.

„Ich entscheide, wohin ich gehe und wann. Und du warst übrigens gerade verletzt. Um genau zu sein hast du geschlafen."

„Ich habe nicht…", begann er, aber sie fiel ihm ins Wort.

„Ich bin aufgewacht, weil du eine Bruchlandung auf meinem Rasen gemacht hast. Ich habe mich um dich gekümmert." Ihre Wut wurde stärker und stärker, wie ein Tornado, der sich gerade erst bildete und sie stieß ihn hart von sich. So hart, dass er zwinkerte. „Ich habe mir verdammt noch mal Sorgen gemacht, ob es dir gut geht."

Dies schien seine Aufmerksamkeit zu erregen, also schubste sie ihn erneut, einen Schritt weiter für jedes Wort, das sie sagte. „Was gibt dir das Recht, mir zu sagen, was ich tun soll?"

Sie sah rot, als ein Haufen böser Erinnerungen zurückkam. An ihre Mutter, die entschied, welche Freunde sie sehen durfte und welche nicht. An ihre ältere Schwester, die darauf bestand, dass ihre Träume Unsinn wären. An ihren Vater, der darüber lästerte, dass sie es niemals als Köchin schaffen würde. Dass sie stattdessen Medizin studieren sollte. Der sich sogar weigerte, die Kosten für die Uni zu übernehmen, wenn sie es nicht an seine Bedingungen hielte. Sie hatte sich damals ihrem Vater widersetzt und sie würde sich jetzt auch Kai widersetzen. Was hieß es schon, dass Kais Körper auf elementarer Ebene zu ihrem sprach? Sie weigerte sich, sich von irgendeinem Mann herumkommandieren zu lassen.

„Was gibt dir das Recht, mir zu sagen, was ich tun und lassen soll?", forderte sie.

Sie legte ihre Hände flach auf seine Brust und drängte ihn gegen die Wand. Das Strohdach wackelte und die ganze Hütte wurde durchgeschüttelt, aber sie gab nicht nach.

„Du hast kein Recht dazu", antwortete sie, bevor er es konnte. „Und es ist mir egal, ob du ein großer, böser Drache bist."

„Aber…"

Sie schüttelte den Kopf. „Ich gehöre dir nicht. Sag mir nie wieder, wo, wann und mit wem ich irgendwo hingehen kann."

So wie es schien, funktionierte Wut gut bei Drachen – Feuer mit Feuer bekämpfen. Kai schien völlig überrascht zu sein.

„Es könnte gefährlich dort draußen sein", protestierte er. „Letzte Nacht…"

Sie könnte sich nicht weniger für die letzte Nacht oder seinen verletzten Dackelblick interessieren. Er war derjenige, der sie verdammt noch mal verärgert hatte und nicht umgekehrt.

„Du solltest hier nicht weggehen, ohne…"

Sie packte den Kragen seines T-Shirts. „Ohne was? Ohne dich um Erlaubnis zu bitten?"

Er war einen Moment lang still und sie wusste, dass ihr Temperament, das ab und zu aus dem Nichts heraus aufflammte, mit ihr durchgegangen war.

Sie atmete tief durch und versuchte, sich zu beruhigen. Kais Duft stieg ihr in die Nase und allmählich dämmerte ihr, wie nah sie sich waren. Wow – sehr nah. Ihre Brüste drückten gegen seinen Oberkörper und sie spürte seinen Atem auf ihrer Wange. Sein Herz klopfte unter der Handfläche, die sie auf seine Brust gedrückt hatte. Etwas in ihr erwachte und schnurrte wie eine Katze, die sich nach einem langen Winterschlaf streckte.

Sie starrte ihm in die Augen. Alle Emotionen, die gefehlt hatten, als er aufgetaucht war, waren nun wieder zurück und verwandelten das Glühen des Rots in ein warmes, pulsierendes Blau. Der hellere äußere Teil des Glühens war die Zärtlichkeit, nach der sie sich gesehnt hatte. Der königsblaue innere Ring zeigte Respekt. Und die dunkelsten Funken von Indigo nah an seinen Pupillen – nun, die sahen wirklich stark nach Verlangen aus.

Ihr Herz schlug ein wenig schneller. Zeigten ihre Augen das auch alles?

Sein Oberschenkel drückte gegen ihre Hüfte und verdammt – da war es wieder. Diese Hitze. Diese ursprüngliche Anziehungskraft. Dieses grenzenlose Bedürfnis.

Sie hatte alle Kraft ihrer Arme und Beine gebraucht, um diesen Koloss eines Mannes fortzustoßen, aber als die Wut in ihr verflog, entspannten sich ihre Muskeln und wurden weich und schwammig, genau wie ihr Herz.

Tu es nicht, warnte sie sich selbst. *Gib diesem Mann nicht den kleinen Finger. Er wird nach der ganzen Hand greifen.*

Kai sah jedoch nicht so aus, als wolle er mehr von ihr nehmen, als sie zu geben bereit war. Seine Hände griffen sanft nach ihren. Und in winzigen kaum wahrnehmbaren Bewegungen streichelten seine Daumen über ihre Haut.

Sie atmete tief ein. Hatte er tatsächlich soeben ihre Wut verjagt?

„Du darfst mir nicht sagen, was ich tun soll", flüsterte sie und neigte ihr Kinn, um seinem Blick auszuweichen.

Sie schaute auf seine Brust, die sich mit jedem Atemzug stetig hob und senkte. Ihre Brust hob und senkte sich auch und sie kämpfte gegen den Drang an, sich näher an ihn zu drücken.

Das Rot vor ihren Augen wurde zu einem goldenen Schimmer. Die Meeresbrise bewegte die Vorhänge und fächelte ihr Kais Duft ins Gesicht. Er roch nach Leder, Salz und dem Wind und sie konnte nicht anders, als tief einzuatmen. Sie roch auch einen Hauch der Seife, mit der sie ihn zuvor gesäubert hatte, und bei dieser Erinnerung wurde ihr ganz warm.

Seine Brust hob sich im gleichen Moment und sie zwinkerte. Schnupperte er ebenfalls ihren Duft?

„Tessa", flüsterte er. Leise. Heiser.

Sie sah zu seinem Gesicht auf. Großer Fehler, denn nun war sie nur wenige Zentimeter von seinen Lippen entfernt. Sie waren trocken, aber bei weitem nicht mehr so rissig und geschwollen wie zuvor.

„Geht es dir wirklich gut?“, flüsterte sie wie im Bann vom wirbelnden Feuer in seinen Augen. War dies ein Drachentrick, um unschuldige Jungfrauen anzulocken? Sie verwarf den Gedanken sofort wieder. Zum Teufel, sie war keine Jungfrau. Und ein Teil von ihr sehnte sich danach, angelockt zu werden. Gehalten und verehrt zu werden, so wie seine Augen es versprachen.

„Es geht mir gut. Danke.“ Er neigte sein Kinn und brachte seine Lippen – Lippen, die regelrecht um einen Kuss bettelten – direkt in ihre Reichweite. Sein Blick fiel auf ihren Mund und er biss sich auf die Lippe.

Sie lehnte sich näher heran und neigte den Kopf. Und näherte sich dem Kuss, nach dem sie sich beide sehnten.

„Küss mich nicht“, flüsterte er noch heiserer als zuvor. Aber er bewegte sich nicht – nichts außer seine Lippen, die die Worte sprachen, wodurch ihr Blut noch schneller durch ihre Adern schoss.

„Du darfst mir nicht sagen, was ich tun soll“, murmelte sie heiser, lehnte sich näher und krallte sich fester in sein T-Shirt.

Einer seiner Mundwinkel zog sich leicht nach oben, aber seine Augen wurden dunkler.

„Du solltest mich wirklich nicht küssen“, sagte er, obwohl seine Stimme ihn verriet.

„Noch nicht einmal, wenn wir es beide wollen?“

„Besonders, weil wir es beide wollen.“

„Du willst es. Du willst mich küssen“, sagte sie – nicht triumphierend, sondern staunend. Sie beugte sich vor und stieß mit der Hüfte gegen seine.

„Ich will mehr, als dich nur zu küssen“, grummelte er so tief, dass sie sich anstrengen musste, ihn zu hören.

Er will mich. Ihre Seele tanzte.

„Aber hör mal“, flüsterte Kai. „Ich bin ein Drache und du ein Mensch...“

Sie strich mit ihren Händen über seine Brust. „Was ich gerade berühre, scheint mir ziemlich menschlich zu sein.“

Kai öffnete den Mund, um noch etwas hinzuzufügen, von dem sie sich sicher war, dass sie es nicht hören wollte. Es war, als würde die Zeit langsamer werden. So langsam, dass ihr jede Sekunde wie eine Minute erschien, und jede Minute eine Ewigkeit war.

Küss ihn. Küsse deinen Gefährten, drängte sie eine kleine Stimme in ihrem Hinterkopf.

Sie spürte, wie sich die Zeit bis an ihre Grenzen ausdehnte, wie eine Feder, die auf das Äußerste gespannt war. Das Schicksal gab ihr eine letzte Chance zum Handeln, bevor Kai blinzeln und sich zurückziehen würde.

Er will es, sagte die kleine Stimme. *Du willst es. Küss ihn. Wähle dein Schicksal. Kämpfe dafür.*

Tessa schloss die Augen, streckte sich auf ihre Zehenspitzen und drückte ihre Lippen auf seine. Sie krallte sich an seinem T-Shirt fest, bevor er sich von ihr lösen konnte. Aber anstatt sie zurückzuhalten, zog Kai sie an sich.

Küss mich, rief sein Körper. Sie spürte es im Druck seiner Hände auf ihrem Rücken und im Klopfen seines Herzens. *Bitte küss mich.*

Sie ließ ihre Lippen über seine gleiten, so wie das Mondlicht nachts über das Meer tanzte. Dann schob sie eine Hand hinter seinen Kopf und zog ihn näher an sich. Sie ließ ihn wissen, wie sehr sie sich diesen Kuss wünschte und wie richtig es sich anfühlte. Kais Widerstand kam nicht aus seinem Herzen oder seiner Seele. Er kam von einem finsteren, verfluchten Ort, von dem sie ihn befreien musste.

Küss mich, schnurrte sie und wünschte, sie könnte ihre Gedanken an ihn übertragen.

Er öffnete seinen Mund, lud sie ein, ihn zu schmecken und zu erforschen. Und sie tat es und staunte die ganze Zeit. Er war so sanft. So gierig. So nachgiebig. Ganz und gar nicht drachenhaft, oder zumindest nicht das, was sie von einem Drachen erwartet hätte.

Aber seine Arme zitterten unter ihren und sein Oberkörper war steinhart. Und plötzlich verstand sie es. Er hielt sich zurück. Er kämpfte mit sich selbst – und vielleicht sogar mit seinem Drachen. Er wollte ihr beweisen, dass ein Drachenwandler nicht herrisch und dominant sein musste. Nicht, wenn es am meisten zählte.

„Willst du sicherstellen, dass du mich nicht abschreckst?", flüsterte sie unter seinem Kuss.

„Ich will dich zu sehr, als das hier zu vermasseln", sagte er schroff.

Ein kleiner Chor von Engeln sang in ihren Ohren. Ihre Brust schwoll an und ihr Herz schlug schneller, als sie sich an ihm rieb.

„Hör nicht auf", keuchte sie einen Moment später. „Und ich garantiere dir, dass du es nicht vermasseln wirst."

Sein Körper drängte vor und er hielt sie fest. „Ich will nicht aufhören."

Sie fuhr mit den Händen durch sein dickes, dunkles Haar und antwortete ihm mit einem Kuss. Ein langer, feuchter Kuss, der jede Ecke seines Mundes erforschte, während ihre Hände über die Konturen seiner Schultern glitten.

Es war ein Kuss, der nach Sonnenaufgang und Regenbögen und allen möglichen wundersamen, vielversprechenden Dingen schmeckte, und sie wimmerte. Sie drückte ihren Körper näher an seinen–

Plötzlich fielen ihr seine Verletzungen wieder ein und sie zog sich mit einem scharfen Atemzug zurück. „Geht es dir wirklich gut?"

Mit benommenem Gesichtsausdruck neigte er den Kopf. Es verriet ihr, dass er genau wie sie in ihrem Kuss versunken gewesen war.

„Gut."

Sie strich mit den Händen über seine Schultern, dann über seine Brust und fand den Nippel seiner Brustwarze. Hatte er dort nicht eine lange Wunde gehabt? Vorsichtig tastete sie sich an seiner Haut entlang, aber sie fand nur harte, flache Ebenen von Muskeln.

„Wirklich gut?"

Er hatte sein T-Shirt in seine Jeans gesteckt und sie zog den Saum heraus. Langsam zog sie den Stoff nach oben und enthüllte seine glatte, makellose Haut. Verdammt viel Haut, die sich über die Muskeln seines Waschbrettbauchs spannte.

Er sah sie ausdruckslos an. Hatte er Angst, dass sie abhauen könnte?

„Wandler heilen schnell. Siehst du? Perfekt."

Sie schluckte. Ja, er war perfekt, das stimmte. Trotzdem zog sie ihm das T-Shirt aus, um nach weiteren Beweisen zu suchen. Kai hatte nicht gelogen. Es war, als ob seine Verletzungen nie dagewesen waren – außer an seiner rechten Schulter, denn er zuckte zusammen, wenn er sie bewegte.

„In Ordnung, abgesehen davon vielleicht", murmelte er und zog sie zu einem weiteren Kuss an sich.

Ihre Körperwärme stieg beim Gefühl all dieser heißen, harten Muskeln noch ein Stück an und sie ließ ihre Finger über den Bund seiner Jeans gleiten. Der Kuss wurde härter. Gieriger. Das Blut rauschte in ihren Ohren, als sie sich mit ihm zusammen umdrehte, bis sie mit dem Rücken zur Wand stand und er ihr den Weg versperrte.

„Du bist dran, Mister", hauchte sie und streckte sich ihm entgegen.

„Bist du dir sicher?", murmelte er.

Sie lachte fast. Ja, sie war sich sicher. Sie war sich so sicher, dass sie fast gejault und ihr Bein um seines geschlungen hätte.

Kai hob ihre rechte Hand und drückte sie gegen die Wand, dann folgte die linke und sie saß in der Falle. In einer köstlichen Falle – und sie rieb sich an seinem Körper.

„So sicher", murmelte sie und hielt ihm ihre Lippen hin.

Sein Kuss fühlte sich an, als würde er sie mit seinem Herzen, seinem Körper und seiner Seele liebkosen. Er verschränkte seine Finger in ihren, während er mit seinem Unterleib im gleichen maßvoll beharrlichen Tempo wie mit seiner Zunge gegen ihre Hüfte stieß. Tessa drängte sich ihm entgegen, als wäre er das Ufer und sie eine Welle. Oder war es genau umgekehrt? Sie konnte es nicht mehr sagen – nicht bei diesem schier animalischen Verlangen, das durch ihren Körper schoss wie nie zuvor.

Buchstäblich wie nie zuvor. Als ob die anderen Männer, mit denen sie jemals geschlafen hatte, nur Träume gewesen waren, und sie das einzig Wahre jetzt zum allerersten Mal erlebte.

„So sicher", stöhnte sie, als Kai seinen Kopf hinunter neigte und ihren Hals mit riesigen, freizügigen Küssen in Besitz nahm, an ihrer Haut saugte, leckte und sie verbrannte.

Sie warf den Kopf zurück, um ihm freien Zugang zu gewähren, und half, als er ihr Oberteil über den Kopf zog und den BH öffnete. Einen Moment später hielt er sie wieder gefangen und ließ seinen Mund erneut über ihren Hals gleiten. Die Welt schien aus ihren Fugen zu geraten, als ihr bewusst wurde, dass sich Kai Zentimeter um Zentimeter an ihrem Körper hinunterarbeitete. Er küsste die Vertiefung am unteren Ende ihres Halses, die zarte Linie ihres Schlüsselbeins und schließlich die weiche Rundung ihrer Brust.

„Oh ja", flüsterte sie und streckte sich ihm entgegen, bis ihre Brustwarze in seinen Mund glitt.

Als Kai seine Lippen über ihrem rosa Nippel schloss und saugte, hätte sie fast gequietscht.

„Ja", murmelte sie und gab diesem Rausch, diesem Hochgefühl ihres Drachen, endlich nach.

Ihres Drachen? War sie verrückt geworden?

Meiner, sagte eine tiefe, knurrende Stimme tief in ihrer Seele. *Mein Gefährte.*

Kapitel 11

Jedes Mal, wenn Tessa stöhnte und sich seiner Berührung entgegen krümmte, brüllte Kais Drache.

Ja. Verwöhne sie. Verwöhne unsere Gefährtin.

Kai schnaubte fast. Als ob er irgendeine Ermutigung brauchte.

Das, murmelte sein Drache, als ihre Brust unter seiner Berührung anschwoll. *Das gefällt ihr.*

Er knurrte, denn es war auch nicht so, als würde er Anweisungen brauchen. Er war schließlich kein Kind mehr.

Es fühlt sich an, als wäre es unser erstes Mal, gurrte sein Drache. *Mit Tessa ist alles anders. Alles neu.*

Dem musste er zustimmen. Wenn das, was er in der Vergangenheit getan hatte, Sex genannt wurde, musste das hier einen anderen Namen tragen. Einen langen, poetischen, hawaiianischen Namen voller fröhlicher Vokale, die ihm von der Zunge rollten.

Rollen. Zunge. Gute Idee, murmelte sein Drache, als Tessas stöhnte. Sie hatte sich so weit nach hinten geneigt, dass er seine Hände mit Leichtigkeit unter ihren Rücken schieben konnte. Er zog sie nah an sich, was ihre unglaublichen Kurven noch stärker betonte. Er drehte seinen Kopf zur Seite und saugte von unten, während er sein Gesicht nach oben drückte und das volle Gewicht ihrer Brüste darauf spürte.

Der Himmel, schnurrte sein Drache. *Himmlisch.*

Die Schmerzen waren gemeinsam mit seinen letzten Ängsten verschwunden, als sie nach mehr gebettelt hatte. Tief in seinem Inneren spürte er, dass sich dies später rächen würde. Aber jetzt in diesem Moment brauchte seine Gefährtin ihn. Sie bettelte nach ihm.

Er knabberte an ihrer Brust und ließ seine Zunge über ihre Haut gleiten, die glatt war, abgesehen von den winzigen Noppen um ihre Brustwarze herum. Er verdrehte die Augen, bis man fast nur noch das Weiße sah, als er sich jeden Zentimeter ihres Körpers einprägte.

Gefährtin will mich. Gefährtin hat keine Angst, gurrte sein Drache. *Unsere Gefährtin ist stark.*

Sie war stark. Stark und entschlossen. Wer hatte ihn je so gegen eine Wand gedrückt? Und zur Hölle – sie konnte wahnsinnig wütend werden. Eine reine, lodernde Wut, die eine Scheune niederbrennen könnte, wenn sie die Macht hätte, ihren Kiefer zu öffnen und Feuer zu speien.

Aber ihre Wut war so schnell verflogen, wie sie gekommen war, und enthüllte die darunter verborgene leidenschaftliche Seele. Eine Seele, die sich verzweifelt nach Liebe und Akzeptanz sehnte, wenn auch nur zu ihren eigenen Bedingungen.

Nun, er konnte sich ihren Bedingungen beugen, vor allem, wenn *dies* die Belohnung war.

So gut, stöhnte sein Drache und schmeckte sie wieder und wieder.

Es war die Hölle gewesen, seinen Drachen zu Beginn zurückzuhalten, aber das Biest hatte sich schnell beruhigt und den Ritt genossen, sodass seine menschliche Seite die Kontrolle behalten konnte.

Apropos, Ritt genießen..., murmelte sein Drache und deutete auf das Bett.

Bald, erwiderte Kai. *Bald. Sie hat hier das Sagen.*

Tessa neigte die rechte Schulter und er reagierte darauf, indem er sich ihrer rechten Brust zuwandte. Gleichzeitig knetete er die linke – massierte sie und rollte die Brustwarze zwischen seinen Fingern. Er kniff sie gerade so fest, dass sie nach Luft schnappte und seufzte.

„Ja", stöhnte sie und streckte sich ihm entgegen. „Ja... "

Dieses Wort wollte er in der nächsten Stunde tausendmal hören.

Stunden. Tage. Wochen, stimmte ihm sein Drache zu.

Allein der Gedanke daran ließ seinen Schwanz in seiner Jeans anschwellen. Die war ohnehin schon verdammt eng gewesen, aber jetzt wurde es noch schlimmer. Jeder Drache hatte einen gesunden Sexualtrieb, aber wenn sich vom Schicksal vorbestimmte Gefährten trafen, besagte die Legende, dass sie ihre Bindung durch marathonartige Sexspiele besiegeln, die sich über Wochen strecken konnten. Wochen, in denen niemand es aus Angst vor dem Zorn eines Drachen wagte, die Liebenden zu stören.

Er atmete gegen Tessas Haut aus. Zorn. Das wäre das richtige Wort für das, was er demjenigen entgegenbringen würde, der es wagte, sich zwischen ihn und seine Gefährtin zu stellen.

„Aua", quietschte sie.

Er rieb ihre Haut und verfluchte sich selbst. Scheiße, er musste vorsichtig sein. Das Ausatmen war seiner Drachenseite entsprungen und einem Feuersiegel gefährlich ähnlich gewesen – die Art, mit der Drachen ihre Gefährten direkt nach den gegenseitigen Paarungsbissen markierten. Ein kleines Feuer, das kurz brannte, während es großes Vergnügen bereitete, genau wie der leidenschaftlichste Sex es tat. Zumindest hatte er das gehört, denn nur wenige Drachen waren mit einer vorherbestimmten Gefährtin gesegnet – mit einer Frau, die sie bis in alle Ewigkeit lieben würden.

Eine Frau, die ich wieder und immer wieder verwöhnen werde, knurrte sein Drache.

Kai fiel auf die Knie und küsste ihren Bauchnabel. Er spreizte seine Hände breit über ihre Hüften und ließ sich Zeit. Tessa musste verstehen, dass er sie niemals zwingen oder herumkommandieren würde. Sie konnte auch das Sagen haben.

„Zieh es aus", sagte sie und löste ihre Hände von ihrem Wickeltuch. „Bitte zieh es aus."

Er fuhr mit den Fingern über den Rand des Stoffes, zog am Knoten an der Vorderseite und öffnete ihn.

Himmel. Er war nur fünfzehn Zentimeter vom Himmel entfernt.

„Bitte. Kai", hauchte sie und drängte ihn weiter. „Berühre mich."

Er ließ seine Hände ihre Oberschenkel hinab- und wieder hinaufgleiten und versuchte, nicht zu hetzen. Sanft öffnete er ihre Beine und lehnte sich vor, während er auf ihren Bauch blies.

Sie fuhr mit den Fingern durch sein Haar und zog ihn näher an sich. Tiefer.

Er küsste ihren Bauch, während er seine Hand an ihre Schamlippen hob. Er neckte sie sanft, dann härter, während ihr Körper mit einem Schaudern der Lust auf die Berührungen reagierte.

„Oh", murmelte sie und ließ sich gegen die Wand fallen. „Ja. . . "

Elektrische Stöße schossen durch seinen Körper, als er ihr Zentrum berührte. Und als er sich vorbeugte, um sie zu schmecken, blitzten tausend kleine Lichter in seiner Seele an und aus.

Meine, summte der Drache in seinem Kopf. *Meine Gefährtin.*

Er leckte fester. Schneller. Tiefer. Sehnsüchtig danach, dass Tessa weiter vor Begierde wimmern würde, obwohl er es über das Brüllen in seinen Ohren selbst kaum hören konnte. Er wollte sie unbedingt gut fühlen lassen.

Stöhne für mich, Gefährtin, summte sein Drache. *Zeig mir, wie gut es sich anfühlt.*

Sie rieb sich an seiner Hand und seinem Mund und verlangte nach mehr. Er schob erst einen, dann zwei Finger in sie hinein und staunte, wie eng und nass sie war. Wie gierig nach seiner Berührung. Er fing an, seine Finger im gleichen Takt wie seine Zunge zu bewegen, bis sie erschauderte und seinen Namen rief.

Er wurde allmählich langsamer und wollte nicht, dass es vorbei war, als sich ihr Körper entspannte.

Das ist das erste Mal, dass wir sie gut fühlen lassen, summte sein Drache. *Es bedeutet nicht, dass es das letzte Mal sein wird.*

Auf gar keinen Fall wäre es das letzte Mal, wenn er in dieser Angelegenheit etwas zu sagen hätte. Aber was dachte Tessa?

„Kai", murmelte sie und zog ihn wieder hoch, bis sie sich gegenüberstanden. Beim Anblick ihrer geröteten Wangen und des verschleierten Blicks grinste er zufrieden.

„Ja, Verehrteste?", fragte er und zeigte seine besten Drachenmanieren.

Sie summte leicht und stieß ihn sanft zurück. „Das war gut. Wirklich, wirklich gut."

Er nickte und zwang sich, ihr in die Augen zu sehen, anstatt die roten Flecken zu bewundern, die seine Bartstoppeln an ihren Oberschenkeln und Brüsten hinterlassen hatten.

Ihre vollen, wunderschönen Brüste. Sein Drache leckte sich die Lippen.

Sie erwischte ihn am Hosenbund, öffnete den Knopf an seiner Jeans und zog den Reißverschluss hinunter. „Wirklich gut – für mich. Es ist an der Zeit, mich zu revanchieren." Sie schob ihre Hand in seine Jeans.

„In Ordnung", flüsterte er und versuchte, seine Stimme trotz des Feuerwerks, das in seiner Leistengegend explodierte, ruhigzuhalten. „Gut."

Sie zog eine herausfordernde Augenbraue hoch. „Nur gut?" Sie zog seine Jeans und Boxershorts hinunter und legte ihre Hand um seine Hoden.

Er schluckte und zwang sich, die Kontrolle zu behalten. „Wie wär's mit richtig gut?"

Tessa drängte sich nah an seine Brust und flüsterte ihm ins Ohr: „Wie wäre es, wenn ich es noch besser mache?"

Ihre Brustwarzen drückten gegen seine Haut und als sie seinen Schwanz packte, atmete er heftig ein.

„Bitte."

Bitte, bettelte auch sein Drache.

„Wie ist das?" Sie ließ ihre Hand auf und ab gleiten. Jedes Mal, wenn sie die Spitze seines Schwanzes erreichte und die Richtung wechselte, zupfte sie an seiner Vorhaut, sodass er die Zähne zusammenbeißen musste, weil es sich so gut anfühlte. Und jedes Mal, wenn sie die Wurzel seines Schwanzes erreichte, stellte sie sicher, dass ihre Fingerknöchel über seine Eier streiften.

Er wünschte sich etwas, woran er sich festhalten konnte, denn diese Frau war im Begriff, ihn in die Knie zu zwingen. Stattdessen hielt er sich an ihr fest und versuchte, nicht zu zeigen, wie nah er seinem Höhepunkt bereits war. Ihrem unanständigen Gesichtsausdruck zufolge, scheiterte er jedoch kläglich. Und das war in Ordnung. Es war Tessa. Für sie würde er ins Schwanken geraten. Für sie würde er alle seine äußeren Schutzwälle einreißen und sie sehen lassen, welche Wirkung sie tatsächlich auf ihn hatte.

„Lass uns die ausziehen, in Ordnung?"

Als sie ihren Griff lockerte und ihm half, aus seiner Jeans zu steigen, wurden ihre Augen beim Anblick seiner vollen Pracht riesengroß.

Ihr gefällt, was sie sieht, schnurrte sein Drachen.

Er würde verdammt noch mal dafür sorgen, dass ihr auch gefällt, was sie spürt, wenn sie die Dinge weitertreiben würden.

Sie fing wieder an, seinen Schwanz zu streicheln. Sie massierte ihn und drängte ihn gleichzeitig zum Bett hinüber, während sie außerdem sein Ohr küsste. Sie atmete gegen seinen Hals und machte ihn damit ganz wild.

Sicher, dass wir noch nicht übernehmen dürfen?, bettelte sein Drache.

Erst, wenn sie es sagt. Noch nicht.

Es war ja nicht so, dass er leiden musste, und sein Drache lenkte schnell ein.

„Ich nehme nicht an, dass du ein Kondom in der Tasche hast", murmelte sie und tastete zum Scherz an seinem Oberschenkel herum.

Er zischte. Scheiße. Auf gar keinen Fall würde er es mit einem Ständer dieser Größe zu seinem Haus und wieder zurück schaffen. Und auf gar keinen Fall würde er Tessa zu einem solchen Zeitpunkt alleine lassen.

Sie grinste und stieß ihn in eine sitzende Position auf das Bett. „Nun, ich habe heute zufällig mein Gepäck zurückbekommen und rate mal, was ich in meinem Kosmetikbeutel habe?"

Er lachte und ließ sich vor Erleichterung zurückfallen. Gott sei Dank.

In dieser Stellung ragte sein bestes Stück unanständig in die Höhe. Tessa starrte. Als sie ihre Lippen leckte, fantasierte er darüber, wie sie sich über ihn beugte und...

Sie schüttelte sich ein wenig und murmelte: „Nächstes Mal."

Nächstes Mal war für ihn in Ordnung, solange es ein nächstes Mal gab. Und ein weiteres Mal danach und eins danach...

Sie drehte sich um und durchwühlte ihren Koffer, wobei sie ihm ihr Hinterteil präsentierte. Ein Anblick, der ihn von den bunten Kleidungsstücken, die über die Kanten des Koffers heraushingen, und von der Kante eines kleinen Holzkästchens darin ablenkte. Warum würde er dort hinschauen, wenn er stattdessen Tessa bewundern konnte? Sie wackelte sogar ein wenig mit ihrem Hintern, sodass er anfing davon zu träumen, sich hinter sie zu kauern und sie so zu nehmen. Heiß und hart und auf allen Vieren, bis sie kam und seinen Namen schrie und...

Er wandte den Blick ab und fügte der *Nächstes Mal*-Liste einen weiteren Wunsch hinzu.

„Ich hab's", murmelte sie und drehte sich mit den Kondom in der Hand um, als wäre es ein Preis. Sie kann zurück, stellte sich neben ihn und hielt es an seinen Schwanz. „Glaubst du, es passt?"

„Das sollte es besser", knurrte er, obwohl es verdammt unmöglich erschien.

„Na dann", drohte sie und legte eine Hand auf seine Brust. „Lehn dich zurück, entspann dich und lass mich den Rest übernehmen."

Er zögerte gerade lange genug, dass sie den Kopf neigte, wodurch ihr Haar zu einer Seite fiel.

Ein Moment der Wahrheit, spürte er. Konnte er seinen Drachen wirklich dazu überreden, die Zügel zu übergeben? Konnte er ihr beweisen, wie viel sie ihm bedeutete?

Für dich, meine Gefährtin, summte sein Drache.

Er legte sich auf die feste Matratze und wartete auf sie.

Tessa blinzelte ein wenig und zögerte. Er konnte spüren, dass es für sie eine ebenso neue Position war wie auch für ihn. Ihre Hand zitterte und ihre Brust hob sich.

„Kommst du, meine Liebe?", flüsterte er ihr zu.

Sie atmete tief durch und war sofort wieder ganz die Power-Frau. „Ich komme. Ich komme."

Ich auch, wollte er witzeln. Sein Schwanz schmerzte. Sein Herz schlug wie ein Presslufthammer und seine Augen brannten – ein sicheres Zeichen dafür, dass sie glühten. Aber das störte Tessa nicht. Tatsächlich schienen auch ihre Augen zu glühen. Oder vielleicht war es nur das, was sein Drache gern sehen wollte.

Sie würde einen guten Drachen abgeben, kam er nicht umhin zu denken, als sie das Päckchen aufriss und das Kondom auf seinem Schwanz abrollte. Er schloss die Augen und genoss ihre Berührung.

Stell dir vor, dies eines Tages ohne diese Barriere zu tun, summte sein Drache. *Haut auf Haut.*

Ja, das wäre sogar noch besser, aber er wollte sein Glück jetzt nicht herausfordern.

„Ich komme schon", murmelte Tessa und kroch über ihn.

Sie zuckte mit dem Kinn und sie beide rutschten hinauf, bis sein Kopf zwischen den Kissen und sein Körper ausgestreckt auf dem Bett lagen. Ihr Blick erforschte jeden Teil seines Körpers, als sie sich langsam über ihn setzte. Sie sahen sich in die Augen und sie senkte sich langsam hinab, wodurch sie die Vorfreude noch weiter in die Länge zog. Sie drückte ihre Mitte ein wenig zu weit oben hinunter, aber das war alles Teil des Spaßes. Die feuchte Hitze zwischen ihren Beinen zu spüren. In ihre Augen zu schauen, die in seine starrten.

Als Kai seine Hände auf ihre Hüften legte und sie hinunterführte, rieb sie ihren Körper über seinen und verlängerte den feuchten Pfad.

„Du, liebe Frau, bist grausam", murmelte er.

„Es gefällt dir doch", konterte sie und versuchte, cool zu wirken, obwohl ihre Stimme höher war als gewöhnlich.

Sie ließ ihren Körper an seinem auf und ab gleiten, direkt über seinem Schwanz. Sie spreizte die Beine breiter und ließ seinen Schaft den Spalt ihrer Lippen spüren, aber gerade nur lange genug, um ihn zu necken, bevor sie sich ihm wieder entzog.

„Folter", log er, als sie wieder höher glitt.

Gute Folter, stimmte sein Drache zu.

Ihr rotes Haar fiel über ihre Schultern und ihre Brüste schwebten verlockend nah vor seinem Mund herum. So nah, dass er darüber nachdachte, den Kopf zu heben, um daran zu saugen. Aber Tessa schloss ihre Augen, als sie in Stimmung kam und ihr Körper auf seinen reagierte, und er wagte es nicht, diesen Moment zu unterbrechen. Stattdessen griff er nach ihrem perfekten Hintern und spreizte ihre Beine breiter.

Das wird so gut, flüsterte sein Drache.

Als ob er ein übergroßes Reptil bräuchte, um ihm das zu sagen. Kai tauchte in die schiere Schönheit des Augenblicks ein. In Tessas Schönheit. Ihr aufgestautes Verlangen. Ihre Entschlossenheit, das hier genau richtig zu machen.

Als sie ihren Körper nach oben zog und sich auf die Knie erhob, hielt er den Atem an. Sie brachte sich in Position, ließ die Spitze seines Schwanzes ihre Schamlippen necken und senkte sich Zentimeter um Zentimeter auf ihn hinunter.

„Oh", murmelte sie und warf den Kopf zurück.

Ihre süße Wärme umhüllte ihn und er biss die Zähne zusammen. *Nicht nach oben stoßen. Kein Zwang. Lass sie sich an dich gewöhnen,* befahl er seinem Drachen.

Ja, beschwor sie sein Drache. *Lass mich dich füllen, meine Gefährtin.*

„Ja", hauchte sie und nahm noch ein paar Zentimeter mehr von ihm in sich auf.

Sie war so eng. Ihr Inneres ganz heiß, ganz Muskeln.

„Gott, Kai", flüsterte sie und erweckte jeden Nerv in seinem Körper zum Leben. Ihre Stimme war Musik in seinen Ohren.

Sie begann, sich rhythmisch zu bewegen. Und murmelte dabei seinen Namen. Krümmte ihren Rücken. Drängte stärker und fester, bis klar war, dass sie wollte, dass er zurückstieß.

Er packte ihre Hüfte und sah ihr in die Augen. War sie bereit?

Ihre smaragdgrünen Augen funkelten. „Kai", bettelte sie.

Er stieß nach oben und sie keuchte, obwohl er sie beim Klang seines eigenen tiefen Stöhnens kaum hören konnte.

„Ja. Tessa. "

Kapitel 12

„Kai“, stöhnte Tessa und bewegte sich schneller.

Noch nie zuvor hatte sie einen Mann so tief in sich gespürt, geschweige denn einen so großen. Sie hatte sich noch nie so gut gefühlt. Benebelt, aber gut, denn die Empfindungen, die durch ihren Körper und Geist schossen, waren einfach magisch. War das ein Bonus beim Sex mit einem Gestaltwandler oder war es die schier funkenerzeugende Chemie, die zwischen ihr und Kai knisterte?

Was auch immer der Grund war, sie hatte sich noch nie so heiß gefühlt, so befriedigt und gleichzeitig so ausgehungert. Jeder tiefe, heiße Stoß löste eine weitere Welle der Ekstase aus. Sein Griff um ihre Hüfte war so fest, dass es schmerzte – auf eine gute Art und Weise. Es fühlte sich so an, als ob er sie nie wieder loslassen wollte.

Sie bewegte sich schneller und strich ihr Haar über ihre Schulter zurück, obwohl es direkt wieder nach vorne fiel. Kai schien das jedoch zu gefallen, also tat sie es noch einmal.

„Ja... ja... “ Sie konnte einfach nicht anders, als bei jedem Stoß leise zu murmeln. Sie hatte auch das Bedürfnis, sich selbst zu berühren und ließ ihre Hände über ihre Brüste gleiten. Sie neckte ihre eigenen Brustwarzen, genau wie Kai es getan hatte.

Das Glühen in Kais Augen wurde stärker. Ja, es gefiel ihm wirklich. Also machte sie weiter, strich über ihre Haut und massierte ihre Brüste. In ihrem Inneren steigerte sich ein Wirbel der Energie.

„So gut“, summte sie und bewegte dabei ihre Hände und Hüften.

„So wunderschön“, flüsterte Kai.

Als sie sich an seine Größe gewöhnt hatte, schrie ihr Körper nach mehr. Sie lehnte sich zurück, veränderte den Winkel und stöhnte sofort wieder auf.

„Gott, Kai… "

Sie lehnte sich weiter zurück, wollte mehr Reibung, mehr Wärme, und Kais Augen blitzen jedes Mal auf. Sie neigte sich noch weiter und stützte ihre Arme auf seinen Oberschenkeln ab. Ihr Kopf rollte von Seite zu Seite. Als sie ihn schließlich zurückwarf, konnte sie Kai nicht mehr sehen. Sie konnte seine Augen jedoch auf sich spüren. Sie wanderten über ihre Brüste und hinterließen eine warme, laserartige Spur auf ihrem Bauch und hinunter bis hin zu der Stelle, an der sie miteinander verbunden waren. Er beobachtete, wie sein Schwanz hinein und wieder hinaus glitt.

„Kai", rief sie und war ihrem Höhepunkt so nah, dass sie Sterne vor ihren Augen sah.

„Ja… " Bis zu diesem Zeitpunkt hatte sie sich in einem gleichmäßigen Rhythmus bewegt, aber ihre feinmotorische Körperkontrolle verschwand mit ihren letzten Hemmungen und ihre Bewegungen wurden immer verzweifelter. Zuckend sogar.

„So kurz davor", keuchte sie. Mein Gott, sie war so kurz vor ihrem Orgasmus. Aber irgendwie wollte ihr Körper nicht loslassen. Das Feuer ihrer Lust wurde immer intensiver.

Sie neigte sich weit genug vor, um Kai anzusehen. Warum wollte ihr Körper sie nicht kommen lassen? Was machte sie falsch?

Seine Augen funkelten und blitzten, aber er ließ sie trotzdem weiter die Führung übernehmen.

Ein Prinz, hätte sie fast gesagt. *Du bist ein Prinz.*

Er hatte bewiesen, dass sie keine Angst davor haben musste, herumkommandiert zu werden. Und plötzlich wollte sie die Machtposition, die sie zuvor für sich beanspruchen wollte, unbedingt aufgeben. Sie wollte, dass Kai oben war und die Führung übernahm. Dass er in sie stieß, ja sogar in sie hinein hämmerte – härter als sie es selbst schaffen würde.

Nach drei weiteren ruckartigen Stößen ließ sie sich nach vorn fallen und legte sich auf ihn.

„Bitte", bettelte sie – ja, sie bettelte – und neigte ihren Körper, um ihn wissen zu lassen, dass sie die Stellung ändern wollte. „Bitte, Kai."

Er schob seine Hände zu ihrer Taille hoch und zögerte. „Bist du sicher? Du machst das gut."

Sie lächelte. Dieser Mann war wirklich ein Prinz. Ein Prinz, den sie tiefer und tiefer in sich spüren wollte.

„Ich will dich oben. Ich brauche dich oben", beharrte sie. „Brauche dich tiefer."

Härter. Schneller, hätte sie fast hinzugefügt, zusammen mit einer ganzen Reihe schmutziger Wörter, die sie noch nie zuvor sagen wollte, die sich in diesem Moment aber genau richtig anfühlten. Sie wollte schmutzig sein. Sie wollte die Fassung verlieren.

Kai sah ihr in die Augen und nickte dann leicht. „Mach dich bereit."

Fast hätte sie über diese Warnung gelacht – als ob man ihr das sagen müsste. Aber der Mann meinte, was er sagte. Als er sich auf sie rollte und sie mit dem Rücken in die Matratze drückte, hämmerte sein Schwanz in sie hinein, bis sie schrie.

Er hielt inne und sah sie mit Blitzen in den Augen an.

„Mach weiter", flüsterte sie. „Bitte hör nicht auf."

Als Kai sich zurückzog und dann wieder zustieß, blitzten weiße Flecken vor ihren Augen auf, bevor sie sich erneut konzentrieren konnte – gerade rechtzeitig für Kais nächsten Stoß. Er glitt hinaus und hinaus und sie spürte die Leere.

Geh nicht weg!, klagte ihr Körper. *Geh nicht weg!*

Aber er zog ihn nicht ganz heraus; er machte sich nur bereit, sogar noch härter zuzustoßen. Und als der Stoß kam, stöhnte sie auf. So laut, dass sie nach einem Kopfkissen griff, um das Geräusch zu dämpfen.

„Ist das nicht zu hart?", fragte er.

Ihre Beine waren um seine Taille geschlungen. Sie hob sie höher und grub ihre Fersen in seinen Rücken. „Ich will es hart. Drachenhart."

Das Blau in seinen Augen blitzte auf und sie spürte einen Hauch des Biestes in ihm.

Ich werde alles tun, was du dir wünschst, würde der Drache zu ihr flüstern. *Ich werde dich für den Rest meines Lebens anbeten.*

Sie bildete es sich wahrscheinlich nur ein, aber zur Hölle – ihr Körper war high von der besten Droge der Welt. Es war nicht ihre Schuld, dass sie nicht mehr klar sehen konnte.

Er stieß erneut zu und sie entfesselte ihre Schreie in das Kissen. Kais Augen strahlten immer mehr und sein Gesichtsausdruck wurde mit jedem weiteren Stoß noch intensiver. Er stieß jetzt auch schneller, bis sein Rhythmus genauso ruckartig wurde wie ihr eigener zuvor.

„Tessa. Tessa", stöhnte er, als er völlig außer Kontrolle geriet.

Schweiß glänzte auf seiner Stirn und als ein Tropfen auf ihre Brust fiel, hätte es genauso gut Lava sein können.

„Ja... ja... "

Die Lust in ihrem Inneren steigerte sich unermesslich und dieses Mal konnte sie spüren, wie sie über den Abgrund taumelte.

„Kai", stöhnte sie, als sich ihr Körper um ihn herum zusammenzog. Er stieß erneut – Zweimal? Dreimal? – dann wurde sein Körper steif und er ließ seine Erlösung mit einem leisen Stöhnen in sie sprudeln.

Tessa warf den Kopf zurück, schloss die Augen und genoss den Höhepunkt. Kais Schultern waren steinhart unter ihrem Griff und sein Hintern unter ihren Fersen bewegte sich nicht. Aber so wie ihr Körper wieder und wieder erschauderte, hätte er genauso gut auch immer noch in sie stoßen können.

Sie brummte, schluchzte. Flehte ihren Körper an, sie noch ein wenig länger auf dieser Welle der Ekstase reiten zu lassen.

Sein Körper hielt sie unter sich gefangen, aber selbst das fühlte sich gut an. Sie krümmte sich mit zwei weiteren Zuckungen der Lust gegen ihn, bis ihr Körper schlaff wurde.

Die Spielchen, die sie mit anderen Männern gespielt hatte, konnte man doch sicher nicht als Sex bezeichnen. Sie hatte in der Vergangenheit doch mit Sicherheit etwas falsch gemacht. Nun, dieses Mal war alles richtig gewesen. Sie beide, sie und Kai, hatten beide alles richtig gemacht.

„Unglaublich", murmelte Kai und küsste sie.

Sie umarmte ihn leidenschaftlich, schlang ihre Arme und Beine, so weit sie konnte, um ihn und hörte Kais ungleichmäßiger Atmung zu.

„Hat es dir auch gefallen?", flüsterte sie, weil sie wissen musste, dass sie nicht die Einzige war, die das Beben der Erde gespürt hatte.

Er säuselte ihr ins Ohr: „Machst du Witze? Das war fantastisch."

Sie lachte laut auf und er grinste ebenfalls.

„Vielen Dank", murmelte sie und küsste sein Ohr. „Ich danke dir."

All das Selbstvertrauen, das sie nach dem Angriff in Arizona verlassen hatte, kehrte in ihre Seele zurück. Das Rückgrat, von dem sie befürchtet hatte, dass sie es nie wieder finden würde. Und das Vertrauen – das wertvollste Geschenk von allen. Sie konnte Kai Vertrauen. Nicht nur mit ihrem Körper, sie konnte es spüren. Mit viel mehr.

Er schüttelte den Kopf. „Ich habe dir zu danken."

Er rollte sich auf die Seite, zog sie in seine Arme und murmelte seinen Dank wieder und wieder vor sich hin.

Tessa schloss die Augen und ließ sich von dieser samtigen Wolke der Glückseligkeit mitreißen. War sie wirklich gerade erst auf Kai sauer gewesen? Hatte sie wirklich an ihm gezweifelt? Sie konnte sich jetzt nicht mehr erinnern, warum.

„Nur einen Moment." Er löste sich von ihr. „Ich muss das hier loswerden."

Sie wollte ihn nicht gehen lassen, aber er musste das Kondom entsorgen, also ließ sie ihn los und rollte sich auf die warme Stelle, die er im Bett hinterlassen hatte. Sie legte sich auf den Bauch wie eine Schildkröte am Strand.

„Nun", sagte er, als er zurückkam. „Du bringst mich auf unanständige Ideen."

Sie grinste in die Laken. „Zwei Seelen, ein Gedanke."

Er berührte ihren Rücken und ließ seine Finger durch ihr Haar gleiten. „Lass mir zuerst ein bisschen Zeit, dich zu bewundern."

Seine Berührung ließ sie vor Freude seufzen. Nur wenige Augenblicke zuvor war er so kraftvoll, so gewaltig gewesen. Jetzt war er sanft und zart.

„Mmm", summte sie, als er begann, ihren Rücken zu massieren.

Er strich ihr Haar zu einer Seite und knetete ihre rechte Schulter.

„Oh mein Gott. Himmlisch", seufzte sie.

Er lachte leise und fuhr mit der anderen Seite fort, wobei er ihr Haar erneut zur Seite schob, um weiterzumachen. Seine Hände bewegten sich sanft, aber dann hörte er abrupt auf.

Sie wartete einen Augenblick und hob dann ihren Kopf vom Kissen. „Alles in Ordnung?"

Schnell massierte er ihre Schultern weiter. „Ja. Alles klar."

Warum war seine Stimme dann eine Oktave tiefer? Warum waren seine Bewegungen plötzlich nachlässiger als zuvor?

„Entschuldige", murmelte er und massierte sie wieder gleichmäßiger. „Ich dachte kurz, ich hätte etwas gehört."

Sie neigte den Kopf. „Ich habe nichts gehört."

„Wahrscheinlich nichts", sagte er schroff.

Er ließ seine magischen Hände wieder über ihre Schultern gleiten und sie schnurrte wie eine Katze – völlig entspannt und glücklich.

Er hielt lange genug inne, um mit dem Daumen über eine Stelle tief unten an ihrer rechten Schulter zu streichen. „Hattest du das schon immer?"

Ihre Gedanken waren so verschwommen, dass sie einen Augenblick brauchte, bevor sie verstand, wovon er sprach. Das Muttermal, das ihre Großmutter immer ein geheimes Geschenk genannt hatte, damit sie sich besser fühlte.

„Ja. Ich habe noch eins dort unten", seufzte sie und beugte ihr Bein, um ihm das Mal an ihrer Wade zu zeigen.

Kai schien das andere jedoch nicht allzu sehr zu interessieren. Nur das auf ihrem Rücken. „Entschuldige. Ich dachte zuerst, es wäre eine Verbrennung."

Sie kicherte und fühlte sich berauscht von den Endorphinen, die durch ihren Körper strömten. „Ich verbrenne mich nie. Erinnerst du dich?"

„Oh ja, stimmt“, murmelte er und berührte dabei sanft das Muttermal.

Hätte er dies noch eine Minute länger getan, hätte sie sich vielleicht gefragt, warum. Aber dann wurde seine Stimme ganz zart und sanft und seine Hände verwöhnten sie weiter.

Er arbeitete sich ihren Rücken hinunter. So tief, dass sie hoffnungsvoll begann, die Beine leicht zu spreizen. Vielleicht würde Kai sie noch einmal intim berühren. Langsam ließ er seine Hände jedoch wieder an ihrem Körper hinaufgleiten und nach einem letzten Kuss in ihren Nacken setzte er sich auf.

„Hör mal, ich muss mich bei Silas melden.“

Sie stöhnte. „Du hast mich so verwöhnt. Jetzt will ich dich am liebsten an dieses Bett fesseln.“

Er lehnte sich vor und flüsterte so leise und tief in ihr Ohr, dass ihr Körper vor Verlangen zitterte: „Du wirst keine Fesseln brauchen, Tessa.“ Dann küsste er sie noch einmal und stand auf. „Ich komme so schnell wie möglich zurück. Nun – ich würde sagen, ruh dich etwas aus, aber dann wirst du wahrscheinlich wieder sauer auf mich. Nicht, dass es mir etwas ausmachen würde, wenn das Gleiche noch mal passiert...“

„Es tut mir leid“, seufzte sie. „Wie wäre es, wenn wir es das nächste Mal ohne die Wut probieren?“

„Nächstes Mal, ganz sicher“, versprach er.

Sie drehte den Kopf und beobachtete, wie er nach seinen Klamotten suchte und sich anzog. Zuerst die Hose, dann das T-Shirt. Sie seufzte innerlich. Eine verdammte Schande diese ganze Haut wieder zu bedecken. Aber es würde ein nächstes Mal geben – sie konnte sich also nicht beschweren.

„Bis bald?“, flüsterte sie und versuchte, nicht zu kläglich zu klingen.

Er hockte sich vor ihr hin und küsste ihre Stirn. Dann berührte er ihre Nase mit einem Finger. „Sobald ich kann.“ Als er aufstand, fiel sein Blick erneut auf einen Punkt an ihrem Rücken. Er riss ihn jedoch schnell wieder zu ihrem Gesicht herum. „Sobald ich kann.“

Kapitel 13

Kai zwang sich, das Gästehaus langsam und nicht überstürzt zu verlassen. Am liebsten wäre er geblieben und hätte noch eine weitere Stunde – noch einen Tag, oder besser noch ein ganzes Jahr – mit Tessa ineinander verschlungen verbracht, aber seine Gedanken rasten. Wenn dieses Muttermal das war, was er dachte, dann änderte das alles. Wirklich alles.

Er lief im Eiltempo den Weg hinauf, wobei er tief hängende Äste und Palmwedel zur Seite schlug. Fast hätte er dabei auch Boone erwischt, der schnüffelnd vorbeigeschlendert kam und Kai den Weg versperrte.

„Oh. Wie ich sehe, geht es jemandem besser." Der Wolf hatte genug gesunden Menschenverstand, Kais Arm auszuweichen und zur Seite zu springen, bevor er ihn überrannte. „Warum die Eile?"

„Hast du Silas gesehen?"

Boone lachte. „Ich habe noch nie einen Mann gesehen, der es so eilig hatte, seine Gefährtin für einen Griesgram wie Silas zu verlassen."

Kai blieb plötzlich stehen und wirbelte herum. „Was hast du gerade gesagt?"

Boone zuckte mit den Schultern. „Komm schon, wir wissen doch alle, dass Silas ein Griesgram ist, also..."

„Das meinte ich nicht."

Boone setzte ein schiefes Grinsen auf. „Ah. Du meinst das mit deiner Gefährtin."

„Woher zum Teufel weißt du das?"

„Es ist offensichtlich, Mann. Deine Augen leuchten jedes Mal, wenn du sie ansiehst. Nicht das wütende Glühen. Das Strahlen, das Silas immer hatte, wenn..." Boone verstummte.

Sie standen einen Moment lang in unangenehmer Stille beieinander und blickten den Weg zu Silas' Haus hinauf. „Wie dem auch sei", fuhr Boone einen Moment später fort. „Es war von dem Moment an offensichtlich, als du Tessa hergebracht hast. Bitte sag mir nicht, dass du dir selbst deswegen immer noch etwas vormachst."

Kai atmete tief durch. Nein, er machte sich nichts mehr vor. Tessa war seine vom Schicksal vorbestimmte Gefährtin. Und ja, seine Seele hatte ihm das bereits in dem Moment gesagt, als sie sich trafen. Aber er hatte versucht, diese Anziehung zu ihrem Wohl zu leugnen.

„Als ob du anders wärst", grummelte er Boone an.

Der Wolf lachte laut auf. „Ich würde meine Gefährtin sofort erkennen, wenn ich sie träfe. Nur dass das natürlich niemals passieren wird." Für einen Augenblick verschwand sein fröhlicher Tonfall und seine Augen wurden dunkler. Aber dann grinste er wieder und spielte erneut den Witzbold. Der gute alte Boone, ein Meister im Verbergen von Emotionen, denen er sich nicht stellen wollte. „Also haben du und Tessas endlich… "

Kai unterbrach ihn mit einem Knurren. „Ich muss mit Silas sprechen. Und das sofort."

„Ja, nun, viel Glück dabei, ihn zu überzeugen, Mann."

Kai biss die Zähne zusammen und erklomm den steilen Pfad zu Silas' Haus. Genau wie sein eigenes befand es sich hoch oben auf einer Felsklippe mit Blick auf das Meer. Während Kais Haus jedoch aus scharfen Kanten und offenen Räumen bestand, war Silas' Zuhause von Rundbögen und geschwungenen Kurven geprägt. Das Haus gehörte dem Besitzer des Anwesens. Er hatte es von einem aufstrebenden Architekten bauen lassen, der sich auf Meisterwerke mit offenem Design spezialisiert hatte. Wie ein Baumhaus bestanden sie vollständig aus Bambus und wirkten wie eine Mischung aus Sydney Opera House und etwas aus dem Dschungelbuch. Da der zurückgezogen lebende Besitzer des Anwesens nie da war, wohnte Silas in einem Flügel.

Parallel zum Weg, dem Kai folgte, rauschte ein Bach. Sein Magen verkrampfte sich mit Emotionen. Er hatte niemals wirklich daran geglaubt, dass er je eine Gefährtin finden würde und verdammt, er konnte seine Freude darüber nicht in Worte fassen. Freude und Schrecken, denn was wäre, wenn Tessa etwas zustoßen würde? Oder noch schlimmer, was wäre, wenn sie ihn zurückwies?

Gefährtin liebt uns, versicherte ihm sein Drache. *Sie weiß, wer wir sind.*

Er ballte seine Fäuste. Würde sich das ändern, wenn er sie mit der Wahrheit konfrontierte? Könnte sie damit umgehen, herauszufinden, wer – und was – *sie* in Wirklichkeit war?

Er nahm die letzten Stufen zwei auf einmal und eilte hinauf, bis er zur untersten Terrasse des Hauses kam. Er brauchte Silas nicht zu rufen, denn sein Cousin war bereits dort und wartete mit verschränkten Armen und einem finsteren Blick.

Kai verschränkte ebenfalls die Arme und sah ihn missmutig an, um sein instinktives Schlucken zu verbergen.

„Ich bitte dich, mehr über diesen Menschen herauszufinden, und dann verschwindest du den größten Teil des gestrigen Tages mit ihr. Ich bitte dich, ihren Hintergrund zu recherchieren, und stattdessen fliegst du die ganze Nacht und lässt dich dabei fast umbringen." Silas begann, vor Kai auf und ab zu schreiten. „Ich bitte dich,..." Er kam neben Kais Schulter abrupt zum Stehen und schnüffelte. „Du riechst nach ihr. Verdammt noch mal, was hast du getan?"

Kai knirschte mit den Zähnen. Es musste doch glasklar sein, was er getan hatte. Er hatte nicht geduscht, nachdem er Tessa besucht hatte – und selbst eine Dusche würde den Geruch von Sex wahrscheinlich nicht abwaschen können. Nicht nach der Art und Weise wie er ihren Körper als seinen markiert hatte. All das Schmusen war instinktiv gewesen, als sein innerer Drache Tessa als Tabu für jeden anderen Mann markiert hatte.

„Hör mal, Silas..."

„Nein, jetzt hörst du mir mal zu", bellte Silas. „Wir haben uns bereit erklärt, ihr zu helfen, weil Ella uns darum gebeten hat. Wir waren uns einig, Tessa zu beschützen – aber nicht länger als nötig. Du kennst die Regeln. Verdammt, du hast geholfen, diese Regeln aufzustellen. Keine Menschen."

„Was ist wichtiger – irgendeine Regel oder das Schicksal?"

„Schicksal?" Silas Stimme klang höhnisch. „Du glaubst wirklich, dass sie deine Gefährtin ist?"

„Ich weiß, dass sie es ist."

Silas trat näher, seine Augen glühten. „Die Geschichten, mit denen wir aufgewachsen sind, waren ein Haufen Lügen. Das Schicksal ist nicht wohlwollend, Kai. Das Schicksal ist grausam und es spielt mit unseren Herzen. Mit unseren Seelen." Seine Stimme war von der Wut und dem Schmerz erfüllt, die er für gewöhnlich unter der Oberfläche verborgen hielt.

„Was dir passiert ist, war kein Trick des Schicksals, Si–"

Sein Cousin schubste ihn und kam näher. „Es geht hier nicht um mich. Es geht um dich. Das Schicksal hat deine Eltern beschissen. Und jetzt verarscht es dich auch. Du kennst die Risiken, wenn du dir eine menschliche Gefährtin suchst."

„Sie ist kein Mensch. Nicht völlig", warf Kai ein.

Silas zuckte zusammen. „Was?"

„Du hattest recht damit. Warum Morgan sie haben will."

„Sie ist eine Feuertochter? Wie kannst du dir da sicher sein?"

Kai schüttelte den Kopf. „Nicht nur eine Feuertochter. Sie ist zum Teil Drache. Sie trägt das Brandmal, Silas. Das Brandmal des Baird Clans."

Bei der Erwähnung des legendären Drachenclans hielt Silas inne. „Bist du dir sicher?"

Kai nickte langsam. „Es ist genau wie in den Geschichten." Er formte eine Schmetterlingsform mit seinen Fingern. „So groß. Genau dort auf ihrem Rücken." Er deutete über seine eigene Schulter.

„Eine Nachfahrin des Hauses Baird", flüsterte Silas. „Du bist dir absolut sicher?"

Kai nickte und für einen Augenblick hörte man nichts außer dem Flüstern des Windes in den Bäumen.

Silas musterte ihn von Kopf bis Fuß. „Es könnte einfach nur ein Muttermal sein."

Kai schnaubte spöttisch.

„In Ordnung, aber wenn sie eine Feuertochter ist – und nicht nur irgendeine Feuerjungfer, sondern eine, die dem Hause

Baird entstammt – müsste jeder Drache hinter ihr her sein. Verzweifelt.“

Kai neigte den Kopf. Worauf wollte Silas hinaus?

„Ich habe nichts gespürt“, sagte Silas und verschränkte die Arme vor der Brust.

Kai schnaubte. „Du hast schon seit Jahren nichts mehr gespürt. Seit Moira... “

Silas unterbrach ihn. „Nicht.“

Kai wusste nicht genau, was zwischen Silas und dem Drachenweibchen, mit dem er verlobt gewesen war, geschehen war. Nur dass es schlimm geendet hatte. Aber verdammt, er musste die Wahrheit irgendwie in den Dickschädel seines Cousins hineinprügeln. „Du liebst Moira immer noch, nicht wahr?“

Silas’ Augen flackerten rot und ein Knurren stieg in seiner Kehle auf.

Kai fuhr trotzdem fort. „Also gut. Tu einfach weiter so, als wäre das alles nicht wirklich passiert, und als hätte es dich nicht mitgenommen. Aber lass bitte nicht zu, dass ich deshalb meine Gefährtin nicht einfordern darf.“

„Moira hat nichts damit zu tun.“

Kai fuhr fort, ohne sich abschrecken zu lassen. „Du liebst Moira immer noch.“

„Natürlich liebe ich... “, begann Silas, unterbrach sich jedoch, als ihm bewusst wurde, was er soeben zugegeben hatte.

Kai fuhr fort. „Deshalb fühlst du dich nicht zu Tessa hingezogen. Mir ist sie von Anfang an aufgefallen.“

Silas trat vor. „Gut. Du fühlst dich also zu Tessa hingezogen. Wie ich schon sagte, das Schicksal spielt Spiele. Damien Morgan will sie auch haben. Macht sie das zu seiner Schicksalsgefährtin?“

Kai blickte auf seine Füße. Scheiße! War sein Interesse an Tessa rein körperlich?

Nein!, brüllte sein Drache und gab ihm tausend weitere Gründe, Tessa zu lieben. Gründe, die Kai nur schwer in Worte fassen konnte.

„Ich würde sie niemals zwingen. Ich würde sie nie einsperren“, begann er.

Silas zuckte unbeeindruckt mit den Schultern.

„Ich kann ihre Launen spüren. Sogar aus der Entfernung.“

Silas schnaufte. „Wenn diese Frau wütend wird, schwöre ich, dass es jeder auf ganz Maui spüren kann.“

Kai spürte, wie sich sein Gesicht mit einer Mischung aus einem Grinsen und einem mürrischen Gesichtsausdruck verzog. Tessa war tatsächlich temperamentvoll – tief innen drin, aber wenn es einmal zum Vorschein kam…

Ganz wie ein Drache, murmelte das Tier in ihm.

„Spürst du es, wenn sie glücklich ist?“, fragte er Silas. „Willst du sie glücklich *machen*? Gehst du zu Bett und fragst dich, was du tun kannst, um sie am nächsten Tag wieder zum Lächeln zu bringen? Oder wie oft du sie zum Lachen bringen kannst?“

Silas zog seine Augenbrauen hoch. Nach einem langen nachdenklichen Moment nickte er sanft. „Vielleicht liebst du sie wirklich.“

Es jemand anderes laut sagen zu hören, ließ Kai innehalten. Wow. Meinte er all diese Dinge wirklich ernst? Er dachte an die letzten Tage zurück und entschied sich, ja. Er meinte es ernst.

„Tessa mag vielleicht Drachenblut haben, aber ich liebe sie um ihrer selbst willen. Sie ist meine vorherbestimmte Gefährtin.“

Seine Schultern hoben sich, als ob eine Last von ihnen abgefallen wäre. Eine Last, die er sich selbst auferlegt hatte und die erst jetzt verschwand.

Silas spitzte die Lippen. „Sollte tatsächlich Drachenblut durch ihre Adern fließen, ist es kein Wunder, dass Morgan sie haben wollte.“

Kai knurrte. „Er kriegt sie nicht.“

Silas nickte knapp. „Du hast recht. Wir können nicht zulassen, dass er sie bekommt. Wir brauchen sie.“

Kai trat vor und funkelte ihn an. „Hör damit verdammt noch mal auf. Tessa ist kein Gegenstand, Silas. Sie ist eine Frau. Ihre eigene Person.“

„Ich weiß das. Und du weißt es. Aber Morgan betrachtet sie als einen Schatz – die Art von Schatz, für den er töten würde. Morgan und Feinde, die noch viel mächtiger sind als er.“

Kai zeigte seine Zähne. „Sie sollen ruhig versuchen, sie zu holen."

Silas verzog das Gesicht. „Das haben sie bereits. Zweimal."

Kai zuckte zusammen. Morgan hatte Tessa bereits einmal in Phoenix gefangen genommen. Wenn Ella sie nicht gerettet hätte, wäre Tessa noch immer Morgans Gefangene. Der Gedanke machte Kai krank. Er hätte sein Leben weitergelebt, ohne jemals zu wissen, dass seine Gefährtin dort draußen war – ohne zu wissen, dass sie seine Hilfe brauchte. Und lieber Gott, Tessa würde in der Hölle leben. Morgan würde sich ihr aufzwingen und...

Kai schluckte schwer und zwang sich, die schrecklichen Bilder zu verdrängen. Er würde auf gar keinen Fall zulassen, dass Tessa irgendetwas passierte. Auf keinen Fall.

„Die letzte Nacht beweist, dass er näherkommt", murmelte Silas.

„Lass ihn näherkommen", knurrte Kai. „Ich werde ihn umbringen, so wie ich auch seine unnützen Späher getötet habe."

Silas warf die Hände in die Luft. „Was ist, wenn Morgan mit doppelter Verstärkung kommt? Mit geschulten Kämpfern und nicht nur ein paar Spähern. Willst Du es allein mit einer ganzen Armee aufnehmen?"

Kai biss die Zähne zusammen. Ja, er würde es mit einer ganzen Armee aufnehmen, wenn es sein musste. Aber Silas hatte recht. Wenn er bei stärkeren Gegnern in der Unterzahl war, könnte ihn ein kleiner Fehler alles kosten. Es würde auch Tessa alles kosten.

„Ich, ganz allein, ja?" Er sah seinen Cousin prüfend an. Sein ganzes Leben lang war ihm eingebläut worden, dass er sich um die wenigen verbleibenden Familienmitglieder kümmern müsse. Silas hatte ihm das ebenfalls hundertmal gesagt. Wollte Silas ihn jetzt wirklich im Stich lassen?

Silas klopfte Kai auf die Schulter. „Ich steh an deiner Seite, du Idiot. Natürlich bin ich für dich da. Aber selbst wir beide – und die anderen – sind vielleicht nicht genug."

„Denkst du wirklich, dass Morgan so viel Macht hat? Er ist reich, ja, aber er ist nicht Drax."

Silas zog eine Grimasse. „Nein, das ist er nicht. Aber du solltest lieber hoffen, dass Drax nichts von Tessa weiß."

Kai kratzte mit dem Fuß über die Steinplatte, was ein leise quietschendes Geräusch verursachte.

„Drax werde ich auch töten."

Silas' Hand packte ihn fester bei der Schulter. „Niemand will Drax mehr töten als ich. Aber wir sind nicht bereit, es mit ihm aufzunehmen, Kai. Noch nicht."

„Wenn Drax Tessa nachjagt, lassen wir sie also einfach gehen?" Er funkelte Silas an und ließ die Wut in seinen Augen sprühen.

Silas richtete sich zu seiner vollen Größe auf und erinnerte Kai daran, wer der größere Mann – und Drache – war, wenn auch nur um Haaresbreite.

„Wenn es Drax ist, haben wir größere Probleme als eine Frau."

„Meine Gefährtin", knurrte Kai. „Meine Gefährtin. Du solltest doch wissen, wie sich das anfühlt, Silas. Wenn das Moira wäre... "

„Nicht." Silas unterbrach ihn mit einem tiefen, mörderischen Knurren. „Nicht!"

Es war Kai fast egal. Wenn es nötig war, Salz in diese alte Wunde zu streuen, um Silas zu überzeugen, dann sollte es so sein. Er wollte nur Tessa beschützen.

„Ich kann sie nicht gehen lassen. Und ich werde sie nicht gehen lassen. Wäre es deine Gefährtin, würdest du genauso fühlen."

„Wäre es meine Gefährtin... " Silas verstummte mit einem schmerzlichen Schnaufen und funkelte Kai an.

Die Luft knisterte praktisch vor Spannung, als sich die beiden Männer gegenseitig anstarrten. Dann raschelte ein Vogel in den Bäumen und Silas schüttelte den Kopf. „Wir müssen das alles durchdenken." Er atmete tief durch und verfiel in ein für Silas typisches nachdenkliches Schweigen.

Kai begann, auf der Terrasse auf und ab zu laufen. Er verfluchte Morgan. Wenn sich der Drache wirklich mit Drax verbündet hatte... Ein Teil von ihm hoffte, dass Morgan alleine handelte. Aber kein guter Soldat operierte basierend auf Hoffnung. Er brauchte einen Plan.

„Weiß Tessa Bescheid?" Silas' Stimme unterbrach die angespannte Stille.

„Weiß sie was?"

Silas winkte verzweifelt mit den Händen. „Weiß sie, dass ihr Gefährten seid."

Kai rieb sich die Hände. „Wir haben gerade erst..."

Silas spottete: „Du hast sie gerade erst gefickt und jetzt bist du davon überzeugt, dass..."

Die Zeit blieb stehen und Kai sah rot. Alles um ihn herum verschwand in einem Rausch. Es gab ein brüllendes Geräusch, einen Aufprall, einen Knall und...

Als die Uhr weiter tickte, wurde Kai bewusst, dass er Silas gerade gegen eine Steinmauer geschleudert und an der Kehle gepackt hatte. Scheiße. Kais Drachenzähne waren ausgefahren und seine Augen brannten – ein sicheres Zeichen dafür, dass sie vor Wut glühten.

„Sag. Das. Nicht. Über. Meine. Gefährtin." Er knurrte jedes einzelne Wort in Silas' Gesicht und fühlte sich absolut bereit, sich mit seinem Cousin anzulegen.

Silas' Augen funkelten und sein Körper verkrampfte sich unter Kais festem Griff. Einen Augenblick später wandelte sich das Orange in seinen Augen zu einem Gelb und Silas nickte einmal kurz.

„Du meinst es ernst. Sie ist tatsächlich deine Gefährtin."

„Natürlich meine ich es ernst." Kai ließ ihn los.

Natürlich meinen wir es ernst, grummelte sein Drache in seinem Inneren.

Silas verzog das Gesicht und blickte auf seine Uhr. „Ich muss einen Flug nach Oahu nehmen, um den Drachen aufzuspüren, der dir entkommen ist. Denke in der Zwischenzeit gut nach. Durchdenke es. Ich meine, ohne gedanklich gleich zu eurem verdammten glücklichen Ende zu springen, wie es dein Drache sicherlich will."

Wie auf Befehl seufzte Kais Drache und stellte sich vor, Tessa in seine Arme zu schließen. Tessa, die ein schläfriges, grünäugiges Baby in ihren Armen wiegte.

Kai stand regungslos dort, bevor ihn der Ansturm der Emotionen, die dieses Bild in ihm auslöste, umwarf.

„Selbst wenn sie Drachenblut in sich trägt, weiß sie nicht, was es bedeutet, sich zu verpaaren", sagte Silas. „Sie weiß nicht, was das für sie bedeutet. Was sie dabei riskiert. Oder hast du ihr das erklärt?" Silas zog eine zweifelnde Augenbraue hoch.

Kai stampfte auf. Nein, er hatte es ihr noch nicht erklärt. Er hatte noch keine Gelegenheit dazu gehabt.

„Das habe ich mir gedacht", murmelte Silas. „Du musst dich so schnell wie möglich mit ihr verpaaren. Mach sie zu deiner Gefährtin, damit niemand anderes sie einfordern kann."

Kai schaute zum Himmel hinauf. Na sicher. Er würde sofort zu Tessa laufen und sagen: *Ich muss dich jetzt sofort noch mal vögeln. Und wenn wir fertig sind, muss ich dir in den Hals beißen und Feuer in die Wunde speien. Aber keine Sorge – ich habe gehört, dass es sich toll anfühlt. Und auf diese Art und Weise wirst du für immer an mich gebunden sein, damit dich kein anderer Drache mitnehmen kann.*

Drachen verpaarten sich fürs Leben und wenn ein Partner starb, folgte der andere kurze Zeit später. Selbst wenn Morgan Kai töten würde, könnte er Tessa nicht zwingen, sich mit ihm zu verbinden – nicht nachdem sie sich einem anderen Mann hingegeben hatte.

Aber er wollte nicht, dass Tessa sich mit ihm verpaaren *musste*. Er wollte, dass sie es sich genauso verzweifelt wünschte wie er selbst. Dass sie davon träumte. Und er wollte, dass diese Begebenheit eine so schöne Erinnerung für sie wurde, wie sie es verdiente – keine geschäftliche Vereinbarung oder eine Entscheidung aus Todesangst.

Er konnte sich schon vorstellen, wie sich Silas einmischte und versuchen würde, es Tessa zu erklären. *Du musst dich mit Kai verpaaren. Zu deinem eigenen Wohl. Oh, und die Zahl der Drachen sinkt übrigens stetig, also bitte produziert so viele Nachkommen wie möglich.*

Ja genau. Er konnte ihre Reaktion bereits vor sich sehen – Tessa, mit beiden Händen in ihre Hüften gestemmt, die Lippen zu einer engen wütenden Linie zusammengepresst. Auf gar keinen Fall würde er sie so schnell davon überzeugen können, sich mit ihm zu verpaaren. Er brauchte Zeit, um sie für sich zu gewinnen. Um ihre Fragen zu beantworten. Damit sie sich wohl fühlte.

Aber verdammt. Er hatte keine Zeit. Der Feind war bereits im Anmarsch und plante, Tessa zu verschleppen.

Kapitel 14

Tessa stand widerwillig auf, streckte sich und fragte sich dann, wie lange Kai wohl weg sein würde. Sie sehnte sich nach mehr Zeit mit ihm – und wollte ihn außerdem fragen, wie er sich seine Verletzungen zugezogen hatte. Sie war zuvor nicht dazu gekommen, weil eine Sache zur nächsten geführt hatte und...

Sie lachte. Eine Sache hatte zur nächsten geführt, bis sie schließlich nackt auf ihm im Bett lag.

Allein beim Gedanken daran wurde ihr Körper heiß und sie wollte sich am liebsten im Bett hin und her rollen.

Aber sie würde hier nicht einfach nur nackt herumliegen und auf einen Mann warten. Also nahm sie eine gemütliche Dusche und ließ ihre Hände über all die Stellen gleiten, die Kai berührt hatte. Was eine ganze Menge Stellen waren und was zu einer verdammt langen Dusche führte. Schließlich stieg Dampf im Badezimmer auf und als sie sich in ein Handtuch wickelte und zu ihrem Koffer lief, zog sie eine Nebelwolke hinter sich her.

Sie kniete sich hin, um ihre Sachen zu sortieren, und erst in diesem Moment fiel ihr die Schachtel ihrer Großmutter wieder ein. Und wow – wenn das kein Zeichen dafür war, dass Kai sie völlig um den Verstand brachte, dann wusste sie auch nicht. Wie hatte sie vergessen können, was sie in der Schachtel gefunden hatte? Sie setzte sich aufs Bett, hielt die Schachtel hoch und las den darin zusammengefalteten Brief.

Meine liebste Tessa, begann die Notiz. Ein Brief, geschrieben auf sprödem, von der Zeit verschlissenem Papier. *Was mir meine Großmutter vor so langer Zeit gegeben hat, reiche ich jetzt an dich weiter.*

Tessa strich mit den Fingerspitzen über das Stoffpolster in der Schachtel und zog vorsichtig den darin verborgenen Edelstein heraus.

Der Stein, den ich dir vor Jahren geschenkt habe, war ein Platzhalter für diesen hier – den echten.

Tessa kippte den Smaragd seitlich. Die Sonne funkelte durch ihn hindurch und sandte einen grünen Lichtstrahl durch den Raum.

„Oma", flüsterte sie, unfähig, dies alles zu verstehen. Der Smaragd hatte genau dieselbe Größe und Form ihres Anhängers, aber er war viel schwerer, wie ein massiver Glaskörper.

Ihre Großmutter war kaum über die Runden gekommen. Und doch hatte sie jahrzehntelang an diesem Edelstein festgehalten und sich geweigert, sich von ihm zu trennen. Warum?

Tessas Hand zitterte, als sie weiterlas. *Jetzt bist du die Hüterin dieses großen Vermächtnisses unserer Vorfahren.*

Sie sah den Stein an und fragte sich, wer diese Vorfahren wohl gewesen sein könnten.

Vielleicht wird er wieder erwachen, so wie die Legenden es beschreiben. Vielleicht wird er weiterschlummern und auf die nächste Generation warten.

Tessa musterte den Edelstein. Welche Legenden? Und warum beschrieb ihre Großmutter den Smaragd, als wäre er ein lebendes, atmendes Ding?

Wie es auch kommt, es ist deine Aufgabe, ihn sicher zu verwahren. Behalte ihn in der Familie. Wenn du das tust, wird er im Gegenzug auch dich beschützen.

Sie rieb sich die Gänsehaut, die ihre Arme hinaufkroch. Beschützen? Meinte ihre Großmutter damit, sie gegen Männer wie Damien Morgan zu schützen? Aber was konnte ein Stein denn schon ausrichten?

Vertraue mir, Tochter meiner Tochter. Vertraue denen, die vor dir gelebt haben, und vertraue deinem Herzen.

Ihr Herz schlug schneller, als sie mit angehaltenem Atem weiterlas.

Ich wünsche Dir, dass Du lebst, erblühst und Freude empfindest – genau wie ich, meine geliebte Enkelin. Mögen die Mächte Dich auf Deinem Weg gut leiten.

Tessa schluckte und drehte das Papier um, aber die Rückseite war leer. Das war alles?

Sie suchte nach einem Nachsatz, hielt den Zettel ans Licht und hoffte, dass ein paar schwache Buchstaben erscheinen würden – aber da war nichts. Sie durchsuchte die Schachtel und las den Brief erneut. Hätte ihre Großmutter nicht etwas genauer sein können?

Tessa musterte die geschwungene Handschrift. Die Handschrift einer Person änderte sich mit zunehmendem Alter, aber sie war sich sicher, dass ihre Großmutter nie in solch blumiger Schrift geschrieben hatte. Sie hielt den Smaragd erneut hoch und drehte ihn so, dass das Licht erst von einer und dann von einer anderen Kante reflektiert wurde. Dabei sandte sie jedes Mal Strahlen aus reinem grünen Licht durchs Zimmer.

Dann wurde ihr etwas bewusst. Der Name ihrer Großmutter war Theresa gewesen – Tessa, genau wie ihr eigener. Und die Großmutter ihrer Großmutter hieß ebenfalls Tessa.

„Heiliger…“ Sie roch an dem Papier. Vielleicht war der Stein nicht das Einzige, was hier überliefert wurde. Vielleicht wurde auch der Brief von Generation zu Generation weitergegeben.

Sie hielt inne, als sie über die Tragweite dessen nachdachte. Was wäre, wenn die wahre Bedeutung dieser Worte mit der Zeit verloren gegangen wäre? Ihre Großmutter war möglicherweise genauso verwirrt gewesen, wie Tessa es jetzt selbst war. Vielleicht hatte sie es ihr nicht erklärt, weil sie nicht wusste, wie sie es erklären sollte.

Der Smaragdanhänger war auf eine silberne Kette gefädelt und Tessa legte sie sich um den Hals, nur um sie einmal zu spüren. Der Edelstein musste ein Vermögen wert sein. Was sollte sie damit machen?

Pass gut darauf auf, hatte ihre Großmutter gesagt, als sie ihr vor Jahren den ersten Anhänger geschenkt hatte. *Beweise mir, wie verantwortungsbewusst du sein kannst.*

Hatte ihre Großmutter sie etwa die ganze Zeit heimlich, still und leise darauf vorbereitet?

Tessa schnaufte frustriert. Wenn ihre Großmutter sie vorbereitet hatte, warum hatte sie ihr dann nichts erklärt?

Vertraue mir, stand in dem Brief. *Vertraue denen, die vor dir gelebt haben, und vertraue deinem Herzen.*

Im Gebüsch draußen raschelte es. Tessa schloss schnell die Hand über dem Stein und versteckte ihn. Als sie kein weiteres Geräusch hören konnte, zog sie sich schnell an. Dieses Geräusch hatte vielleicht keine Gefahr bedeutet, aber sie konnte nicht den ganzen Tag in einem nassen Handtuch herumsitzen.

Als sie im Koffer nach ihrer Unterwäsche wühlte, fiel ihr das Handy in die Hände, das sie bei ihrer eiligen Flucht aus Arizona schnell eingepackt hatte. Sie hielt es einen Moment lang fest und fragte sich, ob sie es einschalten sollte. Hawaii fühlte sich an, als wäre es eine Million Kilometer vom Festland und von Damien Morgan entfernt. Wollte sie wirklich wissen, was in der Welt dort draußen vor sich ging?

Sie zögerte noch einen Moment länger und schaltete es dann schließlich ein. Es dauerte eine Ewigkeit, eine Verbindung aufzubauen, aber dann piepste es. Dutzende Nachrichten erschienen auf dem Bildschirm – viele davon waren als *dringend* markiert. Sie zuckte zusammen, als sie die Telefonnummern von Kunden wiedererkannte. Kunden, die sie versetzt hatte, als sie Arizona so unerwartet verließ. Sie musste sich setzen. Die ganze Arbeit, die sie in den Aufbau ihres Unternehmens gesteckt hatte, könnte möglicherweise zunichte gemacht worden sein. Sie hatte so viele Nachrichten, dass sie nicht wusste, wo sie anfangen sollte. Sie scrollte hoffnungslos durch, bis ihr eine Nachricht auffiel, deren Absender nicht angezeigt wurde.

Sie klickte sie an, überflog den Text, hielt dann inne und las die Nachricht erneut. Ein kaltes Gefühl lief ihr den Rücken hinunter.

Dringend. Ich muss sofort mit dir sprechen, stand in der Nachricht. *Du bist möglicherweise nicht sicher. Ich befürchte, dass es unter unseren Freunden einen Verräter gibt. Ella.*

Tessa stand auf und lauschte aufmerksam nach Geräuschen von draußen. Ella hatte ihr gesagt, dass sie in Koa Point sicher

wäre. Tessa prüfte, wann die Nachricht gesendet worden war –
sie war nur wenige Stunden alt. Hatte Ella etwas herausgefunden, das ihr vorher nicht bewusst gewesen war?

Es gab eine zweite Nachricht mit ähnlichem Klang.

*Ich hoffe bei Gott, dass du das hier rechtzeitig liest. Ver-
schwinde von dort. Verrate niemandem, wohin du gehst. Ich
komme, um dir zu helfen. Aber ich kann mich nicht zu sehr
nähern. Trifft mich in Kaunolu...*

Tessa überflog die Anweisungen und sträubte sich. Kaunolu
befand sich auf einer ganz anderen Insel – auf Lanai. Sie sah
zur Haustür hinaus und über das Meer zu der Erhebung der
Insel im Westen.

Ein paar Mal am Tag fährt eine Fähre dorthin, hatte Kai
ihr erzählt, als sie gemeinsam durch die Stadt gefahren waren.

Es gibt eine Fähre..., stand auch in Ellas Nachricht, die
detaillierte Anweisungen enthielt, wohin Tessa gehen sollte und
wann.

Tessas Puls raste, als sie sich auf dem Anwesen umsah – zumindest was sie davon sehen konnte. War Boone der Verräter?
Das war schwer zu glauben. Hunter erschien ihr so loyal, wie
ein Bär nur sein konnte. Aber Cruz... Sie erstarrte. Cruz war
in ihrer Nähe immer gereizt gewesen. Andererseits zeigte er seine Abneigung ziemlich offen. Würde ein Verräter seine wahren
Gefühle nicht besser verbergen?

Sie schnappte nach Luft und fragte sich, ob es Silas sein
könnte. Kai war genau in diesem Moment mit Silas zusammen. Panik ergriff sie, als sie darüber nachdachte, wie lange
Kai bereits weggewesen war. Hatte er nicht gesagt, dass er so
schnell wie möglich wiederkommen würde?

Er war in der Nacht zuvor verletzt worden – durch einen
Kampf, nicht nur einen Absturz. Was bedeuten könnte, dass
Kai den Verräter bereits konfrontiert und über ihn gesiegt hat-
te. Was bedeuten könnte, dass alles in Ordnung war.

Aber scheiße. Der Schauer auf ihrem Rücken gab ihr ganz
sicher nicht das Gefühl, dass alles in Ordnung war.

Als sie unbewusst zudrückte, bohrte sich der Smaragd in
ihre Handfläche und sie lockerte ihren Griff. Hatte der Smaragd
etwas mit Ellas Warnung zu tun? Aber wie konnte das sein?

Nichts davon ergab einen Sinn, aber je länger sie wartete, desto wahrscheinlicher war es, dass... dass...

Sie hatte Schwierigkeiten, den Satz zu beenden. Dass was? Was könnte denn passieren?

Ein Schatten tanzte über den Türrahmen und sie erinnerte sich an Damien Morgan und wie er sie angesprungen hatte. Wie er sie gegen die Wand gedrückt und ihr entsetzliche Botschaften ins Ohr gegrunzt hatte.

Du wirst eine gute Gefährtin für mich sein. Du wirst mir viele Erben schenken und ich werde der Mächtigste meiner Art werden.

Ihr Herz raste noch lange, nachdem sie bereits erkannt hatte, dass die Bewegung draußen nur ein Palmwedel gewesen war, der im Wind tanzte.

Einen Moment später schnappte sie sich ihren Rucksack, stopfte die obersten paar Sachen aus ihrem Koffer hinein und spähte zur Tür hinaus. Kai war ein großer Junge. Seine Verletzungen waren schnell geheilt und sie konnte sich kaum einen Feind vorstellen, der ihn wirklich bedrohen konnte. Es wäre die beste Vorgehensweise, Ellas Anweisungen zu befolgen und herauszufinden, was wirklich vor sich ging. Sie würde Kai anrufen, sobald sie eine klarere Vorstellung von der Situation hatte. Sie hatte zwar seine Nummer nicht, aber die wäre doch sicherlich nicht so schwer herauszufinden, nicht wahr?

Für alle Fälle kritzelte sie eine Notiz auf einen Zettel und versteckte ihn unter dem Kopfkissen. Wenn irgendjemand dort suchen würde, wäre es Kai, und sie stellte sicher, keine Details zu erwähnen. Dann lief sie zur Tür hinaus, beobachtete die Schatten und schlich sich langsam davon, um keine Geräusche zu machen. Sie machte einen großen Bogen um den *Akule Hale*, um die anderen zu vermeiden. Jedes auch noch so kleine Geräusch in den Blättern ließ sie zusammenzucken.

Cruz. Es musste Cruz sein, nicht wahr? Aber verdammt. Er war ein Tiger. Wie standen die Chancen, sich an ihm vorbei zu schleichen?

Glücklicherweise stieß sie weder auf Cruz noch auf einen der anderen. Die satten Rasenflächen des Anwesens waren alle durch dickes Gebüsch und Bäume getrennt, was ihr erlaubte, sich heimlich davonzustehlen. So heimlich, dass sie sich fragte, ob es sich so anfühlen würde, wenn man ein Wolf oder ein Bär – oder ein Tiger – wäre. Drachen waren die Einzigen, die sie sich nicht schleichend vorstellen konnte. Nur wie sie lautlos über einen hinweg glitten.

Alarmiert riss sie den Kopf herum, aber das leichte Flügelschlagen gehörte zu einem Vogel. Instinktiv schlossen sich ihre Finger um den Anhänger und den Smaragd. Die beiden Halsketten waren ineinander verwoben und unter dem Rand ihres Oberteils versteckt.

Die Garage war nicht weit weg und sie konnte das Summen von jemandem bei der Arbeit hören. Hunter? Wer auch immer es war, bemerkte ihre leisen Schritte nicht. Tessa eilte den Rest des Weges zum Tor hinauf und starrte es einen Moment lang an. Verdammt. Wenn sie das Tor öffnete, würde sie dadurch wahrscheinlich einen Alarm auslösen. Sie folgte dem dichten Gebüsch nach links, bis sie eine Stelle fand, an der die Steinmauer niedrig genug war, um darüber zu klettern. Mit einem leichten Schnaufen hievte sie sich darüber und rannte zur Straße hinauf.

Sie schaute erst nach rechts, dann nach links und streckte den Daumen aus, während sie begann, schnellen Schrittes neben der Straße entlangzulaufen.

Das erste Auto fuhr einfach weiter, ohne langsamer zu werden, aber das zweite hielt sofort an und eine freundliche Frau brachte sie direkt zu dem grünen Fahrkartenschalterhäuschen am Fähranleger in der Stadt.

„Einmal nach Lanai", sagte die Frau am Schalter und schob Tessa ihre Fahrkarte zu. „Einstieg ist in zwanzig Minuten."

Tessa kaute auf ihrer Lippe und fummelte an ihrem Handy herum, während sie erneut Ellas Anweisungen las, und der Straße gelegentlich ängstliche Blicke zuwarf. Hatte Kai inzwischen bemerkt, dass sie verschwunden war? Hatte er ihre Nachricht gefunden? Sie zwirbelte den Rand ihres T-Shirts in ihrer Hand. Es gefiel ihr nicht, dass die Möglichkeit bestand, dass Kai denken könnte, sie hätte ihn verlassen. Sie wollte ihn niemals verlassen.

Bei diesem Gedanken hielt sie inne. Meinte sie das wirklich?

Nun, ja. Ja, sie meinte es wirklich. Und sobald sie die Chance bekäme, mit Kai zu sprechen, würde sie ihn das auch wissen lassen. Welche Probleme es auch immer zwischen Drachen und Menschen geben mochte, sie war bereit, es zu probieren. Wenn Kai genauso fühlte. Wenn sich alles klärte.

Wenn, wenn, wenn.

Das Warten war eine Qual, selbst dann noch, als sie bereits auf die Fähre gestiegen war und spürte, wie sie sich vom Hafen entfernte. Die See war nicht rau, aber es dreht ihr trotzdem den Magen um.

Vertraue deinem Herzen, hatte im Brief ihrer Großmutter gestanden.

Ihr Herz sagte ihr jedoch, sie solle umdrehen und zu Kai zurücklaufen. Aber dafür war es jetzt zu spät. Ellas Nachricht ging ihr noch immer durch den Kopf.

Du bist möglicherweise nicht sicher. Ich befürchte, dass es unter unseren Freunden einen Verräter gibt.

Es ließ sie erschaudern und die Kühle der Klimaanlage in der Kabine der Fähre half auch nicht weiter. Sie ging aufs Oberdeck hinaus, wo der Wind durch ihre Haare pfiff und sie in alle möglichen Richtungen fliegen ließ.

„Auf Wiedersehen, Maui!", lachte ein Tourist und machte ein Foto.

Tessa schlang ihre Arme um sich. Sie verabschiedete sich von dem Gefühl des Friedens und der Sicherheit, das sie in den letzten Tagen genossen hatte. Je weiter sie sich von Kai entfernte, desto bedrohlicher fühlte sich die Welt an, bis sie genauso ängstlich war wie auf ihrem Flug von Phoenix. In gewisser Weise sogar noch ängstlicher, denn nun war sie sich nicht einmal mehr sicher, wo sich die Gefahr befand. Hinter ihr? Vor ihr?

„Schau dir mal diese kleine Insel an, mein Schatz", sagte eine Frau zu ihrem Sohn. „Molokini."

Tessa schaute ebenfalls. Ihr Blick folgte der Hand der Frau, die auf eine winzige Insel im Süden zeigte.

„Mokonini", sagte der Junge. „Warum gibt es dort keine Häuser?"

„Es ist ein Naturschutzgebiet. Niemand darf dort wohnen“, sagte die Mutter.

Klingt perfekt, dachte Tessa. Ein Ort, um von allem und jedem wegzukommen. Außer, dass sie selbst dort nicht sicher wäre – jedenfalls nicht vor Drachen.

„Es war früher einmal ein runder Vulkan, aber er ist ausgebrochen und jetzt ist nur noch ein Halbmond übrig“, sagte die Mutter.

Ihr Sohn fügte vulkanische Soundeffekte hinzu. „Ka-Bumm! Ganz viel Feuer!“

Tessa lief zur gegenüberliegenden Seite des Oberdecks.

Das Meer wurde nun rauer und die Wolken, die sich über den Gipfeln von West Maui zusammengebraut hatten, verdunkelten sich.

„Wir kommen näher“, sagte ein Mann zu seiner Partnerin und zeigte auf Lanai.

Wir entfernen uns immer weiter, weinte Tessas Seele, als sie zurückblickte und versuchte, Koa Point zu erkennen.

Sie knetete nervös ihre Finger. Sie vermisste Kai bereits jetzt. So sehr, dass es über die Emotionen hinausging und körperlich war. Als wäre ihr ein Teil ihrer eigenen Seele genommen worden.

Sie schaute auf ihre Füße. War es denn wirklich möglich, sich so schnell zu verlieben? Gab es tatsächlich so etwas wie vorbestimmte Gefährten? Ihre Großmutter hatte immer über Seelenverwandte gesprochen. War das dasselbe?

Der erste Teil der Fährfahrt schien ewig zu dauern, aber die zweite Hälfte verging viel zu schnell. Sie war sich plötzlich nicht mehr so sicher, ob sie überhaupt nach Lanai fahren wollte. So grün und üppig Maui war, sah Lanai braun und unfruchtbar aus. Dorniger, wenn das ein Wort war. Als sich die Fähre näherte, zog eine gebrochene Klippenfront vorbei und erweckte den Eindruck eines feindlichen, verwilderten Ortes.

Tessa wandte sich in ihrem Sitz und tastete nach dem Smaragd, den sie zusammen mit der Kopie, die sie so viele Jahre getragen hatte, um ihren Hals geschlungen trug. Vielleicht sollte sie versuchen, mit Kai Kontakt aufzunehmen. Vielleicht sollte sie das alles noch einmal überdenken. Aber Ella war diejenige gewesen, die ihr geholfen hatte, Phoenix sicher zu verlassen. Und wenn Ella den ganzen Weg nach Hawaii gekommen war, musste es doch ernst sein, oder nicht?

„Komm schon, Schätzchen. Kopf hoch. Du bist auf Hawaii", sagte ein Tourist mittleren Alters in einem bunten Hawaii-Hemd.

„Ach du meine Güte", quietschte seine Partnerin. „Lass mich raten. Du bist eine durchgebrannte Braut!"

Tessa starrte sie mit offenem Mund an. Eine durchgebrannte was?

„Hast du kalte Füße bekommen?", fuhr die Frau fort.

„Ähm,... " Tessa suchte nach Worten. Nein, sie war keine durchgebrannte Braut. Sie hatte noch nicht mal einen Verlobten. Sie war schon seit Jahren allein gewesen... bis zu den letzten Tagen, als Kai in ihr Leben getreten war.

Kai. Hatten sie wirklich eine gemeinsame Zukunft?

„Ich renne nicht weg", murmelte sie und berührte dabei den Smaragd. Nun, zumindest nicht vor Kai. Aber sie konnte ja auch nicht gerade sagen: *Tatsächlich laufe ich vor einem Drachen in Arizona weg* oder *es gibt einen Verräter unter den Gestaltwandlern von Koa Point. Er ist es, vor dem ich weglaufe. Ich glaube, es könnte der Tiger sein.*

Sie sah die Frau an und spitzte ihre Lippen. Nein. Sie würde definitiv nicht die Wahrheit sagen.

Glücklicherweise gab es an der Steuerbordseite der Fähre einen mächtigen Spritzer, was die Frau und ihren Partner dazu veranlasste, hinüberzulaufen.

„Wal! Wal!"

Es stellte sich heraus, dass es kein Wal war, aber es war Ablenkung genug gewesen, sodass Tessa wieder hineingehen konnte. Aber nicht für lange, denn die Motoren der Fähre verlangsamten sich, als ein Wellenbrecher in Sicht kam.

„Meine Damen und Herren. Herzlich willkommen auf Lanai", verkündete der Kapitän über die Lautsprecheranlage.

Tessa biss sich auf die Lippe.

„Bitte bleiben Sie sitzen, bis das Schiff angelegt hat... "

Die Fähre fuhr an ein paar Ausflugsbooten vorbei und stieß gegen den Anleger. Tessa warf sich den Rucksack über ihre

Schulter und stieg mit dem Rest der Passagiere aus. Sie bog nach links ab, vorbei an dem grünüberdachten Wartebereich, genau wie Ella es beschrieben hatte. Und genau wie Ellas Nachricht besagte, stand dort ein grüner Jeep mit dem gelben Aufkleber einer Mietwagenfirma auf der Stoßstange.

Du findest die Schlüssel unter der hinteren, rechten Fußmatte...

Tessa suchte herum und fand schließlich die Schlüssel. Warum hatte Ella sie nicht an der Anlegestelle getroffen? Warum diese ganze Geheimniskrämerei?

Sie sah sich um. Wenn sie in Gefahr schwebte, könnte sich auch Ella in Gefahr befinden. Das würde erklären, warum Ella auf einen abgelegenen Treffpunkt bestand. Oder vielleicht war es auch nur typisch Fuchs. Ella hatte so etwas sogar über Arizona gesagt, als sie mit Tessa am Flughafen gewartet hatte.

Ich liebe den Platz, die offene Weite.

Tessa sah sich um. Eine kleine Insel im Pazifik war nicht gerade eine offene Weite, aber Lanai wirkte wirklich verschlafen und die Küste, an der sie mit der Fähre vorbeigefahren war, war völlig unerschlossen gewesen. Also ja. In gewisser Weise passte es.

Tessa fand eine markierte Karte im Handschuhfach und studierte sie, bevor sie sich in den Fahrersitz setzte und ihre Schultern durchdrückte. Es war an der Zeit, die Dinge selbst in die Hand zu nehmen. Sie hatte sich zu sehr auf Kai verlassen. Jetzt musste sie sich schnell in der Gegend orientieren.

Es war später Nachmittag, mitten in der Woche und es gab mehr Passagiere auf dem Rückweg nach Maui als ankommende auf Lanai. Sie ließ den Jeep an und fuhr bergauf, vorbei an der imposanten Fassade eines gehobenen Hotels, welches das einzige Gebäude in Sichtweite war. Sie folgte Ellas Wegbeschreibung – erst über gepflasterte, dann über zunehmend holprigere Schotterstraßen – und trommelte dabei mit den Fingern aufs Lenkrad. Der Jeep sprang und ruckelte, aber alle Kurven waren klar markiert, was ihr half, dieses *Was zum Teufel tue ich hier, am Ende der Welt* -Gefühl abzuschütteln. Die Sonne näherte sich dem Horizont und tauchte den Himmel langsam in einen orangen Farbton, der der Farbe des lehmartigen Bodens ähnlich war. Tessa griff zum Beifahrersitz hinüber, als ob Kai dort säße.

Was er natürlich nicht tat. Am Ende der Straße bei einem Picknickplatz stand jedoch ein Land Rover. Sie parkte daneben und schaute sich um.

„Ella?", rief sie leise.

Ihr Herz klopfte und der Smaragd unter ihrem Oberteil ließ ihre Haut kribbeln. Niemand saß im Land Rover, also richtete sie ihren Rucksack und lief einen Wanderweg entlang. Und verdammt, der Smaragd und der Anhänger mussten verkehrt herum an ihrem Hals hängen, denn die Reibung nahm zu, bis sie sie beide am liebsten abreißen wollte. Sie zog sie gerade aus ihrem Oberteil heraus, als eine Stimme sie herumwirbeln ließ.

„So schön, dich wiederzusehen, meine Liebe."

Noch bevor sie sah, wer es war, gefror das Blut in ihren Adern zu Eis. Das war nicht Ellas Stimme. Es war die eines Mannes.

Tessa keuchte und trat zurück, während sie beide Ketten fest umklammerte.

„Waren meine Anweisungen leicht verständlich?" Damien Morgan grinste und entblößte die Spitzen seiner Zähne. Seine Augen leuchteten wild auf, als er sich auf die Wölbung unter ihrer Hand konzentrierte.

„Wo ist Ella?", stotterte Tessa und sah sich um. Gott, was hatte er mit Ella gemacht?

Der Drachenwandler schnurrte genauso, wie er es kurz vor dem Angriff in seiner Villa in Phoenix getan hatte. „Oh, Ella ist nicht hier. Sie war nie hier. Es sind nur du und ich."

Kapitel 15

Tessa wich vor Morgan zurück und duckte sich abwehrend. Der Smaragd brannte in ihrer Hand und ihre Gedanken rasten. War er hinter dem Edelstein her? Konnte sie ihm den Smaragd einfach geben und von hier verschwinden?

Es ist deine Aufgabe, ihn sicher zu verwahren, hatte im Brief ihrer Großmutter gestanden. *Behalte ihn in der Familie. Wenn du das tust, wird er im Gegenzug auch dich beschützen.*

Tessa wollte schreien. Wie sollte ihr ein Edelstein gegen einen Drachen helfen?

Damien Morgan zog die Lippen zurück und entblößte eine Reihe von Zähnen, die zusehends spitzer wurden. Auch seine Nase schwoll an und sie stolperte rückwärts.

Er machte eine *Komm-zu-mir*-Geste und schnippte mit seinen Fingern und Fingernägeln, die sich zu Krallen verlängerten.

„Gutes Mädchen. Du hast meine Anweisungen genau befolgt und das wirst du auch weiterhin tun, nicht wahr?"

Sie wollte gerade herumwirbeln um zurück zum Jeep zu rennen, als sie Schritte auf dem Boden knirschen hörte. Drei Männer tauchten aus den Felsen hinter Morgan auf. Ihre Anzüge waren in dem zerklüfteten Gelände irgendwie fehl am Platz. Ihre Augen glühten rot, einige Schattierungen dunkler als der Himmel.

Morgan gluckste. „In Ordnung. Vielleicht sind wir nicht ganz allein. Wie du siehst habe ich ein paar Männer mitgebracht. Meine besten Männer, ganz im Gegensatz zu den inkompetenten Versagern, die ich niemals hätte schicken sollen."

Tessa fragte sich nicht, was das bedeuten sollte oder welche Art von Gestaltwandler sie waren. Sie wich langsam zurück und berechnete die Entfernung zum Jeep. Aber selbst wenn sie es schaffte, Morgans Männer dorthin zu schlagen, konnten sie einfach in das offene Fahrzeug greifen, während sie wegfuhr. Gott, was sollte sie nur tun?

„Aber ich weiß, dass du kooperieren wirst, nicht wahr?", fuhr Morgan fort.

Einen Scheißdreck würde sie tun.

„So wie du es tun wirst, wenn du erst meine Gefährtin bist."

Es drehte ihr den Magen um. „Ich werde niemals irgendetwas für dich sein. Krieg das in deinen Kopf."

Morgan fuhr fort, als hätte sie nie etwas gesagt. „Du wirst mir viele Erben schenken…"

Sie wurde blass. War sie soeben ins Mittelalter versetzt worden?

„… und ich werde dich belohnen", sagte Morgan, der unglaublich selbstzufrieden aussah.

Tessa wollte sich gar nicht erst vorstellen, was seine Vorstellung von einer Belohnung sein könnte.

„Leider werde ich dich mit diesem Narren Drax teilen müssen."

Tessa verschluckte sich fast an ihrem nächsten Atemzug. *Teilen?*

Morgans Gesicht wurde sauer. „Das erste Kind wird meines sein. Er kann dich für das zweite haben."

Es drehte ihr den Magen um. Dieser Mann war wirklich krank.

„Aber Kompromisse sind unvermeidbar, wenn ich mich an die Spitze der Drachenwelt arbeiten will. Letztendlich wirst du mir gehören. Und weißt du, warum?"

Tessa wollte kein Wort mehr hören.

„Weil du etwas Besonderes bist, meine Liebe. Eine der ganz wenigen."

Der ganz wenigen was? Tessa schüttelte den Kopf und versuchte, seine Worte auszublenden. Der Mann war sowieso verrückt. Sie musste rennen. Waren die Klippen eine Option? Sie war eine gute Schwimmerin. Würde Morgan ihr folgen, wenn sie ins Meer sprang? Mochten Drachen Wasser?

Sie näherte sich dem Abgrund, um einen Blick hinunter zu werfen, aber noch bevor sie die gesamte Strecke zum Wasser sah, drehte sich ihr der Magen um. Auf gar keinen Fall konnte sie sich *dort* hinunterstürzen.

Als sie Morgan wieder ansah, runzelte dieser die Stirn. „Du hörst mir nicht zu, meine Liebe."

„Nein, das tue ich nicht, du Idiot."

Morgan schüttelte langsam den Kopf und gackerte: „Aber mal langsam. Du musst eine Menge über deinen Gefährten lernen."

„Ich bin nicht deine Gefährtin."

„Aber du wirst es sein. Schon bald. Und obwohl ich dich lebendig brauche, habe ich kein Problem damit, dich zu lehren, wie man sich benimmt. Sollen wir mit der ersten Lektion beginnen?"

Tessa ballte die Fäuste und versuchte, nicht zu zittern.

Morgan hob in einer großen Geste die Arme. Der Stoff seiner Jacke zerriss. Tessa starrte mit offenem Mund, als seine Haut dunkler wurde und sich zu einer lederartigen, trockenen Fläche ausdehnte.

Flügel. Verdammt - er hatte Flügel. In Phoenix hatte sie die nur flüchtig zu sehen bekommen. Sie am helllichten Tageslicht direkt vor sich zu sehen, war irgendwie ganz anders. Sie eilte rückwärts und brachte so viel Abstand zwischen sie, wie sie nur konnte.

Morgan war größer als sie, aber die paar Zentimeter wurden fast zu Metern, als er länger wurde und eine mit Schuppen gepanzerte Brust aufblähte. Seine Hose zerriss ebenfalls und er schüttelte die Stoffreste mit gekrümmten Gliedern ab, die in Krallen endeten.

„Lektion eins", knurrte er mit tiefer, schallender Stimme. „Verärgere deinen Drachenmeister nie oder er wird dir Feuer zeigen."

Jetzt, da er ganz Drache war, öffnete er sein Maul und stieß eine Brunst glühender Flammen aus. Sie wirbelten herum und erstreckten sich über den halben Weg der zehn Meter, die zwischen Tessa und Morgan lagen.

Sie sprang zurück, fiel nach hinten, rappelte sich wieder auf und bewegte sich entlang der Klippe von ihm fort.

Die Augen des Drachen glühten greller und er zeigte seine Reißzähne. Riesige, spitze Reißzähne, die strahlend weiß im Kontrast zu seiner kupfernen Haut aufblitzten.

„Aber meine Liebe", ermahnte er sie mit dieser seltsamen erstickten Stimme – dem letzten Überrest seiner menschlichen Seite, der sich durch die Drachenschnauze zwang. „Dies ist nur ein winzig kleines Feuer. Du wirst dich an mehr gewöhnen müssen, wenn du mit mir leben willst."

Sie wollte nicht noch mehr sehen und sie wollte ganz sicher auch nicht mit ihm leben. Sie wollte in ihr altes Leben zurückkehren und so tun, als ob dieser Albtraum nie geschehen wäre. Oder besser noch, sie wollte sich in ein Fantasieleben mit einem guten Drachen teleportieren – mit Kai.

Aber verdammt. Das war nicht Kai hier vor ihr. Es war ein sehr wütender Drache, der tief einatmete, um sich für einen weiteren Ausbruch bereitzumachen.

Morgan stieß eine noch größere Flamme aus. So schnell, dass Tessa lediglich ihr Gesicht schützen konnte, indem sie ihre Hand nach oben riss – die Hand, die den Smaragd umklammerte. Es war nur eine schwache Abwehr und sie zuckte zusammen, als sie sich gedanklich auf die Qualen des sengenden Feuers vorbereitete. Aber sie spürte nichts als einen harten Stoß, der sie drei Schritte zurückwarf.

Sie starrte Morgan an, dessen riesiges Drachenmaul ebenfalls weit offenstand. Sie beide sahen zu, wie die Flammen abprallten und den Boden um sie herum zischend versengten.

Tessa blinzelte den Smaragd an. Wow. Hatte Morgan verfehlt oder waren die Flammen wirklich gerade von ihr abgeprallt?

Morgans Augen funkelten vor Wut. Er atmete tief ein und bereitete sich auf einen weiteren Feuerstoß vor, während Tessa wieder rückwärts stolperte. Der Drache warf seinen Kopf zurück und riss ihn dann nach vorn, wobei er einen noch größeren Feuerball spie, der in der Luft dröhnte, knisterte und zischte.

„Nein!", schrie Tessa und schirmte ihr Gesicht ab.

Die Luft um sie herum wurde unerträglich heiß, aber im nächsten Augenblick fiel die Temperatur, als hätte sie sich von einem lodernden Kaminofen entfernt. Sie schaute auf. Die Erde um sie herum war versengt und der Smaragd glühte in ihrer Hand, aber sie war unversehrt.

„Der Lebensstein", hauchte Morgan. „Der echte."

„Der Lebensstein", wiederholte einer seiner Männer.

Tessa starrte den Smaragd an. Der Was-Stein?

Jetzt bist du die Hüterin dieses großen Vermächtnisses unserer Vorfahren, stand im Brief ihrer Großmutter geschrieben.

Tessa schluckte. Sie wusste gar nichts darüber, eine Hüterin zu sein. Wenn überhaupt, hatte der Stein sie beschützt.

Vielleicht wird er wieder erwachen, so wie die Legenden es beschreiben...

Ihre Hand zitterte, als sie von dem Edelstein zu dem nur zehn Meter entfernten, vor Wut kochenden Drachen aufblickte.

„Einer der fünf", flüsterte Morgan vor sich hin. Seine Augen glänzten mit Habgier.

Rauchfahnen strömten aus Morgans Nasenlöchern. Die Männer hinter ihm begannen sich ebenfalls zu verwandeln – zwei in Drachen und der dritte zu irgendetwas Großem und Pelzigem. Ein Wolf? Ein Bär?

Tessa blickte auf die Klippe und dann auf die Entfernung zum Jeep. Der Smaragd half ihr vielleicht Feuer abzuwehren, aber sie bezweifelte, dass er fünf Klauenpaare abwehren würde, wenn diese Gestaltwandler sie mit roher Gewalt packen würden. Wie sollte sie nur entkommen?

Morgan grinste und ließ seinen gierigen Blick über ihren Körper gleiten. „Vielen Dank, meine Liebe. Jetzt profitiere ich doppelt. Ich gewinne ein Weibchen zur Brut und einen Edelstein. Vielleicht hast du die anderen vier auch noch?"

Sie hatte keine Ahnung, wovon er sprach. „Die anderen vier was?"

„Die anderen vier Seelensteine, meine Liebe. Wo hast du sie versteckt?"

Sie schüttelte den Kopf. „Ich habe keine Ahnung, wovon du sprichst."

„Nein? Wirklich nicht?" Er neigte den Kopf, während sich die anderen Gestaltwandler verteilten und sie umzingelten. Die Drachen flogen in kleinen Sprüngen und der Wolf – ja, es war ein Wolf, und bei weitem nicht so freundlich wie Boone – blieb nah am Boden und peitschte mit seinem Schwanz.

Morgan streckte sich zu seiner vollen Größe aus und knirschte mit den Zähnen, wobei er allzu sehr einem feuerspeienden Tyrannosaurus Rex ähnelte. Tessa riss sich die Halsketten ab, um den Smaragd besser greifen zu können. Sie duckte sich und hielt beide Steine hoch – den Platzhalter, wie ihre Großmutter ihn genannt hatte, und den echten – als Morgan einen weiteren Feuerball auf sie spie.

Anscheinend hatte er sich zuvor zurückgehalten und nur winzige Babyflammen in ihre Richtung geschleudert. Das hier war ein Inferno und selbst als sie den Smaragd als Schild hochhielt, wurde Tessa einfach umgehauen. Sie lag gefangen in einem dichten Schleier aus Flammen und schnappte im Herzen des Feuers nach Luft. „Gib ihn mir", donnerte Morgan, als er das Feuer unterbrach und mit seinen fünfzehn Zentimeter langen Krallen auf sie deutete.

Tessa sprang auf ihre Füße und machte einen Schritt in die Richtung des Jeeps. Ein weiterer Drache versperrte ihr den Weg und spie einen warnenden Feuerstoß aus.

Sie schluckte, trennte die beiden Anhänger und versteckte jeden in einer Hand.

Es ist deine Aufgabe, ihn sicher zu verwahren. Behalte ihn in der Familie. Wenn du das tust, wird er im Gegenzug auch dich beschützen.

Tessa atmete tief durch. Diese Männer – diese Monster – hatten sie umzingelt. Es gab keine Möglichkeit, ihnen zu entkommen. Es sei denn...

Sie führte ihre rechte Hand zum Mund, küsste den Anhänger, umklammerte ihn dann noch fester und schloss die Augen in einem stillen Gebet.

Es tut mir so leid, Oma. Ich will ihn nicht gehenlassen, aber es gibt keinen anderen Weg.

„Gib ihn mir", fauchte Morgan und kam einen Schritt näher.

Tessa sammelte ihre ganze Kraft und ließ sich wütend werden. Wirklich wütend. „Du willst diesen Stein? Du kannst ihn haben", schrie sie und forderte ihren Feind heraus. Dann drehte sie sich um, mit dem Gesicht zum Meer und riss ihren Arm zum Wurf zurück.

„Nein!", brüllte Morgan.

Sie riss ihren Arm nach vorn und legte ihr ganzes Körpergewicht in den Wurf. Ein Blitz leuchtenden Grüns flog durch die Luft.

„Du Dummkopf!", schrie Morgan und folgte dem Stein mit seinem Blick.

Die anderen Drachen und der Wolf taten dasselbe, während Tessa, so schnell sie konnte, zum Jeep hinüberrannte.

„Du! Schnapp sie dir!", rief Morgan. „Du und du, ihr folgt mir."

Stimmen grunzten. Krallen kratzten über die trockene Erde. Die Luft vibrierte vor lauter schlagenden Flügeln. Tessa schaute gerade noch rechtzeitig über ihre Schulter, um zu sehen, wie Morgan und die beiden anderen Drachen über den Rand der Klippe sprangen, um dem Stein zu folgen. Sie falteten ihre Flügel ein, bereit, ins Meer einzutauchen.

Der Wolf beobachtete sie ebenfalls, bevor er seinen rastlosen Blick auf Tessa lenkte.

Ihre Sandalen rutschten über den Boden und stachelige Sträucher zerkratzten ihr die Beine. Ihre Ohren summten – vielleicht eine Nachwirkung, aus nächster Nähe mit Feuer beschossen zu werden, aber es war ihr egal. Jetzt zählte nur noch, irgendwie zu entkommen.

Sie winkelte die Arme an und neigte sich vorwärts, als sie um jedes kleine bisschen Geschwindigkeit kämpfte. Der Smaragd schnitt in ihre Handfläche und sie schwor tausendfach, bis zum Tod darum zu kämpfen. Irgendwie schien er so wichtig zu sein. So entscheidend.

Er wird auch dich beschützen.

Sie war noch immer erschüttert darüber, dass der Stein das Feuer abgewehrt hatte. Aber gegen die riesigen Reißzähne würde er nicht viel ausrichten können.

Werwolf, hallte Boones Stimme in ihrem Geist wider.

In ihrer Verzweiflung musste sie fast lachen. Es war fast witzig, wenn man bedachte, wie viel sie von der Welt der Gestaltwandler in so kurzer Zeit verinnerlicht hatte.

Die leisen Schritte des Wolfs wurden lauter, genau wie das Summen in ihren Ohren – und das nahm explosionsartig zu. Wie eine riesige Mücke, die auf sie zugerast kam.

Der Luftdruck hinter ihr verringerte sich und sie konnte den Kiefer eines Wolfs zuschnappen hören. Sie schrie und stürzte vorwärts, als etwas an ihrem Oberteil zog. Oder besser gesagt, etwas *zerrte* an ihrem Oberteil und zerriss den Stoff. Der Wolf. Der Wolf war so nah. Er öffnete seinen Kiefer erneut und sprang auf sie zu.

„Nein!", schrie sie, als sie stolperte.

Der Wolf stürzte ihr nach, zeigte sein riesiges Maul und ließ sie wissen, dass dies das Ende war. Aber gerade als er sie angreifen wollte, zuckte sein Kopf nach rechts.

Zisch! Ein riesiges Etwas stürzte aus dem Himmel und warf den Wolf um.

Das donnernde Dröhnen veränderte sich, als es vorbeizog. Tessa strich sich das Haar aus den Augen und starrte fassungslos.

Ein Hubschrauber. Hatte Morgan auch noch Hubschrauber zur Verfügung?

Sie keuchte bei ihrer plötzlichen Erkenntnis. „Kai!"

Zur Seite!, schrie seine Stimme in ihrem Kopf.

Sie rollte über den Boden und umklammerte den Smaragd noch fester, als sich das Geräusch des Hubschraubers wieder veränderte. Er flog eine Kurve und kam zurück, als der Wolf gerade auf ihre Beine springen wollte.

Duck dich!, schrie Kai.

Sie kreischte und sprang zur Seite als die Rotorblätter über ihren Kopf hinweg zischten. Die Kufen verfehlten ihren Körper nur um wenige Zentimeter. Sie erwischten den Wolf und stießen ihn immer weiter. Tessa wich zurück und beobachtete, wie Kai den Hubschrauber so weit abbremste, dass er den Wolf Schritt für Schritt zurückdrängen konnte, bis der sich umdrehte und um sein Leben lief.

„Steig ein! Steig ein", schrie Kai und winkte ihr zu.

Tessa rannte los und sprang hinein, während er noch wenige Zentimeter über dem Boden schwebte. Sobald sie drin war, hob Kai sofort wieder ab. Tessa zog sich auf den zweiten Vordersitz, legte den Sicherheitsgurt an und starrte, als der Boden an ihnen vorbeirauschte.

„Geht es dir gut?", schrie Kai und berührte ihren Arm.

Gut? Sie wäre soeben fast von einem Werwolf zerfleischt und von den Rotorblättern eines Hubschraubers geköpft worden. Nein, es ging ihr nicht gut. Sie schlug Kai auf den Arm. „Du hättest mich mit diesem Ding töten können."

Er lachte. „Ganz meine Tessa. Jetzt halte dich fest."

Ganz meine Tessa. Ihr ganzer Körper wurde warm und entspannte sich – zumindest für eine halbe Sekunde. Dann drückte Kai den Steuerknüppel nach vorn, sodass der Hubschrauber leicht angewinkelt vorwärts raste. Die erste nervenaufreibende Minute lang verschwamm der Boden unter ihnen, kaum einen Meter von ihnen entfernt. Tessa klammerte sich an ihrem Sitz fest, bis der Hubschrauber an Höhe gewann und gerader wurde. Schließlich brachte sie den Mut auf, die Hand auszustrecken und die Schiebetür zu schließen.

Sie blickte zur Klippe zurück. Ein Drache tauchte ins Meer, während ein anderer auftauchte und Wasser von seinen Flügeln abschüttelte.

„Was suchen sie?", fragte Kai über das Dröhnen des Motors hinweg.

Tessa schluckte und schloss ihre Hand fester um den Smaragd. Ein Moment der Wahrheit, denn Morgans Drachenaugen waren in dem Moment, als er den Edelstein erblickt hatte, von Habgier verschleiert worden. Würde Kai dasselbe tun? Wäre ihm der Edelstein wichtiger als sie?

Glänzende Dinge, kostbare Dinge, hatte Boone gesagt. *Und kaum hat ein Drache eins, will er schon das nächste.*

Würde Kai das Interesse an ihr verlieren, wenn er den Edelstein sah?

„Tessa, wonach suchen sie?", fragte er.

Sie atmete ein paarmal beruhigend durch und hielt dann ihre Hand hoch.

„Danach“, sagte sie und enthüllte den Smaragd. „Sie suchen danach.“

Kai starrte den Edelstein an und riss den Hubschrauber zurück auf Kurs. „Kein Wunder!“

Sie saß vollkommen still und wartete darauf, dass seine Augen gierig wurden. Aber Kai griff nur nach ihrer Hand – nach ihrer linken Hand, nach der ohne den Smaragd – und drückte sie. „Geht es dir gut?“

Sein Blick verharrte auf ihrem Gesicht und das Schwanken in seiner Stimme sagte ihr alles, was sie wissen musste.

„Kai, schau genau hin. Weißt du, was das ist?“

Er warf einen kurzen Blick auf den Edelstein, schaute sie dann wieder an und nickte. „Der Lebensstein. Aber was kümmert mich das, wenn es dir nicht gut geht? Haben sie dich verletzt?“

Tessa stieß einen langen, langsamen Atemzug aus und schüttelte den Kopf. Nein, Morgan hatte sie nicht verletzt. Und ja, Kai schien sich wirklich um sie zu sorgen. Sie zog seine Hand näher an sich heran und hauchte einen Kuss auf seine Fingerknöchel – der am Ende ein wenig länger dauerte, als sie es beabsichtigt hatte.

Gefährte, flüsterte eine kleine Stimme in ihrem Hinterkopf. Eine Frauenstimme, uralt, weiblich und weise. *Dieser Mann ist dein Gefährte.*

Der Smaragd strahlte in ihrer Hand und wärmte ihre Haut.

„Es geht mir gut“, murmelte sie.

Aber ihre Hand zitterte und kalte Angst machte sich in ihrem Bauch breit, jetzt, da sie einen Moment Zeit hatte, darüber nachzudenken, was soeben geschehen war. Sie war von einem Trio von Drachen und einem Werwolf angegriffen worden.

Sie drehte sich um. „Gott, Kai. Es sind drei. Drei Drachen.“ Der Hubschrauber war bereits über dem Meer und flog mit voller Kraft zurück nach Maui, aber es ging ihr trotzdem nicht schnell genug.

„Kannst du schneller als sie fliegen?“, fragte sie und packte Kais Arm.

Kai verzog das Gesicht. „Als Drache, ja. Aber in diesem Ding? Nein. Es sei denn, wir hätten einen großen Vorsprung.“

Tessa zwang sich, zurückzuschauen. Die Sonne berührte jetzt den Horizont und warf den Himmel in immer blutigere Töne. In einem Moment war nichts zu sehen, aber im nächsten platzte plötzlich ein Drache aus dem Wasser.

„Ähm, Kai...“, rief sie.

Ein zweiter Drache tauchte auf und sie beide umkreisten die Kaunolu-Klippen. Sie mussten sich entschieden, ob sie ihr folgen oder weiter nach dem Edelstein suchen sollten – dem falschen Edelstein, den sie als Köder ins Meer geworfen hatte.

„Ich kann sie sehen“, murmelte er, während die Rotorblätter donnernd über ihnen kreisten.

Tessa griff nach seinem Arm. „Sind sie diejenigen, die dich gestern Abend verletzt haben?“

Kai schüttelte verneinend den Kopf. „Es sieht so aus, als hätte Morgan die großen Geschütze aufgefahren. Hravo und Cyrk.“

„Du *kennst* sie?“

„Ich habe von ihnen gehört“, sagte er, hielt inne und schaute zurück.

Tessa starrte, als das Wasser zu kochen begann und ein dritter Drache aus der Tiefe emporstieg. Er schoss so gerade wie eine Rakete nach oben und flog zwei enge Kurven, um die Landschaft abzusuchen. Die riesige Bestie schlug mit den Flügeln und hielt ihre Position. Etwas blitzte grün auf – ihr Anhänger, der die Sonne reflektierte – und stürzte dann zu Boden.

„Oh oh“, murmelte sie. Morgan hatte soeben ihre List durchschaut.

Der riesige Drache riss seinen langen Hals hoch und brüllte vor Wut. Dann drehte er sich in einem langsamen Kreis und suchte nach seinem neuen Ziel.

„Ähm, können wir schneller fliegen?“, fragte Tessa.

Kai antwortete nicht, aber der Motor kreischte in noch höheren Tönen. Tessa grub die Fingernägel in ihren Sitz und schaute zurück. Sie konnte den Moment, in dem Morgan den Hubschrauber entdeckte, genau erkennen. Seine Augen blitzten auf, als er herumwirbelte, um die Verfolgung aufzunehmen. Der Smaragd wurde warm in ihrer Hand. Dieses Mal würde es Morgan nicht von ihr ablenken, wenn sie ihn ins Meer warf. Dieser Drache war auf Blut aus. Ihr Blut und Kais.

„Kai. . . ", murmelte sie.

Morgan schrie und schlug mit den Flügeln. Tessa war sich sicher, dass er den Hubschrauber verfolgen würde, aber der Drache raste erneut auf die Kante der Klippe zu.

Tessa hielt den Atem an. Aus dieser Höhe und mit dieser Geschwindigkeit ins Meer zu stürzen würde ihm doch mit Sicherheit das Genick brechen. Hoffentlich. . .

Die anderen beiden Drachen kreisten und für eine Minute war hinter dem Hubschrauber alles still.

„Wir entkommen!", jubelte sie und war sich sicher, dass Morgan für immer verschwunden war.

Dann teilte sich das Meer. Wasser flog in zwei gewaltigen Vorhängen nach oben und der rote Drache schoss erneut durch die Luft. Viel näher dieses Mal, so als ob er eine Strecke unter Wasser geschwommen wäre, um etwas Abstand einzuholen, bevor er wieder auftauchte. Der Drache rauschte empor, genau in ihre Richtung, und seine Augen glühten mörderisch rot.

Mein, schrie er mit einem ohrenbetäubenden Brüllen. *Mein Lebensstein! Meine Gefährtin!*

Kapitel 16

„Kai", murmelte Tessa und umklammerte seine Hand.

Kai nickte einmal knapp und zwang sich, weiter nach vorn zu sehen anstatt nach hinten. Wie zum Teufel sollte er Tessa aus dieser Situation rausholen?

Du hättest mich gleich hierher fliegen lassen sollen, fauchte sein Drache.

Ja, er war versucht gewesen, dies zu tun. Er hatte verzweifelt nach Tessa gesucht, aber sobald er sich auf die innere Anziehungskraft seiner Gefährtin konzentriert hatte, war das Gefühl stark genug gewesen, um ihn nach Lanai zu führen. Sein Herz stockte, als er schließlich einen Werwolf sah, der Tessa auf dem Felsvorsprung verfolgte. Aber er musste sie nach Hause bringen – auch, wenn er zweifelte, ob sie für einen Flug auf seinem Rücken bereit war. Ganz zu schweigen von den Risiken, bei Tageslicht in Drachenform herumzufliegen. Abgesehen davon schmerzte sein Arm noch immer vom Kampf des Vortags. Deshalb war er mit dem Hubschrauber gekommen, nur für alle Fälle.

Er dachte über seine Optionen nach, wie den Hubschrauber loszuwerden, sich in der Luft zu verwandeln und gegen Morgan zu kämpfen. Gott, wie gern er genau das tun wollte. Aber selbst wenn er Tessa einfangen könnte, bevor einer von ihnen beiden auf dem Wasser aufschlug, könnte er mit Tessa auf dem Rücken nicht kämpfen.

Er warf einen Blick zurück. Er konnte auf gar keinen Fall umdrehen, um sie auf Lanai abzusetzen. Nicht mit einem Werwolf, der ihr nachjagen würde. Und Maui... Mist. Maui war zu weit weg. Morgan, Hravo und Cyrk würden sie vorher einholen – ein rücksichtsloser Wahnsinniger und zwei erfahrene Söldner.

Die drei Späher, denen er in der Nacht zuvor begegnet war, waren nichts im Vergleich zu ihnen.

Er schaltete die Navigationslichter des Hubschraubers aus und biss die Zähne zusammen. Die untergehende Sonne schien auf eine scharfe Kammlinie vor ihnen. Die eine Seite glühte blutrot, während die andere Seite in Dunkelheit geworfen wurde.

„Molokini", murmelte er.

„Was?", kreischte Tessa.

„Molokini. Die kleine Insel dort drüben. Die halbmondförmige." Er zeigte mit dem Finger darauf. „Ich glaube, dorthin können wir es schaffen."

Er konnte sehen, dass Tessa sich ein „*Im Ernst?*" verkniff. Sie stotterte einen Moment lang und sprach dann mit gleichmäßiger Stimme weiter.

„In Ordnung. Molokini. Und was dann?", fragte sie.

Die Frau war unglaublich.

Du meinst wohl, meine Gefährtin ist unglaublich, sagte sein Drache.

Er stieß etwas Luft aus und hielt inne, bevor er antwortete. „Das überlege ich mir unterwegs."

Sie saß steif und still dort und klammerte sich an den Seiten ihres Sitzes fest. Das dunkle Meer rauschte unter ihnen und die Kronen der Wellen blitzten silbern und weiß auf. Es war die Art Abend, an dem er mit Tessa am liebsten einen Vergnügungsflug gemacht hätte, wenn sie nicht gerade von drei todbringenden Drachen verfolgt werden würden.

Vergiss es, mit ihr auf dem Rücken herumzufliegen. Eines Tages werden wir ihr selbst das Fliegen beibringen, sagte sein Drache.

Er wünschte es sich. Gott, wie sehr er sich wünschte, dass sie ihn eines Tages als ihren Gefährten akzeptieren und ihm erlauben würde, sie ebenfalls in einen Drachenwandler zu verwandeln.

Kai warf einen Blick zurück und berechnete, wie viel Zeit ihm noch blieb. Er würde es vor den drei Drachen nach Molokini schaffen, aber nur gerade so. Und was dann?

Dann kämpfen wir um unser Leben. Um das Leben unserer Gefährtin, knurrte sein Drache.

„Der Stein. Er hat das Feuer abprallen lassen", sagte Tessa und hielt den Edelstein fest in ihrer Hand.

Er nickte. „Der Lebensstein."

„Was kann er noch tun? Er kann mir nicht dabei helfen, Feuer zu speien, oder doch?" Sie schenkte ihm ein schiefes Lächeln.

Kai biss sich auf die Zunge. War sie bereit für die Wahrheit?

Du bist zum Teil Drache, Tessa. Wenn du dich mit mir verpaarst, kannst auch du fliegen und Feuerspeien.

Aber wollte sie diese Dinge? Seine Mutter hatte es nie gewagt.

Tessa seufzte, als sie die Idee verwarf – im Gegensatz zu ihm. „Silas ist nicht in der Nähe, oder?"

Kai schüttelte den Kopf. „Er ist abgereist, bevor ich bemerkt habe, dass du verschwunden warst. Er nahm einen Flug nach Oahu, um den Drachen aufzuspüren, gegen den ich gestern Abend gekämpft habe."

Tessa packte seinen Arm und sah sich um. „Es gibt noch mehr?"

„Ich habe zwei getötet und den dritten verjagt." Und irgendwie würde er auch einen Weg finden, diese drei hier zu eliminieren.

Tessa wartete darauf, dass er noch etwas hinzufügte, aber er wollte ihr lieber die Einzelheiten ersparen.

„Gott, ich habe alles versaut", sagte sie und spielte nervös mit ihren Händen. „Ich hätte Koa Point nie verlassen dürfen."

Kai rutschte auf seinem Sitz herum. „Warum bist du gegangen, Tessa? Warum? Meinetwegen?"

„Nein!", rief sie sofort. „Ich habe eine Nachricht von Ella erhalten, dass ich sie sofort treffen müsse. Ich dachte zumindest, dass sie von Ella kam.. Sie sagte, es gebe einen Verräter unter euch... "

„Einen was?"

Tessa ließ ihren Kopf hängen. „Einen Verräter."

„Tessa... "

Sie schüttelte den Kopf. „Ich weiß. Ich weiß. Ich war ein Idiot.“

„Nein, das warst du nicht. Ich nehme an, Morgan hat diese Nachricht geschickt?“

Sie nickte still.

„Tessa, ich verstehe dich. Aber hör mir gut zu. Diese Männer sind für mich wie Familie. Wir stehen uns näher als eine Familie. Jeder von ihnen würde für mich sterben. Tatsächlich waren sie mehr als einmal nah dran.“ Er räusperte sich und dachte an die Kameraden, die er verloren hatte. An die, die wie Brüder für ihn waren und um die er geweint hatte, als das Schicksal ihr Leben vorzeitig beendet hatte. „Tessa, sie würden auch für dich sterben – wegen dem, was du mir bedeutest.“

Sie drehte sich mit feuchtfunkelnden Augen zu ihm um und flüsterte: „Was bedeute ich dir denn?“

Er war einen Augenblick still, denn wie zum Teufel sollte er alles, was er zu sagen hatte, in der kurzen Zeit unterbringen, die ihnen blieb?

„Alles, Tessa. Du bedeutest mir alles. Du bist meine Gefährtin. Das Schicksal hat uns zusammengeführt.“

„Schicksal...“, flüsterte sie.

„Spürst du es nicht auch?“, fragte er und hatte plötzlich Angst.

Ihre Unterlippe zitterte. „Ich weiß, dass ich noch nie für jemand anderen derartig empfunden habe. Ich habe mich so noch nie *mit* jemandem gefühlt.“

Er nahm ihre Hand, damit sie seine Überzeugung – die Kraft, die sie verband – spüren konnte. „Fühlst du das?“

Sie drückte seine Hand. „Ich fühle es. Ich habe es in dem Moment gespürt, als ich dich zum ersten Mal sah. Und ich habe es gespürt, als wir uns geliebt haben.“

Er stieß einen erleichterten Atemzug aus. „Das ist das Drachenblut in dir.“

Sie riss die Augen weit auf. „Das was?“

„Das Drachenblut. Irgendwo in deiner Familie gibt es Drachenblut.“

Sie starrte den Edelstein an und schüttelte den Kopf, als hätte sie es geahnt, aber nicht gewagt, daran zu glauben.

„Drachen... Moment mal. Will Morgan mich deshalb haben?"

Kai nickte.

Sie starrte plötzlich alarmiert auf. „Moment. Willst du mich deshalb haben?"

„Nein! Nein, Tessa! Ich will dich für... nun ja, für dich."

Sie hielt den Atem an, also sprach er schnell weiter.

„Ja, die meisten Drachen werden sich von dir angezogen fühlen, aber du hast nur einen wahren Gefährten. Mich. Ich will dich für dich. Für alles, was du bist." Er nahm ihre Hand.

Ihr Blick wurde weich und sie schluckte.

Er zog ihre Hand näher zu sich heran und küsste sie. „Ich schwöre dir, ich werde dir alles erklären." *Wenn ich überlebe.*

Tessa blickte zurück und atmete scharf ein. „Sie kommen näher."

Genau wie Molokini auch und verdammt, die Insel hatte noch nie kleiner oder unfruchtbarer ausgesehen.

„Hör zu. Ich werde ganz tief fliegen. Du musst abspringen."

„Abspringen?" Sie schüttelte den Kopf. „Ich werde dich nicht allein lassen."

„Und ich werde dich niemals allein lassen, aber du musst das jetzt tun. Ich muss wissen, dass du in Sicherheit bist. Der Lebensstein kann nur so viel Drachenfeuer abwehren. Er wird dich nicht beschützen, wenn sie dich in die Klauen kriegen."

Sie schluckte schwer.

„Also musst du losrennen und ein Versteck finden."

Sie neigte ihr Kinn streng nach oben, aber ihre Stimme schwankte, als sie sprach. „Sagst du mir etwa, was ich tun soll?"

Er lächelte schwach. „Nur dieses eine Mal. Du musst auf mich hören."

„Sagt wer?"

„Sagt der Mann, der dich liebt."

Sie starrte ihn an. Und verdammt wie sehr er sich wünschte, er könnte die ganze Nacht lang in diese grünen Augen starren und diese Worte immer wieder wiederholen. Aber die Windschutzscheibe reflektierte rot, als hinter ihnen ein Feuerball aufstieg und sie beide wirbelten herum. Morgan holte schnell auf.

„Finde ein Versteck, Tessa. Sie werden versuchen, dich lebend zu fangen.“

„Was ist mit dir?“

Er kniff seine Lippen zu einer dünnen Linie zusammen. Damien und seine Handlanger würden ihn in der Sekunde töten, in der sie die Chance dazu bekämen, und es stand drei gegen einen.

„Auf keinen Fall“, protestierte sie und nahm seine Hand. „Du kannst nicht. . . “

Er küsste ihre Fingerknöchel ein letztes Mal. „Öffne deinen Gurt. Wir kommen näher.“

„Kai. . . “

Er schüttelte den Kopf. „Tessa, das ist deine einzige Chance. Unsere einzige Chance. Verstehst du das? Es ist der einzige Weg.“

Sie hielt den Lebensstein hoch und sein Herz klopfte schneller. Er hatte nicht die gleiche Wirkung auf ihn, die Tessa hatte, aber er konnte seine Kraft spüren.

„Was kann der noch alles tun?“

Er schüttelte den Kopf. „Ich bin mir nicht sicher.“ Die Legenden waren voll von Geschichten darüber, wozu dieser Edelstein fähig war, aber nur wenn er von einem Experten gehandhabt wurde. „Du musst dich verstecken, Tessa.“

Die scharfe Kammlinie von Molokini lag direkt vor ihnen, umrandet von den Lichtern von Maui und dem letzten Überbleibsel des Abendlichts. Als die Sonne unterging, ging der Mund auf und tauchte die Landschaft in sein blasses Licht.

„Bereit?“, fragte er.

„Nein“, sagte sie nur. Aber sie löste ihren Gurt.

Er lenkte den Hubschrauber ein und berechnete seine nächsten Schritte. Sobald Tessa außer Reichweite war, würde er den Hubschrauber loswerden, sich in seine Drachenform verwandeln und kämpfen.

Ein weiterer Feuerball brach hinter ihnen aus und er verzog das Gesicht. Feuer entflammte in seiner Kehle und sein Mund schmeckte nach Asche. Er würde Morgan zeigen, wie man Feuer spie.

Verdammt richtig, das werden wir, murmelte sein Drache im Inneren.

„Halte dich bedeckt, Tessa. Bleib von der Kammlinie weg. Renne den Abhang hinunter. In Ordnung?"

Sie antwortete nicht, schob jedoch die Tür auf und starrte auf den sechzig Meter tiefen Abgrund, wo die Wellen über dem Saumriff der Insel brachen.

„Du schaffst das, Tessa. Du schaffst das."

Sie sah nicht so sicher aus, aber sie nickte schnell.

„Auf mein Zeichen", sagte er. Gott, er wünschte sich so sehr, sie hätte seine Art der Ausbildung.

Wenn wir das überleben, werden wir ihr alles nötige Training geben, damit sie sich immer selbst verteidigen kann, schwor sein Drache.

„Jetzt! Jetzt!", rief er, als sie über festen Boden dahinschossen.

Tessa sah ihm in die Augen. Ihr Gesicht war bleich wie Kreide, aber ihre grünen Augen glühten und ihre Lippen bewegten sich. Kai wollte ihr gerade sagen, sie solle sich beeilen, als er sie flüstern hörte:

„Ich liebe dich."

Es war nur ein Flüstern, aber es ließ sein Herz höherschlagen. Das Glühen in ihren Augen war das Liebesglühen eines Drachen.

Sie liebt mich.

Er öffnete den Mund, um ihr zu antworten, aber es war zu spät. Tessa drehte sich um und sprang. Kai erhaschte einen Blick, wie sie über den felsigen Boden rollte, und sein Drache schrie im Inneren. Es war ein langer, trauernder Schrei, der dem Schrei seines Vaters nach dem Tod seiner Mutter verdammt ähnlich war.

Kai packte den Steuerknüppel und versuchte, die Emotionen beiseitezuschieben. Aber zur Hölle. Was, wenn dies das Ende war?

Kapitel 17

Tessa schlug hart auf dem Boden auf und rollte den steilen Abhang hinunter. Der Motor des Hubschraubers dröhnte in ihren Ohren, als sie verzweifelt nach Halt suchte, um nicht über die Klippen ins Meer geschleudert zu werden. Der raue Untergrund kratzte über jeden Zentimeter ihrer entblößten Haut.

„Nein!", schrie sie, als ihre Füße in dünne Luft anstatt auf Erde traten. Gott, sie war kurz davor, über die Kante in den Abgrund zu stürzen.

In der letztmöglichen Sekunde bekam sie einen Felsen zu packen und brachte sich mit einem Stöhnen zum Halt. Sie keuchte einen Moment lang in die feuchte Erde und hob dann gerade noch rechtzeitig ihr Kinn, um einen langen Feuerstoß über sich aufblitzen zu sehen.

„Kai", flüsterte sie und beobachtete einen Drachen, der über den Kamm der Insel schoss.

Es war Morgan, der Kai nachjagte. Und den Hubschrauber in Brand setzte.

Erneutes Gebrüll zerriss die Nacht, als der zweite und dritte Drache in Sichtweite kamen und beide kurz den Mond verdeckten, bevor sie hinter Kai her stürzten.

„Kai", schrie sie, aber ihre Stimme ging im Lärm unter. Drachen schrien über ihrem Kopf und unter ihr krachte die Brandung gegen die Klippe – die Klippe, von der sie hinunterstürzen würde, wenn sie sich nicht bald hochziehen konnte. Nur noch ihr Bauch und ihre Hände hatten Kontakt zum Boden und sie kroch Stück für Stück den Fünfundvierzig-Grad-Winkel über rauen zerfurchten Untergrund hinauf.

Der brennende Hubschrauber flog über die Kammlinie und landete schließlich auf einem Felsvorsprung. Er stand in einem verrückten Winkel zum Wasser geneigt und kippte schließlich in Richtung Meer.

Kai sprang aus dem Cockpit. Das Mondlicht umrahmte seine Silhouette, als er lossprintete.

„Nein! Kai!", schrie sie, als er außerhalb ihrer Sichtweite, an der dem Wind zugewandten Seite der Insel über die steile Klippe sprang.

Morgan spie einen weiteren langen Feuerstrahl auf den Hubschrauber und eine gewaltige Explosion zerriss die Nacht.

Tessa duckte sich und drückte ihr Gesicht gegen den kühlen Boden. Metall ächzte und schepperte. Die Erde bebte, als der Rest des Hubschraubers den Hang hinunterstürzte.

Sie lag ganz still und lauschte dem schweren Klopfen ihres Herzens. Hatte sie Kai für immer verloren? War das hier wirklich das Ende?

Einsamkeit, die stärker als alles andere war, was sie jemals empfunden hatte, überwältigte sie. Als Morgan triumphierend brüllte, drückte sie sich die Hände auf die Ohren. Aber dann dröhnte das Brüllen eines weiteren Drachen durch die Nacht und sie riss den Kopf hoch.

„Kai?"

Das Brüllen klang eine Tonlage tiefer, als das der anderen – und zeigte ein ganz anderes Maß der Wut.

„Kai", hauchte sie, als ein massiver Drache in Sicht kam. Ja, sie hatte ihn schon einmal in Drachenform gesehen, aber nie im Flug. Sie lag still dort und starrte mit offenem Mund. War das wirklich der Mann, den sie liebte?

Seine Flügel schimmerten kupferfarben und seine Augen glühten in der Dunkelheit. Sie flackerten zwischen dem Blau, das sie so liebte, und dem Rot der kochenden Wut hin und her. Obwohl ihr die gesamte Erscheinung Angst hätte einflößen sollen, spürte sie nur die innere Anziehungskraft.

Gefährte, flüsterte der Wind. *Das ist dein Gefährte.*

Ihr Gefährte war ein prächtiger Drache und irgendwie überraschte sie das nicht. Aber war er den drei ebenso großen Gegnern gewachsen?

Mit einem Schlag seines Schwanzes wandte sich Kai dem entgegenkommenden Feind zu und spie eine lange, knisternde

Flamme in ihre Richtung. Die drei verteilten sich sofort und gruppierten sich neu.

Tessa packte hechelnd den Boden. Sie hätte zusehen können, gebannt von dem unglaublichen Anblick. Aber sie würde ganz sicher nicht hier herumsitzen und ihrem Liebhaber dabei zusehen, wie er um ihr Leben kämpfte. Sie zwang sich auf die Knie und schnappte nach Luft, als sie ihre Taschen durchsuchte.

Der Smaragd. Wo war er?

Über ihr rasten die Drachen aufeinander zu, wie Ritter die einen Luftkampf führten. Ein flammender Wettstreit, der die steilen Hänge der Insel in einen unheimlichen Schein tauchte. Etwas glitzerte Grün auf dem stumpfen Boden und Tessa schrie.

Der Smaragd! Er lag dreißig Meter weiter bergauf, wo sie ihn aus der Hand verloren hatte. Sie begann, in seine Richtung zu kriechen und drückte sich flach gegen den Boden, als die Luft in Flammen aufging – so nah, dass sie den Ausbruch plötzlicher Hitze spüren konnte.

Die Luft rauschte, als die Kämpfer vorbeischossen, zischten und sich gegenseitig auswichen.

Sie knirschte mit den Zähnen und kroch weiter bergauf. Kai musste sich um die Drachen kümmern. Ihre Aufgabe war es, auf den Edelstein aufzupassen.

Einer der Drachen heulte vor Schmerz und sie blickte auf und sah, wie Morgan und seine Kumpanen sich neu gruppierten. Morgans dunkelrote Flügel schlugen wütend in der Nacht, als Flammen und dröhnendes Gebrüll aus seinem Maul aufstiegen.

Er sprach. Sie erkannte, dass er den anderen Drachen Befehle gab.

Tessa. Kais Stimme erklang in ihrem Geist. *Wo auch immer du bist, bleib außer Sichtweite.*

Ihr Rücken wurde steif, ein Wirbel nach dem anderen. Morgan befahl seinen Handlangern nach ihr zu suchen, nicht wahr?

Der kleinste der drei Drachen spaltete sich von den anderen ab und sauste dicht über dem Boden entlang, wobei er sich suchend nach links und rechts umsah. Die beiden anderen stürzen sich auf Kai, der mit den Flügeln schlug und zu einem weiteren Gegenangriff überging.

Tessa kauerte sich erneut hinunter und drückte ihre Wange gegen den Boden, als der kleinere Drache an ihr vorbeirauschte. Sie drehte ihren Kopf und beobachtete, wie er dem langen dünnen Kamm der Insel folgte. Dann rappelte sie sich erneut auf, um den Lebensstein zu erreichen, welcher schimmerte und sie weiter drängte.

Schütze mich und ich werde dich beschützen, schien das überirdische, grüne Leuchten zu sagen.

Sie rannte halb und kroch halb den Berg hinauf. Aus den Augenwinkeln sah sie den Drachen – Hravo? Cyrk? – der für eine weitere Runde zurückgeflogen kam. Als sie nur noch einen Meter von dem Smaragd entfernt war, stürzte sie sich darauf und drückte ihren ganzen Körper mit einem leisen Keuchen gegen den Boden. Sie betete, dass sie nicht als Nächstes spüren würde, wie sich die Krallen des Drachen um ihren Körper schlossen und sie in die Höhe rissen. Sie umklammerte den Edelstein, als sich der Luftdruck veränderte und ihr anzeigte, dass er sich näherte.

Und dann, *wusch!* Der Drache fegte über ihren Kopf hinweg und ließ den Boden beben. Oder war sie es, die zitternd dort lag?

Eine Sekunde später sprang sie auf und hielt den Lebensstein fest in ihren Händen. Sie fragte sich, was zum Teufel sie wohl als Nächstes tun sollte.

Lauf!, brüllte Kai in ihre Gedanken, als der sie jagende Drache eine enge Kurve flog und für eine weitere Angriffsrunde zurückkam.

Der Himmel blitzte mit Flammen auf, als die Drachen über ihr kämpften.

„Cyrk! Schnapp sie dir!", brüllte Morgan. Seine dröhnende Stimme klang rau und verzerrt.

Tessa erstarrte, als der kleinere Drache sie entdeckte. Sie sprintete zur Kammlinie, als Cyrk die Verfolgung aufnahm. Die Luft pulsierte unter jedem Schlag seiner massiven Flügel. Als das rasselnde Geräusch seines Atems verstummte, erschauderte Tessa. Der Drache atmete ein und machte sich bereit, sie mit Flammen anzugreifen. Sie blickte gerade noch rechtzeitig zurück, um zu sehen, wie er sein riesiges Maul öffnete und...

Der Smaragd wurde in ihrer Hand ganz warm. Sie wirbelte herum und hielt ihn hoch, als der Drache ausatmete. Die Luft knisterte um sie herum und orangefarbene Flammen schossen um ihren Körper. Aber es gab keine Verbrennungen, keinen sengenden Schmerz. Nur glühende Hitze und den Schrei eines frustrierten Drachen, der an ihr vorbeischoss.

Sie wusste, dass er innerhalb von Sekunden für einen weiteren Angriff zurückkommen würde und was dann? Sie konnte doch nicht die ganze Nacht lang auf diesem Drahtseil einer Kammlinie dem Drachen ausweichen. Früher oder später würde sie ausrutschen und abstürzen. Das, oder Cyrk würde einen Weg finden, sie zu packen und...

Sie sah sich um. Sie musste etwas Besseres tun, als Cyrk einfach nur zu meiden. Sie musste ihn töten. Aber wie?

Versteck dich, Tessa!, brüllte Kai.

Sie schüttelte den Kopf. Sie würde sich nicht verstecken. Sie musste kämpfen. Wenn schon nicht mit einem mächtigen Drachenkörper, dann doch zumindest mit ihrem Verstand – und mit der Kraft, die der Edelstein in ihrer Hand besaß.

Molokini war eine lange, dünne, halbmondförmige Insel – der Überrest eines längst erloschenen Vulkankraters. Auf ihrer rechten Seite, wo sie zuvor beinahe die ehemalige Kraterseite hinuntergestürzt war, neigte sich der Boden im Fünfundvierzig-Grad-Winkel zum Meer hinunter. Links von ihr fiel die Insel mit einer rauen felsigen Klippe ab. Sie spähte über den Rand, den ganzen Weg hinunter über ausgehöhlte Felsbrocken bis zur tosenden Brandung, die sechzig Meter unter ihr lag.

Komm zu mir. Die Felsen unter ihr, überspült vom rauen Ozean, knirschten mit den Zähnen.

Sie wirbelte herum und sah, wie Cyrk für eine weitere Runde zurückkehrte. Der sichere Tod auf beiden Seiten.

Der sichere Tod... dieser Gedanke blieb in ihrem Kopf hängen.

Ihr Herz schlug heftig, als sich der verrückteste Plan ihres Lebens in ihrem Kopf breitmachte. Sie senkte sich über den Rand der Klippe, bis ihre Füße gegen den Felsen stießen. Der

Wind hatte eine gerade so tiefe Einbuchtung an der Klippe ausgehöhlt, dass sie in einer flachen Höhle stehen konnte. Sie drückte sich mit dem Rücken gegen den Felsen, als Cyrk erneut über ihr vorbeiflog. Im nächsten Moment flog er mit einer Flügelspitze gerade nach unten und der anderen zum Himmel gestreckt an der Felswand entlang und suchte nach ihr – der Insel so nah, dass er praktisch mit dem Bauch darüber streifte.

Tessas Hände umklammerten ein imaginäres Schwert. Wenn sie doch nur wie die Heldin in einem der Bücher wäre, die sie als Kind gelesen hatte. Aber es gab kein Schwert. Kein Mittel zur Selbstverteidigung außer dem grünen Stein in ihrer Faust.

„Ich will sie lebend haben", schrie Morgan mitten in seinem Kampf mit Kai.

Cyrk flog mit rot glühenden Augen auf sie zu. Rot genug, um Tessa wissen zu lassen, dass er den Teil mit dem *Lebendig-Sein* möglicherweise nicht erfüllen würde.

„Warum sollte ich dich verschonen, Weibchen?", spie er und stieß einen erneuten Feuerball aus.

Tessa hielt den Lebensstein hoch und kauerte sich gegen die Klippe. Sie schrie im Tosen des Feuers, das mit der Kraft eines Rammbocks auf sie einschlug und sie zum taumeln brachte. Noch einen Zentimeter weiter und sie würde über die Klippe stürzen.

Cyrk rauschte vorbei und brach seinen Angriff mit einem wütenden Schlag seines Schwanzes ab, dem Tessa gerade noch ausweichen konnte. Sie beobachtete, wie Cyrk erneut über das Meer hinausflog, um sich auf seinen nächsten Angriff vorzubereiten – ein Frontalangriff, der sie an der Felswand festnageln würde.

Sie umklammerte den Smaragd, ahnte aber, dass selbst das sie nicht vor dem bevorstehenden Ausbruch retten würde.

Kais Drachenstimme dröhnte über ihr und der Himmel wurde in Lichter getaucht, die als Feuerwerk durchgegangen wären, hätte sie nicht gewusst, dass dort oben drei Drachen kämpften.

Sie fletschte die Zähne und wandte sich Cyrk zu. Vielleicht hatte sie tatsächlich Drachenblut in ihren Genen. Genug, dass sie ebenfalls Feuerspeien wollte.

Cyrk öffnete sein riesiges Maul und verspottete sie: „Versuch du nur Feuer zu speien, du kleiner Mensch. Versuche es nur."

Ihre Knie wurden weich und sie zwang sich, tief einzuatmen. Sie würde es brauchen, wenn sein Feuer sie einschloss, so wie man Luft holen musste, bevor man tief tauchte.

Du wirst den nächsten Angriff nicht überleben, flüsterte eine Stimme in ihrem Kopf. *Du musst hier weg.*

Tessa wollte schreien. Weg? Sie würde liebend gern verschwinden. Aber ihr standen lediglich zwei Meter in die eine Richtung und drei Meter in die andere zum Manövrieren zur Verfügung. Das und die sechzig Meter tiefe Steilklippe zu den Wellenbrechern in der Tiefe.

Denk nach!, schrie sie zu sich selbst. *Denk nach!*

Aber es war unmöglich zu denken, wenn ein Drache geradewegs auf sie zuflog. Sie konnte lediglich wie eine Krabbe, die sich unter einem Felsvorsprung versteckte, seitwärts kriechen – ein Vorsprung, der nicht annähernd tief genug war, um sie vor ihrem Feind zu schützen.

„Stirb, kleiner Mensch. Stirb", brüllte Cyrk.

Boones Worte hallten in den Tiefen ihres Geistes wider. *Glänzende Dinge, kostbare Dinge...*

Tessa sah den Smaragd an. Wäre er genug, um den Drachen abzulenken?

Sie blickte auf und Cyrk war näher als je zuvor. Ihre Gedanken füllten sich mit ihrem eigenen Brüllen und einer Hitzewelle, die einem Blitz ihres eigenen Temperamentes entsprang.

„Komm her und hol mich!", schrie sie, plötzlich wütend. Frustriert und zornig, wie sie es noch nie zuvor gewesen war. Welches Recht hatte dieses Untier, sich zwischen sie und ihren Gefährten zu stellen?

Der dunkle Himmel erstrahlte mit blendendem Licht, aber sie hielt ihm stand.

Noch eine Sekunde, befahl sie ihren zitternden Knien.

Noch eine Sekunde und du bist erledigt, warnte ein anderer Teil ihres Verstandes. Der menschliche Teil, wie ihr bewusst wurde.

Warte, bellte sie erneut und spürte, wie das Drachenblut durch ihre Adern pumpte und ihr Kraft verlieh.

„Komm und hol mich, wenn du es wagst!", schrie sie, als Cyrk feuerspeiend auf sie zu rauschte.

„Schau genau hin, du dummes Mädchen", donnerte er zurück.

„Du kannst ihn nicht haben!", stachelte sie ihn an und streckte den Edelstein aus.

„Oh doch, das kann ich", höhnte Cyrk und fixierte den Smaragd mit seinem Blick. Seine schlagenden Flügel waren so breit, dass sie die Sicht auf die Sterne versperrten und sie in einer Flammenblase einschlossen. Die Temperatur um sie herum verdoppelte sich, als seine Flamme sie umhüllte und ihrem Körper bedenklich nahe kam.

„Versuche es doch", provozierte sie ihn und blinzelte gegen die Hitze. „Versuche es nur."

In zwei..., sagte sie zu sich selbst und stählte jeden Muskel ihres Körpers.

„Stirb, kleiner Mensch", rief Cyrk. „Stirb."

Tessas innerer Countdown erreichte Eins und sie rutschte seitlich in den kleinen Spalt an ihrer winzigen Felskante.

„Du st... .", begann Cyrk.

„Du stirbst", murmelte sie und wich zurück, als er gegen die Klippe krachte. Sein Kopf schlug zuerst auf und sein Hals wurde im Bruchteil einer Sekunde unnatürlich verbogen, bevor der Schwung seinen Körper gegen die Felswand prallen ließ. Die Flammen erloschen sofort, genau wie das rote Glühen seiner Augen.

Tessa krabbelte rückwärts, als der Drachenkörper ins Meer hinunterstürzte. Sie hätte fast gejubelt – doch dann rutschte ihre Ferse auf dem glatten Gestein ab und sie stürzte nach vorne.

Sie taumelte und schlug wie wild mit den Armen in der Luft, die sich weigerten, zu Flügeln zu werden. Sie hielt ihre rechte Hand fest zugedrückt und war entschlossen, den Lebensstein nicht zu verlieren. Als Cyrk auf die Wasseroberfläche traf, stiegen die Wellen mit einem gewaltigen Spritzer nach oben auf und sie fragte sich, ob sie die Nächste sein würde.

Tessa!, schrie Kai in ihrem Kopf.

Seine Stimme war wie eine Rettungsleine, die ihr gerade genug Kraft gab, um sich zurückzureißen und in eine Nische des Felsens zu sinken. Sie saß dort, keuchend und mit weit aufgerissenen Augen, nicht ganz fähig zu denken.

Als weitere Flammen um sie herum aufstiegen, bedeckte sie ihr Gesicht. In ihrem Augenwinkel flatterte etwas vorbei und sie starrte mit offenem Mund, als ein entflammter Drache an ihr vorbei stürzte. Er spie kein Feuer, sondern er brannte selbst.

Auf Nimmerwiedersehen, Hravo, brüllte Kai, als der Drachenkörper beim Eintreten ins Meerwasser zischte. *Und jetzt du, Arschloch...*

„Morgan", flüsterte Tessa, schaute auf und hoffte, auch ihn in Flammen zu sehen.

Der dunkelrote Drache kam in Sichtweite, gefolgt von Kai und einer langen, zielgerichteten Flamme.

„Kai", flüsterte sie und presste sich gegen die Felswand.

Die zwei Drachen brüllten und rasten los, bis ihre Körper gegeneinanderprallten, was Tessa zusammenzucken ließ. Dann griffen sie sich aus nächster Nähe an und ihre Flügel schlugen in der Luft, während sie krallten und bissen.

Es war furchterregend und faszinierend zugleich. Tessa folgte der Szene mit offenem Mund. Jedes Mal, wenn sie befürchtete, dass Morgan die Oberhand gewinnen könnte, wandte sich Kai aus seinem Griff heraus und konterte.

Ein weiterer Schrei durchdrang die Nacht und Tessa riss ihren Kopf nach rechts herum.

„Gott, nein", murmelte sie und ließ sich gegen die Felswand sinken.

Dort kam ein weiterer Drache direkt von Maui hinübergeflogen. Einer mit frischen Flügeln und Krallen, die sich in der Luft streckten und es kaum erwarten konnten, sich am Kampf zu beteiligen.

Tessas verzweifelter Schrei wurde zu einem Jubel, als Kais Stimme durch die Nacht dröhnte.

Silas!

Silas? Sie setzte sich, halb im Schockzustand. Noch nie in ihrem Leben war sie so froh gewesen, einen griesgrämigen Drachen zu sehen.

Sie saß zitternd da. Vor einer Woche hatte sie noch nicht einmal gewusst, dass es Gestaltwandler überhaupt gab. Jetzt jubelte sie einem zu.

Morgan löste sich von Kai und ruderte in der Luft rückwärts. Dann machte er eine schnelle Drehung und flog verzweifelt in Richtung Horizont.

Genieß die Frau, solange du kannst, brüllte er Kai zu. Tessas Blut gefror in ihren Adern. *Ich komme wieder. Um sie und den Stein zu holen.*

Sie zitterte, als sie beobachtete, wie Kai Morgan wütend verfolgte. Einen Moment später war er nichts als eine schlanke Gestalt in der Nacht, kaum mehr sichtbar außer durch gelegentliche Feuerstöße.

Silas flog hinter Kai und Morgan her, aber er schien sich zurückzuhalten und Tessa wollte am liebsten schreien. Warum half er Kai nicht, Morgan zur Strecke zu bringen?

Tränen liefen über ihre Wangen und erschütterten sie. Sie wollte Silas verfluchen – bis es ihr dämmerte. Silas ließ Kai seinen eigenen Kampf kämpfen. Er ließ Kai den Feind ehrenhaft besiegen.

Sie blinzelte in die Nacht hinein und keuchte, als ein breiter Feuerstrahl ausbrach. Eine dunkle Gestalt taumelte in Richtung Meer. Hinunter, hinunter, hinunter...

Sie schrie, als das Wasser der Meeresoberfläche in einer riesigen Fontäne aufspritzte, lehnte sich dann zurück und keuchte. War das Kai oder Morgan gewesen, der soeben in den Tod gestürzt war.

Der Smaragd glühte und wärmte ihre Hand, als ihr Herz schneller schlug.

„Kai?", flüsterte sie und starrte den Drachen an, der auf sie zugeflogen kam. Ein Paar blauer Augen leuchtete in der Nacht und ließ sie vor Erleichterung aufstöhnen.

Tessa, rief Kai und suchte die Klippen ab.

Einen Moment war sie wie gelähmt von tausend Emotionen und konnte sich nicht bewegen. Dann sprang sie auf und winkte mit beiden Händen. Sie grinste wie ein Idiot, obwohl es ein Drache war, der dort auf sie zuraste und kein Ritter in glänzender Rüstung. Aber es war nicht nur irgendein Drache. Es war ihr Gefährte.

Tessa, rief Kai erschöpft und erleichtert zugleich. Seine Brust blähte sich leicht auf, als er näherkam, und sein riesiges Maul zog sich zu einem Drachengrinsen hoch, um sie wissen zu lassen, dass es ihm gut ging.

Und einfach so fand auch sie die Energie, zurückzulächeln.

Sie stemmte eine Hand in ihre Hüfte und tat ihr Bestes, um cool zu wirken. Wenn sie jetzt quietschen oder zittern würde, würde sie vor Scham im Boden versinken. Also versuchte sie es auf die freche Weise.

„Das wurde aber auch Zeit, Mister."

Ist das so? Kai grinste und schwebte vor ihr.

Seine Flügel wirbelten die frische Nachtluft auf und kühlten ihre Haut, während seine Augen sie in Wärme und Liebe hüllten.

„Lebensstein. Drachenblut. Gefährten", sagte sie und rasselte ihre Liste hinunter. „Junge, hast du eine Menge zu erklären."

Kai schaute sie etwas verdrossen an, aber einen Augenblick später brach sie in Gelächter aus und streckte die Hand aus. „Komm zu mir, mein Gefährte", rief sie laut und deutlich. „Komm zu mir."

Kapitel 18

Tessa blinzelte in die Mittagssonne. Sie blieb ganz still auf der weichen Oberfläche von Kais riesigem Bett liegen, nur für den Fall, dass es alles nur ein Traum gewesen war. Aber nein, der Mann, in dessen Armen sie lag, war tatsächlich Kai, und die wogenden Palmen draußen waren ebenfalls echt. Das Sonnenlicht glitzerte auf dem Pazifik und die Seidenlaken kühlten ihre Haut.

Maui. Koa Point Estate. Kai.

Sein Arm war um ihren Körper geschlungen und ihre Finger ineinander verschränkt. Tessa hob Kais Hand, ganz langsam, um ihn nicht zu wecken, und strich über seine Haut. Hatte sich ihr sanfter Liebhaber in der Nacht zuvor wirklich in ein wildes, geflügeltes Tier verwandelt? War Morgan wirklich tot?

Kais Finger zuckten und streichelten ihre, als er über ihre Schulter murmelte: „Guten Morgen."

Seine Stimme war so tief, so gedämpft, dass sie sie in ihren Knochen spüren konnte.

„Guten Morgen", flüsterte sie und drehte sich in seinen Armen, um ihm ins Gesicht zu sehen.

Es war nicht mehr ganz Morgen, aber es fühlte sich auf jeden Fall so an. Ein neuer Tag. Ein neues Leben.

Als sie in seine blau glühenden Augen sah, stockte ihr der Atem. Drache. Liebhaber. Gefährte.

Das alles war wirklich passiert. Es war tatsächlich wahr.

Ohne ein Wort zog er sie an sich und hielt sie fest. Es brachte ihre Seele zum Singen. So viel war in so kurzer Zeit geschehen, aber es fühlte sich an, als wären Jahre vergangen. Jahre, in denen sie lernen konnte, welch guter Mann Kai doch war. Wie treu und ergeben er ihr, seiner Gefährtin, war.

Sie seufzte und streichelte vorsichtig über seinen breiten Rücken, wobei sie an die Wunden dachte, die er sich zugezogen hatte.

„Ich habe es dir doch gesagt", murmelte er und las ihre Gedanken. „Wandler heilen schnell."

„Sag nicht, dass es dir nicht zumindest etwas wehtut", sagte sie und sah ihn an.

Kai lächelte, streckte einen Arm in die Luft und zuckte sofort zusammen. „In Ordnung, es tut möglicherweise ein klein wenig weh."

„Ein klein wenig." Sie lachte.

„Wenn ich mit dir zusammen bin, vergesse ich es."

Sie lächelte. Ja, er hatte den Schmerz sichtlich beiseite geschoben, als sie in den frühen Morgenstunden schließlich nach Koa Point zurückgekehrt waren. Er hatte sie ins Bett gebracht – aber nicht zum Schlafen. Sie hatten sich eine lange, begierige Stunde geliebt – teils für menschlichen Trost, teils aus purer, animalischer Bedürftigkeit. Sie hatten sich auf eine Art und Weise verbunden, die *für immer* bedeutete, auch wenn sie das Wort nicht ausgesprochen hatten.

„Das nennst du also erklären, was?", hatte sie hinterher gescherzt, als sie sich gegenseitig festhielten.

„Ich nenne das, meiner Gefährtin einen Antrag machen", sagte er und blickte ihr tief in die Augen.

„Gefährte", flüsterte sie und konnte die Freude in ihren Adern pulsieren spüren.

„Es ist für immer, Tessa."

„Ich will für immer."

„Mit mir." Er deutete mit seinem Daumen auf die eigene Brust, so als wäre er nicht ganz überzeugt.

„Für immer", versicherte sie ihm.

„Es gibt immer noch so viel zu erklären…"

Sie hatte ihn geküsst, sich in seinen Armen umgedreht und sich an seine Brust gekuschelt. „Morgen. Jetzt müssen wir wirklich erst einmal schlafen."

Trotz allem hatte sie wie ein Stein geschlafen und als sie aufgewacht war, schmerzte ihr Körper auf die angenehmste Weise. Ihre Haut war vom rauen Molokini-Untergrund überall zerkratzt, aber das Nachglühen intensiven Sexes gewann die Oberhand, sodass das überwältigende Gefühl von Wärme und Befriedigung im Vordergrund stand. Seelentiefe Befriedigung.

„Klopf, klopf", rief jemand von der Verandatür aus.

Tessa duckte sich und vergrub ihr Gesicht an Kais Brust. Er zog das Laken über ihren nackten Körper, bevor er zur Antwort knurrte.

„Verdammt, Boone... "

„Hey, nicht den Boten töten", rief der Werwolf zurück. „Silas will, dass ihr beide innerhalb der nächsten Stunde unten seid."

Boone sprach, als käme er jeden Tag zu Kai und würde erwarten, Tessa dort zu sehen. Das brachte sie zum Schmunzeln. Die Männer standen sich so nah wie Brüder und doch fühlte sie sich akzeptiert. Nun, zumindest was Boone betraf. Die Frage war, was würden die anderen denken?

Sie umarmte Kai fester. Wie auch immer ihr Empfang aussehen würde, eine Sache war nicht verhandelbar. Kai gehörte ihr und sie gehörte ihm.

Kai seufzte. „Eine ganze Stunde, ja?"

„Er zeigt sich großzügig", sagte Boone. „Wären wir noch immer bei den Spezialeinheiten, wären es dreißig Sekunden gewesen. Ich glaube, er mag deine Gefährtin."

Kai knurrte eine Warnung und Tessa hörte, wie die leichten Schritte des Wolfes zurückwichen.

„Ich hab's ja schon verstanden", rief Boone. „Deine Gefährtin. Sie gehört niemandem sonst. Wir sehen uns in einer Stunde."

Kai ließ sich auf den Rücken fallen und Tessa rollte sich auf die Seite, um sich an ihn zu schmiegen.

„Also was jetzt?"

Kai strich mit einer Hand über ihren Oberschenkel und brachte ihr Blut erneut in Wallung. „Zwei Möglichkeiten. Entweder wir gehen die großen Fragen an... "

Er klang nicht allzu enthusiastisch und offen gesagt, war sie selbst es auch nicht.

„Oder?"

„Oder du lässt mich dir noch einmal zeigen, wie ein Drache seine Gefährtin liebt.“

„Möglichkeit zwei“, flüsterte sie und rollte sich auf ihn. „Definitiv Nummer zwei.“

Er grinste, ließ seine Hände hinuntergleiten und der Spaß begann von Neuem. Im Bett, in der Dusche, auf dem Fußboden. Tessa vergaß Raum und Zeit, bis sie wieder dort war, wo sie angefangen hatte – zutiefst befriedigt neben ihrem Mann und mit der Frage, ob sie das alles nur geträumt hatte.

Aber dann schaute Kai auf die Uhr und stöhnte. „Zeit aufzustehen.“

Er erhob sich, streckte ihr seine Hand entgegen und zog sie in seine Arme, als sie auf die Beine kam.

„Hey“, flüsterte er und strich über ihr Haar. „Was ist los?“

Sie ließ ihr Kinn auf seiner Schulter ruhen. „Du meinst, außer dass ich mich noch einmal einem Drachen, einem Wolf, einem Tiger und einem Bären stellen muss?“ Sie dachte an ihren allerersten Abend auf dem Anwesen zurück. „Natürlich habe ich dieses Mal meinen eigenen Drachen an meiner Seite.“

Er neigte ihr Kinn zu sich nach oben, um ihr in die Augen zu sehen. „Das hattest du immer, Tessa. Vom allerersten Abend an.“

Sie schluckte. Was hatte sie getan, um diesen Mann zu verdienen?

Kai nickte fest. „Bis ans Ende meiner Tage. Ich schwöre, dass ich immer für dich da sein werde.“

Sie strich mit einer Hand über seine Wange und seufzte dann. „Was ist mit den anderen? Was werden sie denken?“

Kais Mundwinkel zuckte nach oben. „Sag nicht, dass meine knallharte Gefährtin sich von diesen Welpen einschüchtern lässt.“

Jetzt war sie an der Reihe, zu stöhnen. „‚Rottweiler‘ trifft es wohl eher. Hunter und Boone sind ja in Ordnung, aber Silas macht mir immer noch Angst. Und Cruz…“

Kai schüttelte den Kopf. „Cruz bellt nur und beißt nicht. Nun, vielleicht nicht im wörtlichen Sinne…“

Sie schlug ihn auf den Arm. „Danke. Jetzt fühle ich mich schon viel besser.“

Sie zog sich langsam an und war sich plötzlich all ihrer Schmerzen und Leiden bewusst – ganz zu schweigen von einer tiefen Abneigung, sich der Außenwelt zu stellen. Aber ihre Stunde war fast vorbei – und außerdem knurrte ihr der Magen. Als sie Kai aus dem Haus folgte, hielt sie auf der riesigen, offenen Veranda inne und schaute in die Weite. So viele Fragen. So viele Dinge, um die sie sich Gedanken machen musste.

„Bist du bereit?", murmelte er und nahm ihre Hand.

Mit ihm an ihrer Seite war sie bereit, ja. Und doch schwankten ihre Schritte, als Kai sie die gewundene Steintreppe hinunter und über das Anwesen zum *Akule Hale* führte. Es war zwar nicht ganz so nervenaufreibend wie ihre erste Begegnung mit den anderen, aber es kam dem doch nah. Würden sie sie als Kais Gefährtin akzeptieren? Sie legte ihre Hand über den Smaragd an ihrem Hals, als sie in den Schatten des offenen Gebäudes trat.

„Hey", begrüßte Boone sie, als wäre es nur ein weiterer gewöhnlicher Tag am Strand.

Hunter lächelte ebenfalls und Tessa war noch nie so dankbar gewesen, zwei freundliche Gesichter zu sehen. Denn Silas sah grimmig aus und Cruz schlich mit finsterem Blick am Rand des Gebäudes umher.

Kai schloss seine Finger um ihre, als sie die anderen schüchtern begrüßte. „Hi."

Hunter nickte, aber niemand sagte etwas. Cruz' Nasenlöcher bebten und Silas sah mit wissendem Blick zwischen Tessa und Kai hin und her. Tessa schaute auf ihre Füße. Ja, sie hatte die meiste Zeit der letzten Stunde damit verbracht, Kai wie wild zu vögeln. Sie konnte einfach nicht anders. Es war alles Instinkt, alles überwältigendes Verlangen. Es fühlte sich auch verdammt gut an und hatte ihr Ruhe geschenkt. Sie schämte sich also nicht. Aber sie behielt ihre privaten Angelegenheiten lieber – nun ja, privat.

„Du wolltest mich und meine Gefährtin sehen?", knurrte Kai und neigte seinen Kopf in Silas' Richtung.

Die beiden Drachengestaltwandler starrten sich in die Augen und Tessas spürte, wie die Spannung im Raum stieg. Sie hatte aus erster Hand gesehen, wie mächtig Kai war, aber es gab unter den Männern eine klare Rangordnung und Silas war der Kopf ihrer schweigsamen Bande.

„Das wollte ich", nickte Silas und trat einen halben Schritt zurück.

Tessa atmete auf und Boone zwinkerte ihr ermutigend zu, als wollte er sagen: *Siehst du? Sie bellen, aber sie beißen nicht.*

Silas deutete auf die Stühle und alle setzten sich hin. Nun, Tessa, Kai, Boone und Silas setzten sich. Hunter lehnte sich an eine nahe gelegene Säule, als ob er das Dach abstützen wollte – ein Unterfangen, das ihm zweifellos gelingen würde – und Cruz schlich weiter schweigend auf und ab.

Während Silas ihnen allen auf seine kultivierte, altmodische Art und Weise Tee einschenkte, schob Boone eine Zeitung zu Tessa und Kai.

„Du hast es aufs Titelblatt geschafft, Partner."

Kai sah finster aus und hielt die Zeitung hoch, damit Tessa das Titelbild des verkohlten Hubschraubers sehen und die Schlagzeile lesen konnte: *Feuriger Absturz auf Molokini.*

Tessa überflog den Artikel. Kai hatte angeboten, sie auf seinem Rücken nach Maui zurückzufliegen, nachdem er Morgen getötet hatte. Aber Silas hatte sich schnell eine Geschichte zur Vertuschung ausgedacht und sie beide dazu gebracht, lange genug auf Molokini zu warten, bis die Notfallhelfer aus Maui eintrafen, die wegen der vielfachen Feuerexplosionen anrückten.

„‚Pilot war nicht in der Lage, die Kontrolle zurückzugewinnen', von wegen". Kai blickte finster drein.

„Ich hoffe, der Hubschrauber war versichert", sagte Boone.

Silas seufzte. „In gewisser Weise war die Explosion gut. Alle haben uns abgekauft, dass die Flammen aus dem Hubschrauber kamen."

Boone grinste. „Ich würde empfehlen, dass ihr Drachen beim nächsten Mal an irgendeinem Ort mit echten Vulkanen kämpft. Das wäre eine noch bessere Vertuschung."

„Es wird kein nächstes Mal geben", knurrte Kai. „Morgan ist tot."

Tessa drückte seine Hand. Sie hatte noch nie in ihrem Leben jemandem etwas Böses gewünscht. Aber Morgan würde sie nicht vermissen.

„Amen." Boone nickte.

Kais Körperhaltung blieb dennoch steif, so als ob er noch immer in höchster Alarmbereitschaft wäre, und Silas strich über sein Kinn. Keiner von beiden schien allzu überzeugt zu sein, dass die Gefahr vorüber war. Kai hatte in der Nacht zuvor etwas davon erwähnt, dass Damien Morgan mit einem noch unheimlicheren Feind in Verbindung stand. Er war jedoch nicht weit gekommen, bevor der Hubschrauber der Küstenwache vor Ort eingetroffen war.

Tessa blickte in Silas' erschöpftes Gesicht. Tatsächlich sahen alle Männer müde aus. Sie fragte sich, wie viele Stunden sie am Tag zuvor nach ihr gesucht oder wie lange sie sich in der Nacht um sie und Kai gesorgt hatten. Sogar Cruz sah so aus, als hätte er nicht gut geschlafen. Sie hatte so falsch gelegen, als sie Morgans Lüge über einen Verräter geglaubt hatte. Diese Bande von Männern hatte sie von Anfang an aufgenommen – sie, eine vollkommen Fremde – und ihr so viel gegeben. Was konnte sie im Gegenzug für sie tun?

Langsam nahm sie den Smaragd ab und streckte ihn aus, als sie von einem Gesicht zum anderen schaute. Diese Männer waren Verbündete. Freunde. Sie ließ den Edelstein aus ihrer Handfläche auf den Tisch gleiten und zog dann ihre Hand weg. Er war hier sicher. Sie war hier sicher. Und was ihr gehörte, gehörte auch ihnen.

Sie alle beugten sich vor und hielten den Atem an. Sogar Cruz, der so still wie eine Katze dort stand, die nur Sekunden von einem tödlichen Sprung entfernt war. Silas' Augen leuchteten so strahlend, dass Tessa befürchtete, er könnte sich in Drachenform verwandeln und mit dem Edelstein davonfliegen. Aber einen Moment später wurden sie dunkler und er schluckte.

„Der Lebensstein", murmelte er und stieß sich ein wenig vom Tisch ab. Tessa entspannte sich etwas. Kai war nicht vom Ruf des Edelsteins überwältigt worden und Silas ebenso wenig. Es gab tatsächlich gute und böse Drachen, genau wie Kai es gesagt hatte.

Boone pfiff und brach das Schweigen. „Der Lebensstein. Also sind die Legenden wirklich wahr."

„Erzähl uns, wer ihn dir gegeben hat. Wo. Wann. Wie?", forderte Silas.

Tessa erklärte das Wenige, das sie wusste, und Silas schickte Hunter zum Gästehaus hinunter, um den dazugehörigen Brief zu holen, den sie genau inspizierten. Doch das trug nur wenig zur Lösung des Rätsels bei.

„Ich verstehe es immer noch nicht", sagte Boone. „Wie fällt einer der fünf Seelensteine in die Hände eines Menschen?"

„Sie ist nicht ganz menschlich", murmelte Kai und legte seinen Arm um Tessas Schulter. „Zum Teil Drache."

Sie begegnete seinem Blick, begierig darauf, endlich eine ihrer unzähligen Fragen beantwortet zu bekommen.

„Silas hat ein wenig nachgeforscht und herausgefunden, wie du mit dem Baird Clan verwandt bist – es ist die Seite deiner Großmutter."

Baird? Tessa wühlte in ihrem Gedächtnis herum. Als sie in der achten Klasse war, hatte sie einen Stammbaum erstellen müssen und sie konnte sich vage an den Namen erinnern. Aber was hatte das mit Drachen zu tun?

Offenbar hatte der Name in der Drachenwelt eine Bedeutung, denn Silas und Kai nickten nachdenklich, während alle anderen Gesichter ausdruckslos waren. Genau wie Tessa sich fühlte.

„Baird, so wie Aderyn Baird, aus dem Hause Cluew", sagte Silas, als ob jeder wüsste, was das bedeutete.

„Die letzten Nachkommen eines mächtigen Drachenclans", erklärte Kai. „Ein Clan, der sich mit Menschen verpaart hat, bis das Gestaltwandlersblut rezessiv wurde."

„Rezessiv schon, aber es pulsiert immer noch in deinen Adern", sagte Silas und nickte Tessa zu.

Sie konzentrierte sich auf ihre Teetasse und schwor sich selbst, dass sie ihre Hand nicht zittern lassen würde. Plötzlich ergab alles einen Sinn. Wie wohl sie sich von Anfang an in Kais Nähe gefühlt hatte. Die Tatsache, dass sie nicht verbrannte. Die Träume vom Fliegen, die sie als Kind hatte. Ihre Großmutter hatte gesagt, dass sie selbst auch solche Träume hatte. Hatte sie die ganze Zeit gewusst, was ihre familiären Wurzeln bedeuteten?

Tessa seufzte und schaute in Richtung Ozean. Mehr denn je wünschte sie sich, sie könnte ihre Großmutter anrufen, um sich ausführlich mit ihr zu unterhalten.

„Was weißt du über den Smaragd?", fragte sie und ließ ihre Finger darüber gleiten.

„Er ist einer der legendären Seelensteine", sagte Silas.

„Einer?" Sie stellte ihre Teetasse klappernd ab. Morgan hatte darüber auch etwas gesagt.

Auch die anderen waren verstummt und selbst Hunter, der stämmige Bär, verlagerte sein Gewicht nervös von einem Fuß auf den anderen.

„Einer von fünf Edelsteinen mit magischen Kräften", sagte Silas. „So berichten es die Legenden."

Die Kerze auf dem Tisch schien heller zu flackern und ein Windstoß flüsterte durch den Raum.

„Welche Art von Kräften?", fragte Boone, der zum ersten Mal ernst wurde.

Silas sah den Smaragd an. „Ich glaube, der Lebensstein kann die Kräfte, die seinem Träger innewohnen, vervielfachen."

Tessa rieb ihre Finger aneinander und streckte sie dann vorsichtig in Richtung der Kerze aus, bis ihr Zeigefinger die Flamme spaltete.

„Wow", sagte Boone.

„Sie verbrennt nicht." Kais Stimme war von Stolz geprägt.

Tessa nickte langsam. Sie spürte lediglich ein Kitzeln. Ihre Haut verbrannte nicht und sie hatte auch keine Schmerzen. „Ich dachte immer, ich hätte einfach nur dicke Haut."

„Keine dicke Haut. Drachenhaut", sagte Kai und drückte seinen Finger neben ihren in die Flamme. „In menschlicher Gestalt schützt sie nur vor winzigen Flammen wie dieser. Wenn wir in Drachenform sind, schützt sie uns vor feindlichem Drachenfeuer."

Wenn wir in Drachenform sind... Die Worte rissen an etwas, das tief in ihrer Seele verborgen lag. Ein Verlangen, eine Sehnsucht, die sie schon seit sehr langer Zeit nicht mehr gespürt hatte – oder sich nicht erlaubt hatte sie zu spüren.

„Der Lebensstein hat deine Fähigkeit vervielfacht, sodass du Drachenfeuer abwehren konntest", sagte Silas.

Boone nickte. „Der Lebensstein und eine riesige Portion Willenskraft, würde ich sagen."

Kai grinste von einem Ohr zum anderen. „Ein anderes Wort für Sturheit." Er scherzte, aber die Liebe in seinen Augen erfüllte sie mit Stolz.

Silas begegnete Tessas Blick und nickte ihr zu. „Mut. Echter Mut. Der Lebensstein wäre ohne deine innere Stärke nicht ausreichend gewesen."

Tessa rutschte leicht auf ihrem Stuhl herum, als die anderen sie mit einem neuen Maß an Respekt ansahen. Sie war noch nie so stolz gewesen – oder so verlegen.

„Und die anderen Steine?", fragte sie, um das Thema zu wechseln.

„Es gibt auch einen Wasserstein. Einen Windstein. Einen Erdstein. . . " Kai zählte sie an den Fingern ab und verstummte.

„Und einen Feuerstein", fügte Silas hinzu. „Wertvolle Edelsteine, die in einer längst vergangenen Ära verloren gegangen sind. Es ist so lange her, dass wir nur Überreste von Legenden über sie wissen."

„Und Morgan wusste auch davon?", fragte Boone.

Tessa spitzte die Lippen. „Wie konnte er es wissen?"

Kai sah nachdenklich aus. „Ich bin mir nicht sicher. War es ein Zufall, dass er dich angeheuert hat? Oder hat er selbst recherchiert und dich irgendwie ausfindig gemacht?"

Tessas Gedanken überschlugen sich. „Ella. Wusste Ella es?"

Silas schüttelte den Kopf. „Ich konnte endlich mit Ella Kontakt aufnehmen. Sie musste sich verstecken, nachdem sie dir bei der Flucht vor Morgan geholfen hatte. Sie arbeitet für ein mächtiges Wolfsrudel in Arizona – das Twin Moon-Rudel."

Boone grinste und klopfte sich auf die Brust. „Ich habe ihr diesen Job besorgt, vielen Dank."

Tessa sah ihn mit geneigtem Kopf an.

„Twin Moon-Rudel", sagte Boone und hielt inne. „Du hast noch nie vom Twin Moon-Rudel gehört? Das mächtigste Wolfsrudel im Südwesten." Seine Stimme erhob sich ungläubig, aber dann winkte er mit der Hand ab. „Ach stimmt ja. Du bist ein Mensch. Also würdest du es nicht wissen."

Tessa verzog das Gesicht. Eines Tages würde sie die geheime Welt der Gestaltwandler verstehen.

„Wie dem auch sei“, fuhr Boone fort. „Es sind Cousins von mir. Sie haben Ella eingestellt, um Morgan im Auge zu behalten, weil ihnen der Gedanke nicht gefiel, einen Drachen so nah an ihrer Heimat zu haben.“

„Also was weiß Ella?“

„Nichts. Zumindest nichts über dich oder den Stein.“

„Steine“, korrigierte Kai stirnrunzelnd.

„Steine, die lange verloren geglaubt und mit der Zeit verstreut wurden“, sagte Silas nachdenklich. „Die Frage ist, wusste Morgan davon? Hat er den Steinen und einer Gefährtin nachgejagt?“

Kai knurrte vor sich hin und zog Tessa näher an sich, bevor sie auch nur daran denken konnte, wie sehr sie diese Möglichkeit verabscheute.

„Nun, wir haben ihn jetzt“, sagte Boone und lehnte sich mit einem Grinsen zurück.

„Tessa hat ihn jetzt“, murmelte Kai.

Sie sah sich im Raum um. Kai war ihr Gefährte. Sie spürte es in ihrem Herzen und tief in ihrer Seele. Und diese Männer standen ihm so nah wie Brüder.

„Wir haben ihn jetzt“, sagte sie und nahm mit jedem einzelnen der Männer Blickkontakt auf. Zuerst mit Silas, dann Boone, dann Hunter, der schweigend nickte. Sie starrte Cruz an, bis sein Blick ihrem begegnete, und seine Augen flackerten mit etwas auf, von dem sie hoffte, dass es Akzeptanz war. Selbst widerwillige Akzeptanz würde ihr genügen. Dann wandte sie sich an Kai und sah, wie seine Augen in einem tiefen, strahlenden Blau leuchteten.

Sie spürte die Hitze seines Blicks, aber sie spürte auch noch etwas anderes – die Wärme der anderen, die sie ihr sandten. Die sie umhüllte und sie beschützte. Wie sie sie als eine der ihren akzeptierten.

Silas nickte langsam. „Wir haben ihn jetzt.“

„Was ist mit den anderen Steinen“, fragt Kai mit einem Anflug von Sorge in seiner Stimme. Tessa drehte sich zu ihm um.

Boone zuckte mit den Schultern. „Wen kümmern die anderen?"

Silas warf ihm einen durchdringenden Blick zu. „Wenn einer der Steine erwacht, ruft er die anderen zu sich."

Der Raum wurde still. So still, dass sie das Meer irgendwo außerhalb ihrer Sichtweite über das Ufer flüstern hören konnte. War das ein beruhigender oder ein warnender Klang?

„Ähm, ist das gut?", wagte Tessa zu fragen, als sie von einem besorgten Gesicht zum anderen blickte.

Nach der Art zu urteilen, wie Cruz wieder herumzuschleichen begann, vermutete sie Nein.

Kai nahm ihre Hand und drückte sie.

Silas runzelte die Stirn. „Ehrlich gesagt, bin ich mir nicht sicher."

Kai biss seinen Kiefer fest zusammen – ein schlechtes Zeichen. Silas war nicht viel älter als die anderen, aber er war derjenige, zu dem sie alle aufschauten. Und er war eindeutig derjenige, der sich am besten in der Drachenkunde auskannte. Wenn er es nicht wusste...

Boone klatschte in die Hände und brach damit das nachdenkliche Schweigen, das sie umgeben hatte. „Nun, ich denke das reicht für heute Abend, oder nicht?" Er stand schnell auf. „Und ich bin am Verhungern."

„Du bist immer am Verhungern", seufzte Kai.

„Wolfsmetabolismus. Was soll ich sagen?" Er grinste. „Also wer kocht heute?"

Alle Augen landeten direkt auf Tessa, aber Kai stand schnell auf. „Auf gar keinen Fall. Nicht meine Gefährtin. Sie hatte eine lange Nacht."

„Und wessen Schuld ist das?", zwinkerte Boone.

„Es macht mir nichts aus, zu kochen", sagte Tessa schnell und versuchte, die Röte zu verbergen, die ihr ins Gesicht stieg.

„Nein, du kochst nicht." Kai schüttelte seinen Kopf.

Sie stemmte die Hand in ihre Hüfte. „Sagst du mir etwa, was ich tun soll?"

Kai warf die Hände in die Luft. „Niemals. Aber im Ernst, willst du wirklich kochen?"

Tessa biss sich auf die Lippe. Sie liebte das Kochen, aber heute Abend irgendwie nicht... „Nun, nein. Ehrlich gesagt nicht. Nicht jetzt."

„Kein Problem", sagte Kai und nahm ihre Hand. „Das Abendessen geht auf Boone."

Boone stöhnte, aber Hunter klopfte ihm auf den Rücken und sogar Silas musste lächeln. „Die Bestellmenüs hängen am Kühlschrank."

„Bestellt etwas für uns mit, ja?", sagte Kai und zog Tessa auf die Beine. „Wir werden nicht lange weg sein."

Tessas Herz klopfte, als er sie an den Strand unweit des Gästehauses führte. Sie standen am Ufer und sie atmete tief ein. So vieles war in so kurzer Zeit passiert.

„Also was jetzt?", fragte sie, als die großen Fragen erneut in ihr aufstiegen.

Kai legte einen Arm um ihre Schulter. „Was meinst du?"

„Ich meine..." Sie machte eine vage Geste. „Ich meine mit uns. Mit den anderen. Mit allem."

„Ganz einfach", sagte er mit einem Schulterzucken. „Du bleibst hier bei mir. Wir leben als Gefährten zusammen." Er zeigte auf sein Haus oben auf dem Hügel.

Sie schaute auf. Das Haus war wie etwas aus ihren Träumen – ganz ähnlich wie der Mann.

„Ich meine, wenn du damit einverstanden bist", fügte er mit einem Schlucken hinzu.

Sie lächelte und umarmte ihn fest. „Das würde mir sehr gefallen. Werden die anderen damit auch einverstanden sein?"

Kai nickte. „Du bist hier nicht nur willkommen, Tessa. Du hast dir deinen Platz verdient."

Sie lächelte und dachte dann darüber nach. War sie tatsächlich bereit, unter einer Gruppe von männlichen Gestaltwandlern zu leben? Mit einem Wolf, einem Bären, einem Tiger...

Sie zwang sich selbst, langsamer zu machen. Eines Tages würde sie die anderen auch verstehen. Angefangen mit Boone – der so locker war. Sie wusste, dass er ein paar hässliche Erinnerungen verbergen musste. So wie die anderen auch, vermutete sie.

„Nun, dann muss ich mir nur noch einen Job suchen. Ich schätze, ich könnte mir hier wahrscheinlich eine neue Kundschaft aufbauen."

„Und in die Häuser von Fremden gehen, um dort für sie zu kochen?" Kai sagte nicht Nein, aber er sah auch nicht gerade glücklich darüber aus. „Ich habe eine bessere Idee."

„Lass mich raten. Hat es vielleicht etwas mit dem Kochen für fünf Junggesellen zu tun?"

„Vier Junggesellen und ein glücklich verpaarter Drache", korrigierte er sie. „Aber mal im Ernst – du könntest deine neuen Rezepte an uns ausprobieren, während du dein Kochbuch schreibst."

Sie starrte ihn an. Als sie das erste Mal miteinander gesprochen hatten, hatte sie einmal erwähnt, dass sie ein Kochbuch schreiben wollte. Das war, bevor die ganze Verrücktheit begonnen hatte. Und doch erinnerte sich Kai daran. Hatte er ihr so genau zugehört?

„Das wäre... schön", sagte sie, während ihr Herz wild klopfte und ihre Gedanken sich überschlugen. Sie würde mit dem Mann ihrer Träume auf Hawaii leben, ihren Traumjob bekommen und eines Tages vielleicht sogar die Familie ihrer Träume. Eine Drachenfamilie?

Sie schluckte leicht und beschloss, nicht *so* weit im Voraus zu denken.

„Nur schön?" Kai zog eine Augenbraue hoch.

„Es wäre großartig. Ein Traum, der wahr wird", gab sie zu und schlang ihre Arme um ihn.

Kai lachte. „Aber bitte denk an mich, wenn du berühmt wirst."

„Was meinst du denn mit ‚an dich denken'?" Sie schlug ihm leicht gegen den Arm. „Gefährten sind für immer, oder nicht?"

„Ich will nur auf Nummer sicher gehen", gluckste Kai und zog sie zu einem langandauernden Kuss an sich. „Wie verheiratet zu sein, nur besser."

„Das klingt gut", sagte sie und kuschelte sich näher an ihn. „Obwohl ich mir über den Teil mit dem Paarungsbiss noch nicht so ganz sicher bin."

„Nein?“, murmelte er und küsste sich seinen Weg über ihre Wange zu ihrem Hals. „Dann warten wir damit. Wir warten, bis du bereit bist, egal, wie lange das dauert.“

Sie neigte den Kopf mit einem Seufzen, als er die noch verbleibende Spannung aus ihr heraus küsste und über den Horizont davonjagte.

„Das fühlt sich so gut an“, murmelte sie.

„Gut?“ Er platzierte seinen nächsten Kuss in ihre Nackenhöhle und kratzte dann leicht mit den Zähnen über ihre Haut, wodurch jeder Nerv in ihrem Körper zu kribbeln begann.

Sie stöhnte, so gut fühlte es sich an. So gut, dass das Meeresrauschen in ihren Ohren stärker wurde, als sie ihren Körper gegen seinen drängte.

„Wirklich gut. Mehr, bitte.“

Als er sie leicht zwickte, brachte das ihr Blut in Wallungen. Drachenblut vielleicht, das ihr versicherte, wie gut sich der Paarungsbiss anfühlen würde. Was ihr sogar Ideen gab, wie sie ihren eigenen Biss an Kais Hals platzieren würde.

„Also wie genau läuft diese Paarungssache ab?“, murmelte sie, als er ihr Schlüsselbein küsste.

„Zuerst bringe ich dich in meine Drachenhöhle und zeige dir, wie ein Drache seine Gefährtin liebt.“

Sie kicherte. „Ich glaube, das hast du mir schon gezeigt.“

„Es wird besser.“

„Noch besser?“ Sie schob ein Bein über seinen Oberschenkel.

„Und gerade wenn wir denken, dass wir es nicht länger aushalten können – in diesem Moment vollziehe ich den Paarungsbiss.“

Sie drückte ihre Schultern durch, um ihm besseren Zugang zu ihrem Hals zu verschaffen. Irgendwie ließ er das alles so gut klingen. So gut, dass ihr Körper sofort an Ort und Stelle darum bettelte.

„Es gibt auch einen kleinen Feuerstoß, das Siegel“, fügte er leise hinzu. Vorsichtig.

Irgendwie machte ihr das keine Angst. Wenn überhaupt, machte es sie an.

„Und dann, wenn du bereit bist“, sagte Kai. „Tust du das Gleiche.“

Sie strich mit der Hand über seinen Hals und fühlte seinen Puls. Instinktiv wusste sie, wo sie ihren Biss platzieren würde, ohne Schaden anzurichten. Ihr Mund wurde heiß, als die Drachenseite in ihr über den feurigen Teil des Paarungsrituals nachdachte, und sie hatte eine Vision, in der ihr großer, mächtiger Mann völlig die Kontrolle verlor.

„Ich glaube, das gefällt mir“, murmelte sie und verwechselte die Gegenwart bereits mit der Zukunft. Ihr Körper stand schon in Flammen und bettelte darum, dass sie ihn sofort für sich beanspruchen wollte und sich von ihm beanspruchen ließ.

„Du *glaubst*, dass dir das gefällt?“, fragte er nicht ganz zufrieden.

„Ich liebe es. Und ich liebe dich, Kai.“

Er zog sie an sich und schnüffelte tief und besitzergreifend. „Für immer, meine Gefährtin.“

„Für immer.“ Sie nickte, kitzelte sein Ohr und ließ dann langsam ihr Bein zu Boden sinken. „Jetzt bring mich nach Hause und zeig mir, was du kannst, Drache.“

„Sagst du mir etwa, was ich tun soll?“

Sie lachte. „Wie wäre es, wenn ich ganz lieb frage?“

Er grinste und küsste sie eindringlich. Dann nahm er ihre Hand und führte sie bergauf. „Das würde mir gefallen.“

Kapitel 19

Sie begannen, Hand in Hand den sich windenden Pfad zum Haus hinaufzulaufen. Dann legte Kai seinen Arm um Tessas Schulter und drückte sie fest an seine Seite. Als sie die Treppe zum letzten Stück des Aufstieges erreichten, neckten seine Finger bereits ihre nackte Schulter und es war um sie geschehen. Die ganze Zeit über hatte sich bereits Wärme in ihrem Körper angestaut und sie sehnte sich nach ihm. Sie begehrte ihn *wirklich* – sehnte sich nach seinem Kuss, seiner Berührung, danach Haut auf Haut zu reiben. Ein Dutzend Fantasien schossen ihr durch den Kopf und sie konnte es nicht erwarten, jede einzelne umzusetzen. Es war egal, dass sie bereits die halbe Nacht und den größten Teil des Morgens ineinander verschlungen verbracht hatten. Irgendwie brauchte sie immer noch mehr.

Brauche meinen Gefährten, knurrte eine kleine Stimme in ihrem Hinterkopf. *Muss ihn zu meinem Gefährten machen.*

Zuvor war diese klagende Stimme hinter all den anderen Fragen in ihrem Kopf in den Hintergrund getreten, aber jetzt wurde sie lauter und eindringlicher. So als würde ihr Drachenblut langsam erwachen und Forderungen stellen.

„Mmm", summte Kai und schmiegte seinen Kopf an ihren, während sie liefen. Der tiefe, erdige Klang reichte bis tief in ihre Seele und entfachte die kleinen flackernden Flammen zu einem Lagerfeuer.

Tessa atmete tief ein. Vielleicht war es gar nicht so verrückt zu glauben, dass sie einen Teil Drachenblut in sich trug. In ihrem Inneren befand sich ein wildes Biest, so viel war sicher, und es begehrte seinen Gefährten.

Du bist bereit. Er ist auch bereit, versicherte ihr die Stimme. *Warum warten?*

Sie schob ihre rechte Hand in die Gesäßtasche seiner Jeans und eilte die Treppe hinauf. Je schneller sie die Veranda erreichten, desto eher konnten sie. . .

Uns nackt ausziehen und loslegen?, fragte Kai in ihren Gedanken.

Sie stupste ihn mit dem Ellbogen an und stieß einen empörten Laut aus, als hätte sie nicht gerade dasselbe gedacht. „Ganz ehrlich, ist Sex alles, woran du denken kannst?"

„Das musst du gerade sagen", lachte er.

Tessa verbarg ihr Lächeln. Kais Fähigkeit, Gedanken zu lesen, hatte seine Vor- und Nachteile.

„Nun, da ich zum Teil Drache bin. . . "

Er flüsterte es noch nicht einmal in ihre Gedanken, aber sie konnte die Hoffnung in seinen Augen sehen. *Du könntest vollständig Drache sein.*

Sie holte tief Luft. Der Paarungsbiss wäre alles, was nötig war. Sobald der Drache in ihr vollständig erwacht war, könnte sie ihre Form wandeln, genau wie Kai. Sie könnte fliegen, genau wie in ihren Träumen. Sie könnte ein Leben lang mit diesem unglaublichen Mann zusammen sein und all die Fesseln abschütteln, die sie seit Jahren zurückgehalten hatten.

Sie waren fast an der obersten Stufe angekommen und die Aussicht wurde immer besser, aber sie hatte nur Augen für Kai. Sein dichtes Haar, durch das sie mit ihren Fingern wühlen wollte. Die gerundeten Schultern, die sie packen wollte, wenn er über ihr lag und sie in weitere, unglaubliche Höhen trieb. Die Muskeln seines Waschbrettbauches, über die sie ihre Hände gleiten lassen wollte, wenn sie hinterher keuchend und hechelnd beieinanderlagen.

Kai ließ seinen Blick über ihren Körper streifen und sie konnte spüren, dass er seine eigene Liste erstellte. Er wirbelte einen Finger in einer Strähne ihres roten Haares und ein Flüstern hallte durch ihren Kopf. *Ich möchte meine Finger in deinem wunderschönen Haar herumwirbeln und dich völlig um den Verstand küssen.*

Tessa blinzelte. Verdammt, sie hatte bereits jetzt schon ihren Verstand verloren, außer wenn es um Kai ging. Die Welt war bereits wieder versunken, sodass nur noch er und sie und die Hitze, die zwischen ihnen aufstieg, übrig blieben.

„Zuhause", murmelte sie, als sie die Veranda erreichten.

Kai umarmte sie fest und murmelte: „Zuhause. Und ich meine die Person, nicht den Ort."

Sie schmiegte sich an seine Schulter. Wer hätte gedacht, dass Drachen so süß sein konnten? Dann hob sie den Kopf und nahm sein Gesicht zwischen ihre Hände. Sie wollte eine Bemerkung machen, aber die Worte verschwanden, als Kai ihr in die Augen sah. Die Luft zwischen ihnen knisterte praktisch vor wildem Verlangen.

„Also wie wäre es, wenn du und ich...", begann sie, als Kai sie mit einem Kuss zum Schweigen brachte. Ein brennender, hungriger Kuss.

Aber einen Augenblick später löste er sich stöhnend von ihr. Seine Augen waren geschlossen und ihr wurde bewusst, dass er erneut mit seinem inneren Drachen kämpfte.

„Hey. Das hat mir gefallen", sagte sie und zog ihn näher an sich heran.

Er grinste und diese unglaublich blauen Augen strahlten hell. „Mir auch."

Sie neigte ihren Kopf zu seinem und knabberte sanft am Rand seines Kiefers. Langsam und sinnlich. „Gefällt dir das?", flüsterte sie.

Er legte seine Hand um ihre Wange und nickte sanft, während sie sich zu seinem Ohr vorarbeitete, wobei sie die ganze Zeit ihren Körper an seinen drückte.

„Und was ist damit?", murmelte sie, während sie sein Ohr liebkoste.

Sein Griff an ihrem Oberteil wurde fester und sie drängte ihn, es an Ort und Stelle über ihren Kopf zu ziehen und loszuwerden. Er schluckte jedoch und blieb vollkommen reglos.

Tessa strich mit den Händen über seinen Bauch, bis sie den groben Stoff seiner Jeans spürte. Fast hätte sie dort aufgehört, aber das Verlangen in ihr war unersättlich und trieb ihre Hand tiefer. Tiefer. Gott, könnte sie ihm diese Jeans vom Körper reißen, würde sie es tun.

„Willst du das nicht?"

Sein Adamsapfel bewegte sich, als er schluckte. „Ich begehre dich so sehr."

„Warum hältst du dich dann zurück?"

Sein Kiefer wurde steif. „Tessa, es geht hier um viel mehr, als dich nur zu begehren. Es geht darum, dich einzufordern, dich zu beanspruchen. Jedes Mal, wenn wir miteinander schlafen..."

Als er verstummte, schüttelte sie den Kopf. „Was? Kai?"

„Jedes Mal, wenn wir miteinander schlafen, fällt es mir schwerer, dem Instinkt zu widerstehen, dich zu beißen. Dich zu beanspruchen. Dich zu meiner zu machen."

Eine Welle der Begierde strömte durch ihren Körper und ein Nervenende setzte das nächste und dann das nächste in Gang – wie eine endlose Reihe von Dominosteinen. „Ich will beansprucht werden. Und du solltest besser aufpassen, denn ich werde dich ebenfalls für mich einfordern."

Er fing ihre Hände ein, bevor sie den Reißverschluss seiner Jeans öffnen konnte. „Ich meine auch das Feuersiegel, Tessa. Ich bin mir nicht sicher, ob ich mich dieses Mal zurückhalten kann. Und wenn du nicht bereit bist..."

Sie blickte auf und seine Augen funkelten nicht nur, sondern sie strahlten in einem satten Pfauenblau. Ein Zeichen der Erregung eines Drachen, wie sie gelernt hatte.

Komm schon, Tessa. Überleg es dir gut. Hast du denn noch nicht genug von Reißzähnen und Drachenfeuer? Bist du wirklich bereit für den Paarungsbiss – und das Feuersiegel?

Sie machte sich auf das unvermeidliche *Nein* gefasst, aber ihre Seele antwortete ihr mit einem aufrichtigen, tief empfundenen *Ja. Bitte*, bettelte sie. *Wir werden uns sonst niemals vollständig fühlen.*

Wir. War das ihr Drache, der geantwortet hatte?

Sie schloss ihre Augen und erinnerte sich an die unglaublichen Höhen, die sie mit Kai erlebt hatte. Wie konnte sie noch mehr wollen? Aber jedes Hoch kam mit einem kleinen Kribbeln, einem Hinweis darauf, dass sie etwas Weltbewegendem ganz nahegekommen war und es nur um Haaresbreite verpasst hatte.

Wir brauchen den Paarungsbiss, rief die Stimme. *Das Feuersiegel.*

Sie atmete tief durch. Kai hatte sie dem Lebensstein vorgezogen. Er hatte fast sein Leben für sie geopfert. Warum sollte sie ihn warten lassen? Warum sollte sie sich selbst zum Warten zwingen?

„Ich will es, Kai. Ich bin bereit. Nun, so bereit, wie ich es jemals sein würde."

Die feurige Glut in seinen Augen brannte heller. „Bist du dir sicher?"

Sie drückte seine Hand und atmete erneut seinen Duft ein. Verdammt ja, sie war sich sicher. So sicher, wie sie jemals sein würde.

„Ja. Ich will es, Kai. Ich will dich. Für immer."

Kais Lippen zuckten, als sich die letzten Überreste der Zweifel in Luft auflösten. Er drängte sie über die Veranda an die Hauswand und hielt sie dort fest, während er sie mit einem brennenden Kuss verschlang. Sie stöhnte unter seinen Lippen, als sich ihr Körper an seinen schmiegte. Oh, das würde so gut werden.

Seine Hände waren so sanft, wie sein Mund rau war, was perfekt zu ihrer Stimmung passte. Er drückte seine Hüfte vor und sie rieb sich an ihm, verzweifelt, ihn überall gleichzeitig zu berühren.

„Kai", stöhnte sie und schob ihre Hände unter sein Hemd. Sie zog es an seinem Oberkörper hoch und für einen Moment saßen sie fest. Er war nicht bereit, den Kuss zu unterbrechen, und sie war entschlossen, jeden letzten Rest Stoff zu entfernen, der seinen Körper bedeckte. Tessa hätte fast gekichert, aber Kai war so ernst, dass sie es nicht wagte. Er löste sich für den Bruchteil einer Sekunde von ihr, zog das Hemd über seinen Kopf und nahm ihren Mund sofort wieder mit seinem in Besitz.

Tessa schaffte einen schnellen Atemzug und zitterte vor Erwartung. Es war, als stünde er in Flammen. Wenn er sie so heftig lieben würde, wie er sie küsste... das wäre verdammt heiß. Sie stöhnte und drängte ihn weiter.

Ihre Hände verfingen sich, als er versuchte, ihr Oberteil auszuziehen, während sie sich gleichzeitig an seinem Reißverschluss zu schaffen machte, und für einen Augenblick wollte keiner von beiden nachgeben. Dann ließ Kai los. Heftig stöhnend drückte er seine Hände an beiden Seiten ihres Kopfes gegen die Wand und neigte seinen Kopf zu ihrem.

„Du zuerst", murmelte er und ließ sie die Führung übernehmen. Sie hörte die Spannung in seiner Stimme, als der Mann gegen das Tier im Inneren kämpfte.

„Du, mein Gefährte, bist ein Star", flüsterte sie und strich mit den Händen über seine Brust.

Er knurrte. „Wenn du hören könntest, was mein Drache alles mit dir machen will... "

Das hörte sich gut an. Sie öffnete seinen Reißverschluss und schob ihre Hand hinein. „Oh ja? Will er mich vielleicht beanspruchen? "

Als sie seinen dicken Schaft mit der Hand umschloss, stöhnte er und blieb vollkommen regungslos. Sie schob seine Jeans nach unten, gefolgt von den Boxershorts, und nahm ihn in die Faust. Als sie ihre Hand die volle Länge auf und ab gleiten ließ, stöhnte er atemlos.

„Oder vielleicht will dein Drache, dass ich ihn eine Weile necke", sagte sie mit verführerischer Stimme.

Kai presste den Kiefer so fest zusammen, dass sie sein Gemurmel kaum verstehen konnte. „Drachen mögen es nicht, geneckt zu werden. "

„Oh, das ist aber schade", gurrte sie und versuchte, ihre Stimme ruhigzuhalten, während ihr in Wirklichkeit das Wasser im Munde zusammenlief und ihr Höschen ganz feucht wurde. „Necken kann Spaß machen. " Sie strich mit dem Daumen über die Spitze seines Schwanzes, während der Rest ihrer Finger ihn umkreiste.

„Spaß? ", stöhnte er. Er war wie eine Statue, aber sein Schwanz zuckte in ihrer Hand. Langsam stieß er seine Hüfte nach vorn, um durch den Kreis ihrer Finger zu gleiten.

Sie grinste. „Siehst du? Das macht Spaß. "

Er zog sich zurück und drängte dann erneut nach vorn. „Mir fällt etwas ein, das noch mehr Spaß machen würde. "

Sie stupste sein Ohr an und flüsterte: „Ich denke gerade daran. "

Kai atmete scharf ein. Sie legte ihre Hand um seinen Schwanz, bewegte sie in die entgegengesetzte Richtung seiner langsamen Stöße und stellte sich dabei vor, wie es sich anfühlen würde, ihn in sich zu spüren.

„Ich stelle mir dich tief in mir vor", murmelte sie und wurde genauso erregt wie Kai, wenn der Schweiß auf seiner Stirn ein Anzeichen war. Sie fragte sich, wie weit sie seine Drachenseite treiben konnte – oder wie weit sie es *wagen* würde, sie zu treiben.

Kai stieß einen tiefen, verzerrten Laut aus. An der Seite seines Halses pulsierte eine Ader. Sein Schwanz glitt in einem langsamen, gleichmäßigen Rhythmus durch ihre Hand. Als er eine Hand zu ihrer Brust senkte und sie langsam umschloss, stöhnte sie und leckte sich die Lippen. Wow. Sie brachte sich mit diesem Spielchen auch selbst um den Verstand, nicht nur ihn. Aber Vorfreude war die schönste Freude, nicht wahr?

Dieses Mal nicht, murmelte Kai in ihren Gedanken.

Sie überlegte kurz, auf die Knie zu fallen und ihn in den Mund zu nehmen. Aber seine Finger taten die unglaublichsten Dinge mit ihrer Brustwarze und sie krümmte ihm den Rücken entgegen. Dieser Mann startete heimlich still und leise seinen Gegenangriff und ihre Seele war absolut bereit, ihren Körper an ihn zu übergeben. Der Sex, den sie haben würden, würde alle Dimensionen sprengen. Sie stellte sich vor, wie sie nackt auf dem Bett ausgestreckt lag und Kai sie ansah, bevor er vor ihrem Körper auf die Knie ging.

Er nickte wortlos an ihrer Schulter. *Das gefällt mir. Sehr.*

Spielerisch schlug sie ihm gegen die Schulter. „Du musst wirklich aus meinem Kopf verschwinden, wenn ich schmutzige Gedanken habe."

„Aber das sind die besten", murmelte er und strich mit seinem rauen Daumen über ihre Brust.

Tessa atmete tief ein. War sie wirklich bereit für den Paarungsbiss – und noch wichtiger, für das Feuersiegel des Drachen, das sie selbst zu einem Gestaltwandler machen würde? Kai hatte die Gefahren bei ihrem kurzen Gespräch auf Molokini erwähnt und erklärt, warum seine Eltern diesen Schritt nie gewagt hatten. Aber Tessa hatte Drachenblut, was bedeutete, dass es in Ordnung sein würde, oder nicht?

Kai hatte nicht so sicher ausgesehen.

Bitte, tönte ihre innere Stimme. *Bitte.*

„Tessa", flüsterte Kai und wollte sich schon von ihr lösen.

Und einfach so traf sie ihre Entscheidung. Sie hatte noch nie in ihrem Leben halbe Sachen gemacht. Warum sollte sie jetzt damit anfangen?

Sie schlang ihre Arme um seine Schultern und zog ihn zurück. „Ich will es, Kai. Ich brauche es."

„Aber was ist, wenn... "

Sie legte ihren Finger auf seine Lippen. „Warum hätte das Schicksal uns zusammengeführt, wenn es nicht wollte, dass wir uns verpaaren?"

Seine Nasenlöcher bebten, aber er sagte kein Wort.

„Verdammt, Kai. Ich brauche dich."

Seine Augen funkelten und wurden dann riesengroß.

„Was?", fragte sie.

„Deine Augen... " Er starrte mit offenem Mund, als er ihr Haar nach hinten strich. „Sie sind so grün."

Sie stieß einen verzweifelten Ton aus. Wusste er das denn nicht schon?

„Nein, ich meine... sie glühen. Wie die eines Drachen", hauchte er.

Tessa blinzelte ein paarmal. Ihre Augen fühlten sich nicht anders an als sonst, aber ihr Körper brannte vor Verlangen. Sie zog ihn näher an sich. „Nun, das zeigt nur, dass der Drachenteil in mir es auch braucht. Und wie sicher sie sich ist, dass alles gut gehen wird."

Alles wird gut, meldete sich die Stimme in ihrem Kopf zu Wort.

Kai zögerte noch einen Augenblick und ließ seine Hände schließlich sanft über die Seiten ihres Körpers gleiten, wobei er seine Daumen ausstreckte, um seitlich über ihre Brüste zu streichen. Ein Knurren erklang in ihren Ohren und sie war sich nicht sicher, ob es aus ihrer eigenen oder Kais Kehle entsprungen war. Aber es musste Kai gewesen sein, denn einen

Augenblick später verschlang er sie mit seinem Kuss und hielt sich nicht im Geringsten zurück.

Sie schnappte nach Luft, weil er wirklich wild war, aber dann küsste sie ihn genauso verzweifelt zurück. Als Kai sie näher an sich zog, schlang sie ihre Beine um seine Taille. Er hatte sie bereits ins Schlafzimmer getragen, als sie das nächste Mal nach Luft schnappen konnte, und ihre innere Stimme schrie: *Ja, ja, ja!*

„Tessa", murmelte er, während er sie langsam hinabsenkte und ihr aufs Bett folgte. Er küsste sie die ganze Zeit.

Sie zog ihn an sich, voller Sehnsucht nach seiner Berührung. Als Kai eine Hand über ihren Bauch gleiten ließ, spreizte sie die Beine. Ihre Hüfte krümmte sich ihm entgegen, als er mit den Fingern über ihre Schamlippen strich.

„So gut", stöhnte sie, als er tiefer in die Furche eindrang. „Kai... "

Er umkreiste ihren Eingang erst mit einem, dann mit zwei Fingern, aber selbst das war nicht genug. Sie hob ihren Kopf und ihre Schultern von der Matratze hoch und griff nach ihm. „Ich will dich in mir spüren, Drache. Sofort."

Seine Augen funkelten und sie sah einen schwachen Hauch von Grün, der sich in ihnen spiegelte. Vielleicht hatte er nicht gelogen, als er meinte, dass ihre Augen glühten. Aber es fühlte sich so an, als glühte ihr ganzer Körper, warum also dann nicht auch ihre Augen?

„Komm zu mir, mein Gefährte." Ihre Stimme schwankte aus purem Verlangen.

Kais Blick fiel auf ihren Hals und sie konnte sehen, wie er darüber nachdachte, wo er den Biss platzieren würde.

„Dreh dich um", sagte er mit heiserer Stimme und führte sie herum. „Genau so."

Sie drehte sich und begab sich unter seinem größeren Körper auf alle viere. Sie rieb ihren Hintern an seiner Leiste, während er ihr das Haar von der linken Seite ihres Halses strich. Als seine Finger die empfindliche Haut dort berührten, zitterte sie vor Verlangen. Kai, so schien es, wusste besser, was ihr Körper wollte als sie selbst, denn diese neue Position fühlte sich genau richtig an. Er ließ seine Hände über ihre Seiten gleiten und packte schließlich ihre Hüften.

Tessa hielt den Atem an. Sie begehrte ihn so sehr, dass das Warten schmerzte.

Kai stupste sie einmal, dann zweimal kurz an, atmete tief ein und stieß in einer heißen, begierigen Bewegung tief in sie hinein.

Der exquisite Lustschmerz trieb ihr Tränen in die Augen. „Ja", stöhnte sie, drängte sich ihm entgegen und bettelte um mehr. „Ja... "

Kai zog sich halb heraus, stieß dann wieder hinein und sie stöhnte erneut. Und wieder und immer wieder, als er noch tiefer und schneller in sie eindrang. Ihr ganzer Körper spannte sich an, als sie all ihre Energie zu ihrem Berührungspunkt lenkte.

Kais rauer Atem wandelte sich zu leisem Stöhnen. Tessa ließ sich auf die Ellbogen sinken und keuchte ihre Schreie in das Kissen. Ihre Gedanken waren ein Nebel aus purer Lust und ihr Körper erklomm immer größere Höhen, wie ein Süchtiger, der den ultimativen Schuss bekam.

Tessa, stöhnte Kai in ihrem Geist. *Tessa...*

Sein geschmeidiger Rhythmus wurde zuckend und sie wusste, dass sein Höhepunkt unmittelbar bevorstand. Kurz vor seinem nächsten Stoß spannte sie ihre inneren Muskeln an und es brannte.

Tessa, stöhnte er.

Sie neigte ihren Kopf zur Seite und stieß einen heftigen Schrei aus, als ihr Körper erzitterte und sich schließlich ihrem Orgasmus ergab. *Kai...*

Seine linke Hand verließ ihre Hüfte und berührte ihre Schulter. Er drehte sie leicht, als er ein letztes Mal in sie stieß. Er beugte sich über sie und sein Ausatmen versengte ihren Hals.

Tessa blieb vollkommen regungslos und hielt den Atem an. Jedes andere Mal hätte sie sich vor Vergnügen in die Laken sinken lassen, aber es war noch nicht vorbei. Nicht mit Kais Zähnen, die über ihre Haut kratzten und sie auf den Biss vorbereiteten. Er leckte langsam, genau über die richtige Stelle – eine Stelle, die sie ebenfalls spüren konnte.

Jetzt, wollte sie schreien. *Jetzt.*

Kai stieß seine Hüfte und ließ seiner Erlösung im gleichen Moment freien Lauf, in dem sich seine Zähne in ihre Haut bohrten. Ihr Schrei war gedämpft, ihr Körper stand in Flammen. Sie zitterte unter ihm, zerrissen von Lust, wie sie es noch nie zuvor gespürt hatte. Ihr Blick wurde vollkommen weiß und ihre rechte Hand klammerte sich im Laken fest. Kais Hand schloss sich darüber und seine Finger verschränkten sich mit ihren. Seine Zähne sanken tiefer und trieben sie noch weiter in diese schweißtreibende, schmerzende Version der Glückseligkeit. Kai sprach kein Wort, aber seine Gedanken explodierten in ihrem Kopf.

Ich werde dich für immer lieben.

Ich werde dich bis zum Tage meines Todes immer wertschätzen.

Ich kann nicht ohne dich leben.

Ich werde alles tun, überall hingehen und mich dir demütig unterwerfen. Dein Wunsch ist mir Befehl.

Tessa umklammerte seine Hand fest, während ihre Tränen das Laken durchnässten. Keine Emotion hatte sie je zuvor so bewegt und noch nie in ihrem Leben war sie sich einer Sache so sicher gewesen. Auch er war sich noch nie zuvor so sicher gewesen. Sie konnte es sehen - als hätte sich ein Schleier gelüftet, der ihr erlaubte, seine Gedanken zu lesen, so wie er es mit ihr getan hatte. Es war wie eine Nebelbank, die sich über dem Ozean auflöste und ein wunderschönes, goldenes Ufer offenbarte. Eine Insel, die sich aus den Hoffnungen und Träumen eines besonderen Mannes erhob. Und aus seiner Hingabe für sie – auf ewig.

„Kai", murmelte sie völlig überwältigt.

Kai löste langsam seinen Biss und sie stöhnte, weil sie nicht wollte, dass es je aufhörte.

Warte, beruhigte sie seine tiefe Stimme. Er schloss seine Hand fester um ihre und plötzlich fiel ihr wieder ein, dass der Paarungsbiss nur ein Teil des Prozesses war. Er hatte den Biss noch nicht mit Feuer versiegelt.

Ihr Körper spannte sich an und lauschte auf seinen. Ihr verletztes Fleisch schloss sich in der Sekunde, in der er seine Zähne herauszog, und sie spürte keinen Schmerz, nur Wärme.

Sein Atem kitzelte ihre Haut, aber dann wurde er regungslos. Das tiefe Einatmen seines Drachen rauschte durch die Stille des Raumes. Genau wie das Geräusch, das Kai im Kampf ausgestoßen hatte, kurz bevor er Feuer spie.

Sie grub ihre Finger ins Bett und spreizte ihre Zehen, als sie sich bereitmachte.

Beim Einatmen zog sich sein Körper leicht zurück und einen Augenblick später drückte er wieder gegen sie. Er presste seine Lippen über die Wunde an ihrem Hals. Seine Hände umklammerten ihre fester und er atmete aus und spie einen Feuerstoß in die Bisswunden.

Ich liebe dich, Tessa, rief er in ihre Gedanken.

Sie hatte eine Hitzewelle erwartet, aber dies war eher wie ein Schuss Lava, der direkt in ihre Arterien geblasen wurde. Die Hitze schoss durch ihre Gliedmaßen und durchdrang jede letzte Verzweigung ihrer Venen. Auf ihrer Stirn brach Schweiß aus und sie krümmte sich, als die Hitze in jede letzte Ecke ihres Körpers und ihres Geistes drang. Dann erschlaffte sie und gab der Macht des Feuers nach. Sie begrüßte es und kämpfte nicht dagegen an.

Ja, rief ihre innere Stimme. *Ja. Endlich werde ich frei sein.*

Fesseln, derer sie sich bis dahin noch nicht einmal bewusst gewesen war, lösten sich in ihrem ganzen Körper und eine nie gekannte Freude erfasste ihre Seele.

Frei, sang die Stimme. *Ich werde frei sein.*

Sie breitete ihre Arme auf dem Bett aus und krümmte ihre Finger – sie malte es sich perfekt aus, wie es sein würde, zu fliegen. Sie würde verdammt viel üben müssen, aber wow. Es war nicht länger nur ein Wunsch. Schon bald, wenn sich die Essenz der Gestaltwandler in ihren Adern ausgebreitet hatte, würde sie in der Lage sein, sich zu verwandeln und an der Seite ihres Gefährten zu fliegen.

„Tessa", rief Kai. Er klang, als wäre er meilenweit entfernt. Tatsächlich klang er besorgt. Wieso das? Dies war der Höhepunkt ihres Lebens. Zu wissen, dass sie ihm gehörte und er für immer ihrer war.

„Tessa." Er packte sie hart an der Schulter und drehte sie um.

Sie blinzelte ein paarmal und starrte zu ihm hinauf. Seine Augen waren hellblau, sein Gesicht von Sorge verzogen.

„Tessa?“, flüsterte er. „Geht es dir gut?“

Sie griff mit zwei zitternden Händen nach oben und legte sie um sein Gesicht. „Es ging mir noch nie besser, mein Gefährte.“

Sein Kopf nickte erleichtert und als sie ihre Arme um seinen Hals schlang, sank er auf sie herab und drückte sie tiefer in die Matratze. Seine Hände zitterten, als er ihr Haar und ihr Gesicht berührte. „Ich dachte…“

Er sprach den Satz nicht zu Ende, aber sie konnte die schrecklichen Bilder in seinem Kopf sehen. Sie schüttelte den Kopf, bereit, ihm zu versichern, wie *unglaublich* gut es ihr ging. Aber Moment – jetzt da sie Zugriff auf seine Gedanken hatte, konnte sie etwas Besseres tun, als es ihm nur zu sagen.

Sie schloss die Augen und wiederholte das Erlebte für Kai, wobei sie die Bilder und ihre Gefühle in seine Gedanken schickte. Das unglaubliche Hochgefühl, das sie beim Höhepunkt ihres Liebesspiels empfunden hatte. Die wundervolle Mischung aus Lust und Schmerz durch seinen Biss. Die explosive Kraft des Feuers, das sich in ihrem Körper ausgebreitet hatte, und das unglaubliche Gefühl der Freiheit, das danach wie eine Schockwelle gefolgt war.

Kai riss den Kopf hoch und starrte sie an.

Sie grinste. „Siehst du? Es ging mir noch nie besser.“ Sie drückte gegen seine Brust und sie drehten sich, bis sie oben lag. Schweiß strömte aus jeder Pore ihres Körpers – und aus seinem – aber es fühlte sich so gut an. Wie eine Reinigung der Seele. Ein Neuanfang. In seinen Augen sah sie ihre eigenen und wow, sie glühten tatsächlich. Sie lachte und warf ihr Haar zurück.

„Was?“, fragte er und zog sie wieder auf seine Brust. Sie hob und senkte sich mit jedem seiner schweren Atemzüge und bewegte sie in sanften Wellen.

Sie winkte ihre Hände durch die Luft, aber sie konnte keine Worte finden, um ihre Gefühle auszudrücken. „Nichts. Alles.“ Sie legte sich auf ihn und atmete tief durch. „Verdammt. Das war unglaublich.“

Kai lachte leise. „Unglaublich, aber du hast mich zu Tode erschreckt.“

Sie ließ ihre Hände über seine Schultern gleiten und stellte sich vor, wie panisch sie sich fühlen würde, wenn ihm jemals etwas zustoßen würde. Aber dies war eine Zeit der Freude und langsam verschwanden diese Gedanken aus ihrem Kopf. Sie versank erneut in ihren glückseligen, verträumten Zustand. Sie drehten sich langsam, bis Kai hinter ihr lag und sich eng an ihren Rücken kuschelte. Sie seufzte.

Eine warme Mittagsbrise tanzte über ihre Haut und spielte mit den Vorhängen. In der Ferne bewegte sich der Ozean auf gleiche Weise. Die Wellen hoben und senkten sich, genau wie Kais Brust. Ein Sturmtaucher flog vorbei, schlug mühelos mit den Flügeln, und es fühlte sich an, als würde die ganze Welt im gleichen Rhythmus pulsieren. War es das Schicksal, das sie anlächelte oder lächelte die ganze Welt ihr zu?

Sie schloss ihre Augen und kuschelte sich näher an Kai. Nun ja, vielleicht schien die Welt nur in diesem Moment perfekt zu sein. Dort draußen gab es noch immer die Realität, die wer weiß was für sie bereithalten könnte. Gute Überraschungen. Böse Überraschungen. Aber was auch immer das Schicksal brachte, sie würde damit fertig werden, denn sie hatte ihren Gefährten und ihren Glauben. Sie kuschelte ihre Wange an seine und dachte an all die anderen, die ihr in den letzten Tagen auf ihrer verrückten Reise geholfen hatten. Ella. Boone. Silas. Hunter und Cruz. Würde das Schicksal auch ihnen zulächeln? Würde es auch ihnen ihren perfekten Gefährten bringen?

Sie ballte ihre Hände zu Fäusten. Was auch immer sie tun könnte, um ihnen zu helfen – sie würde es tun. In diesem Moment war sie natürlich nackt und lag an Kai gekuschelt, aber wenn die Zeit gekommen war, wäre sie bereit. Und bis dahin...

Sie bewegte sich leicht und stieß mit ihrem Hinterteil gegen seine Leiste. Aus Versehen – das schwor sie! – aber das verhinderte nicht den ganz neuen Ansturm sinnlicher Bilder, die durch ihre Gedanken strömten.

„Hey, Kai?", murmelte sie, während sie ein Muster auf seiner Hand nachzeichnete.

„Hmm?"

„Diese Sache mit dem Paarungsbiss", sagte sie ganz beiläufig. „Du hast gesagt, es gilt für beide Seiten, nicht wahr?"

„Was meinst du?“

Sie ließ ihre Zunge über ihre Zähne gleiten. Ihren Hintergedanken war eine vage Idee gekommen – die zweifellos ihrer Drachenseite entsprang – und sie nahm langsam Gestalt an, bis sie sich die Szene perfekt vorstellen konnte. Zu einem Zeitpunkt in nicht allzu ferner Zukunft, wenn Kai und sie sich liebten. Sie würde auf ihm sitzen, mit durchgedrückten Schultern und ihre Hüfte gegen seine drücken. Ihr Instinkt würde sie genauso leiten, wie er ihn geleitet hatte. Sie würde genau im richtigen Moment innehalten und sich zu seinem Hals hinunterbeugen, wenn sie beide auf dem Gipfel ihres Hochgefühls waren. Sie würde ihre Zähne entblößen und ihren eigenen Paarungsbiss vollziehen. Vielleicht würde sie sogar ihr eigenes Feuer in die Bisswunden speien, um ihre Bindung mit dem Feuersiegel zu festigen.

Kai lächelte hinter ihrem Rücken und er ließ seine Hände langsam und neckend zu ihren Brüsten gleiten. „Ja, es gilt für beide Seiten.“

Sie drehte sich um und setzte sich mit gespreizten Beinen auf ihn.

„Was? Jetzt sofort?“, protestierte er, obwohl das Verlangen in seinen Augen funkelte.

Sie lachte, als sie auf ihm saß. „Den Teil mit dem Biss vielleicht nicht sofort. Aber wir können doch schon mal üben, oder nicht?“ Sie neckte ihn mit einem kleinen Knabbern.

Kai zog ihre Hüfte höher, bis sie perfekt über seinem immer steifer werdenden Schwanz positioniert war. „Übung macht den Meister.“

„Hmm“, murmelte sie, als sie begann, sich auf ihm zu bewegen. Sie konnte das verträumte, glückselige Gefühl noch immer in ihren Knochen spüren, aber ein Teil von ihr konnte einfach nicht genug von ihrem Gefährten bekommen.

„Meisterhaft“, murmelte sie, während sie immer mehr in Fahrt kam. „Einfach meisterhaft.“

Sneak Peek: Der Ruf des Wolfes

Sie kann sich nicht an ihre Vergangenheit erinnern.
Er wünscht sich, seine vergessen zu können.

Nina hat nur äußerst vage Erinnerungen daran, wer sie ist oder warum zwei Männer in einer schrecklichen Nacht versucht haben, sie zu töten. Sie weiß nur, wie schnell sie sich gerade in ihren Retter verliebt – einen Mann mit seinen eigenen Geheimnissen. Zu ihr ist er gütig, sanft und witzig – aber Boone und die Gruppe ehemaliger Spezialeinsatzkräfte, mit denen er sich ein exklusives Anwesen am Meer teilt, haben eine wilde, animalische Seite an sich. Kann Boone ihr helfen, die Vergangenheit aufzuklären, bevor es den Killern gelingt, sie aufzuspüren?

Klopfte das Schicksal an die Tür von Boone Hawthornes Strandbungalow, würde er es direkt wieder zurück ins Meer werfen – insbesondere, wenn es damit anfinge, irgendeinen

Unsinn über vorbestimmte Gefährten zu flüstern. Aber eines Nachts wird eine Frau an seinem Privatstrand angespült. Und bevor der Werwolf weiß, was er tut, bricht er für sie jede persönliche Regel und gibt Versprechen, von denen er sich nicht sicher ist, ob er sie halten kann. Ninas Vergangenheit zu recherchieren bedeutet nicht nur, einem mächtigen Erzfeind und einem halsabschneiderischen Kriminellen zu begegnen, sondern auch einer skrupellosen Ex-Geliebten, die vor nichts zurückschreckt, um Boone wieder in ihr Bett zu kriegen. Kann er Nina – und sein Herz – beschützen, während er das Geheimnis um ihre Identität lüftet?

∞∞∞∞

Lust auf einen weiteren tollen paranormalen Liebesroman voller Action, Spannung, Romantik und Leidenschaft? *Der Ruf des Wolfes*, Buch 2 in der *Aloha Shifters: Juwelen des Herzens* Serie, ist bei Amazon erhältlich.

Weitere Titel von Anna Lowe

Aloha Shifters - Juwelen des Herzens

Der Ruf des Drachen (Buch 1)

Der Ruf des Wolfes (Buch 2)

Der Ruf des Bären (Buch 3)

Der Ruf des Tigers (Buch 4)

Die Verlockung des Drachen (Buch 5)

Der Ruf des Fuchses (Buch 6)

Aloha Shifters - Pearls of Desire

Die deutsche Ausgabe ist ab Dezember 2020 bei Amazon erhältlich. Im englischen Original sind die folgenden Titel bereits verfügbar.

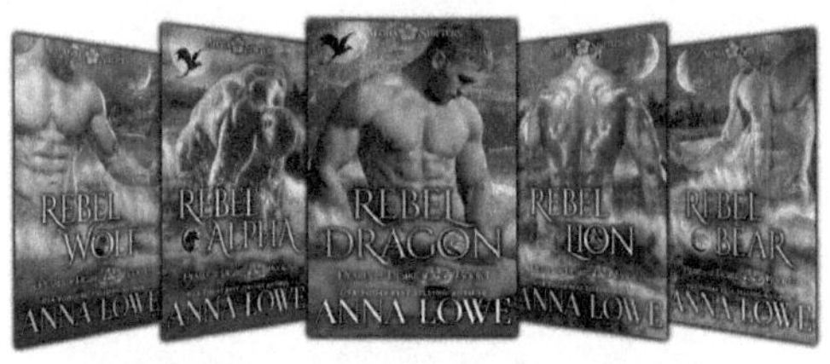

Rebel Dragon (Buch 1)

Rebel Bear (Buch 2)

Rebel Lion (Buch 3)

Rebel Wolf (Buch 4)

Rebel Heart (Die Vorgeschichte zu Buch 5)

Rebel Alpha (Buch 5)

Fire Maidens - Billionaires & Bodyguards

Die deutsche Ausgabe ist ab Sommer 2020 unter
Töchter des Feuers - Billionaires & Bodyguards *bei*
Amazon erhältlich. Im englischen Original sind die
folgenden Titel bereits verfügbar.

Fire Maidens: Paris (Book 1)

Fire Maidens: London (Book 2)

Fire Maidens: Rome (Book 3)

Fire Maidens: Portugal (Book 4)

Fire Maidens: Ireland (Book 5)

Fire Maidens: Scotland (Book 6)

Fire Maidens: Venice (Book 7)

Fire Maidens: Greece (Book 8)

Fire Maidens: Switzerland (Book 9)

The Wolves of Twin Moon Ranch

Im englischen Original bei Amazon erhältlich.

Desert Hunt (die Vorgeschichte)

Desert Moon (Buch 1)

Desert Blood (Buch 2)

Desert Fate (Buch 3)

Desert Heart (Buch 4)

Desert Rose (Buch 5)

Desert Roots (Buch 6)

Desert Yule (eine Kurzgeschichte)

Desert Wolf: Complete Collection (vier Kurzgeschichten)

Sasquatch Surprise (ein Ableger der Twin Moon Story)

Blue Moon Saloon

Im englischen Original bei Amazon erhältlich.

Perfection (die Vorgeschichte in Kurzform)

Damnation (Buch 1)

Temptation (Buch 2)

Redemption (Buch 3)

Salvation (Buch 4)

Deception (Buch 5)

Celebration (ein Festtagsschmaus)

Shifters in Vegas

Paranormal romance with a zany twist. Im englischen Original bei Amazon erhältlich.

Gambling on Trouble

Gambling on Her Dragon

Gambling on Her Bear

Serendipity Adventure Romance

Im englischen Original bei Amazon erhältlich.

Off the Charts

Uncharted

Entangled

Windswept

Adrift

Travel Romance

Im englischen Original bei Amazon erhältlich.

Veiled Fantasies

Island Fantasies

www.annalowebooks.com

Über Anna Lowe

USA Today und Amazon Bestseller Autorin Anna Lowe schreibt fesselnde Romane mit tatkräftigen Heldinnen und unwiderstehlichen Helden in exotischen Umgebung, mit jeder Menge Zündstoff für scharfe Romantik.

Sie liebt Hunde, Sport und Reisen, die auch die Inspiration für Ihre Bücher liefern. Wenn Anna nicht gerade in die Arbeit an ihrem nächsten Buch vertieft ist, kannst Du Sie am Wochenende beim Wandern in den Bergen antreffen. Egal wo und wie – sie wird den Tag mit einem leckeren Stück Zartbitterschokolade ausklingen lassen.

Einfach mal vorbeischauen, auf AnnaLoweBooks.com/de